修身齐家治国平天下

诗文绝唱镜鉴

XIUSHEN QIJIA ZHIGUO PINGTIANXIA

SHIWEN JUECHANG JINGJIAN

韩寿山　　徐文艳 ◆ 编著

人民东方出版传媒
东方出版社

图书在版编目（CIP）数据

修身齐家治国平天下诗文绝唱镜鉴／韩寿山，徐文艳编著 . —北京：
东方出版社，2017.2

ISBN 978-7-5060-9492-4

Ⅰ.①修⋯　Ⅱ.①韩⋯　②徐⋯　Ⅲ.①古典诗歌–诗集–中国
②古典散文–散文集–中国　Ⅳ.①I211

中国版本图书馆 CIP 数据核字（2017）第 028728 号

修身齐家治国平天下诗文绝唱镜鉴

（XIUSHEN QIJIA ZHIGUO PINGTIANXIA SHIWEN JUECHANG JINGJIAN）

韩寿山　徐文艳　编著

责任编辑：杭　超　辛岐波　梁　欣
出　　版：東方出版社
发　　行：人民东方出版传媒有限公司
地　　址：北京市东城区东四十条 113 号
邮政编码：100007
印　　刷：北京亚通印刷有限责任公司
版　　次：2017 年 4 月第 1 版
印　　次：2017 年 4 月北京第 1 次印刷
开　　本：710 毫米×1000 毫米　1/16
字　　数：280 千字
印　　张：20
书　　号：ISBN 978-7-5060-9492-4
定　　价：68.00 元
发行电话：(010) 85924663　85924644　85924641

序 言
把握修齐治平"四位一体"的辩证法

不忘根本才能开辟未来，善于继承才能更好创新。一个国家之所以能够站在时代的前列，是因为其优秀传统文化和先进的国家精神的引领。中华优秀传统文化和国家精神具有"指南针""黏合剂""凝聚剂""推进器"的功能。19世纪德国辩证法大师黑格尔曾在《历史哲学》中指出："世界历史自身本质上是民族精神或国家精神的辩证法。"实现中华民族伟大复兴的中国梦需要多方面的动力，其中，思想感召力、文化助推力是重要动力。从优秀传统文化的功能和现实实践的要求来看，深入地挖掘和通俗易懂地阐发和弘扬博大精深的中华优秀传统文化，从中汲取推进实现中国梦的精神滋养，无疑是非常重要的。2013年3月7日，习近平在中央党校建校80周年庆祝大会暨2013年春季学期开学典礼上的讲话中指出："中国传统文化博大精深，学习和掌握其中的各种思想精华，对树立正确的世界观、人生观、价值观很有益处。古人所说的'先天下之忧而忧，后天下之乐而乐'的政治抱负，'位卑未敢忘忧国'、'苟利国家生死以，岂因祸福避趋之'的报国情怀，'富贵不能淫，贫贱不能移，威武不能屈'的浩然正气，'人生自古谁无死，留取丹心照汗青'、'鞠躬尽瘁，死而后已'的献身精神等，都体现了中华民族的优秀传统文化和民族精神，我们都应该继承和发扬。领导干部还应该了解一些文学知识，通过提高文学鉴赏能力和审美能力，陶冶情操，培养高尚的生活情趣。许多老一辈革命家都有很深厚的文学素养，在诗词歌赋方面有很高的造诣。总之，学史可以看成败、鉴得失、知兴替；学诗可以情飞扬、志高昂、人灵秀；学伦理可以知廉耻、懂荣辱、辨是非。"他还曾多次引用"修其心，治其身，而后可以为政于天下""安天下，必须先正其身"等经典名句来强调干部加强自身修养的重要性。2017年1月，中共中央办公厅、国务院办公厅印发了《关于实施中华优秀传统文化传承发展工程的意见》，并发出通知，要求结合实际认真贯彻落实。为了帮助广大党员干部和群众深入学习贯彻习近平指示精神和中办、国办文件精神，我们编写了《修身齐家治国平天下诗文绝唱镜鉴》一书。

　　修身、齐家、治国、平天下"四位一体"的完整概念，是在《礼记·大学》中提出的。《大学》开宗明义地指出："大学之道，在明明德，在亲民，在止于至善。知止而后有定，定而后能静，静而后能安，安而后能虑，虑而后能得。物有本末，事有终始。知所先后，则近道矣。古之欲明明德于天下者，先治其国；欲治其国者，先齐其家；欲齐其家者，先修其身；欲修其身者，先正其心；欲正其心者，先诚其意；欲诚其意者，先致其知；致知在格物。物格而后知至，知至而后意诚，意诚而后心正，心正而后身修，身修而后家齐，家齐而后国治，国治而后天下平。"这段话所构筑的修、齐、治、平"四位一体"的辩证逻辑体系，强调修养自身是前提，没有修身作铺垫，其他三个方面都无从谈起。与修身最直接、最密切相关的是家庭和家族，然后依次是国家、天下。齐家、治国、平天下三环节均是处理人与人之间的关系，从家庭走向社会，从独善其身转向兼济天下。有修养的人在家里就受到了治理国家方面的教育，即对父母的孝顺可以推及忠诚国家和人民；对兄长的恭敬可以推及尊重领导和同事；对子女的慈爱可以推及爱他人爱社会。"一家仁，一国兴仁；一家让，一国兴让；一人贪戾，一国作乱"讲的就是这个道理。反过来说也是一样，如果治理不好国家，没有公平正义，到处乱象丛生，怨声载道，天下不太平，个人和家庭又怎么能够安居乐业呢？这个逻辑体系蕴涵着丰富的辩证法思想，深刻阐释了修、齐、治、平的基本内涵和四者之间的相互联系、相互依赖、相互贯通、相互渗透、相互作用、相辅相成的辩证关系。两千多年来，这一思想滋养、引领、激励、鼓舞了一代代知识分子和广大的仁人志士，对铸造高尚的思想灵魂、人格心理和道德情操，发挥了重要作用，至今仍然发挥着润物细无声的教化作用，影响着人们的思想，左右着人们的行动。

　　编写本书，旨在帮助人们净化思想灵魂、升华道德境界、增强齐家艺术、提高治国、平天下的本领，我们从中华优秀传统文化和现代红色文化中精心遴选了三百五十余条与修身、齐家、治国、平天下有密切关系的诗词曲赋文经典名句，进行了深入浅出地解析导读，旨在为广大党员干部和群众及青少年读者提供一本修、齐、治、平"四位一体"的诗词曲赋文名句觉解、品读、镜鉴读本。全书共分四编，修、齐、治、平各为一编，每编均分为"经典诗词曲名句镜鉴"和"经典赋文名句镜鉴"两部分，每一部分中再细分类。每条设【原典出处】【名句释义】【觉解镜鉴】三个栏目，可以说每一条都是一扇知识和智慧的窗户、一缕和煦的春风、一位良师益友。细细品悟，仿佛让您走进充满智慧的文化海洋，感受其思想的深邃和蕴含的哲理美、文化美。本书题材宏大，涵盖面广，政治性、思想性、文化积累性、可读性较强。读者可以在轻松的阅读中领略贤哲的睿智，汲取中华传统文化的精华；可以站在先贤圣哲的肩膀上开阔眼界和胸襟，启迪理性、积淀思想、陶情冶趣、提升人生境界。它似催人奋进的战鼓，又像自我警示的晨钟，可作为办公案头书、床头书、或随身携带，让它时时濡染于心、熏陶于行，将受益终生。

作者

2017 年 3 月

目录

第一编 修身——正品升境

一 经典诗词曲名句镜鉴

（一）修养心性

1

二 经典赋文名句镜鉴

（一）澡雪精神

（二）臻于至善

第二编　齐家——储德积学

一　经典诗词曲名句镜鉴

（一）德孝为本

二　经典赋文名句镜鉴

（一）名人家训

（三）笃学富才

第三编 治国——廉勤法德

一 经典诗词曲名句镜鉴

（一）清廉警示

二　经典赋文名句镜鉴

（一）法德相辅

（二）反腐倡廉

第四编　平天下——固本安邦

一 经典诗词曲名句镜鉴

（一）民本至上

（二）革故鼎新

■ 经典赋文名句镜鉴

（一）天下为公

第一编

修身——正品升境

一 经典诗词曲名句镜鉴

（一）修养心性

1. 高山仰止，景行行止

【原典出处】

春秋《诗经·小雅·车辖》

【名句释义】

"高山仰止，景行行止"的意思是：品德高尚的人会受人景仰，以光明正大作为行动的准则。"高山"比喻崇高的道德，"仰"是仰慕；"景行"即"明行"，即光明正大的行为，是人们行动的准则。

【觉解镜鉴】

《诗经》是我国第一部诗歌总集，收集了自西周初至春秋中叶五百多年的诗歌 305 篇，约成书于春秋时期，历时几百年，经多人之手，多次整理编修。孔子曾修订并给予高度评价："诗三百，一言以蔽之，曰：'思无邪'。"《诗经》中的"高山仰止，景行行止"名句，主要阐明的是人要有高尚的品德，要以光明正大作为自己行为的准则。司马迁在《史记·孔子世家》中曾引以赞美孔子："《诗》有之：'高山仰止，景行行止'。虽不能至，然心向往之。"人无德不立，国无德不兴，一座信仰和思想道德的高山，总吸引着你往高处攀登，使你拥有一个奋斗的方向和目标，任何时候都能在心中闪烁着永不磨灭的光辉。社会主义核心价值观是一种大德，既是个人的德，也是国家的德、社会的德。党员干部要让这座崇高美德的大山永远矗立在自己面前，以指引人生前进的航向。

2. 不忮不求，何用不臧

【原典出处】

春秋《诗经·邶风·雄雉》

【名句释义】

"不忮不求，何用不臧"的意思是：不妒忌、不贪求，为什么说不好呢？忮：嫉妒；求：贪求；臧：善，好。

【觉解镜鉴】

《诗经·邶风·雄雉》中说："百尔君子，不知德行。不忮不求，何用不臧。"《论语》曾引用过这句话，孔子说："穿着破旧的丝棉袍子，与穿着狐貉皮袍的人站在一起而不认为是可耻的，大概只有仲由吧。《诗经》上说'不忮不求'，为什么说不好呢？"子路听后，反复背诵这句诗。孔子又说："只做到这样，怎么能说足够好了呢？"孔子的话有两层意思：一是认为《诗经》中的"不忮不求"是对做人的起码要求；二是认为只做到这样不够好，还应有更高更远的志向。这是孔子对其学生子路的希望，也是对世人的提醒。从此，后人均以"不忮不求"作为修身立德的基石。东晋葛洪在《抱朴子·接疏》中说："明者举大略细，不忮不求，故能取威定功，成天平地。"南朝梁萧统《陶靖节集·序》曰："不忮不求者，贤达之用心。"不忮，就能心态平和坦荡，心态阳光，自然就心胸宽广，从而会一心想着为天下人谋福祉；不求，就会去除贪心，无患得患失之虞，便有仁心道义。如果人们都有"不忮不求"的心态和胸怀，事业就会兴旺发达，社会就会和谐美好。

3. 渴不饮盗泉水，热不息恶木阴

【原典出处】

（西晋）陆机《猛虎行》

【名句释义】

"渴不饮盗泉水，热不息恶木阴"的意思是：多么渴也不饮盗泉里流出来的水，多么热也不在不好的树荫下乘凉。比喻志节高尚的人不愿意受负面环境的影响，以免损害自己的声誉。

【觉解镜鉴】

陆机（261—303），吴郡吴县（今江苏苏州）人，西晋著名文学家、书法家，有"文章冠世"之称，被誉为"太康之英"。他的《猛虎行》一诗中的"渴不饮盗泉水，热不息恶木阴"名句，展现了为人诚实正直的高尚品质和道德情操。荀子在《劝学》中说："蓬生麻中，不扶自直；白沙在涅，与之俱黑。"这都是说人在好的环境里接受正能量，身心就会健康，反之则不然。可见，客观环境对人的成长会产生重要影响。所以，在新形势下，党员干部要时刻保持清醒的头脑，心有定力，守住底线，善辨良莠，远离灯红酒绿，不近黄赌毒大染缸，抵御住金钱美色等物欲的诱惑。只要加强政治思想和道德修养，提高鉴别能力，分清是非真假，坚持正道，就能写好人生的华美乐章。

4. 纵浪大化中，不喜亦不惧

【原典出处】
（东晋）陶渊明《形影神赠答诗·神释》

【名句释义】
"纵浪大化中，不喜亦不惧"的意思是：在宇宙和人类社会的曲曲折折、坎坎坷坷的大风大浪中，要自信、淡定、从容地面对一切。

【觉解镜鉴】

陶渊明（352—427），浔阳柴桑（今江西九江）人，东晋诗人、辞赋家、散文家，中国田园诗派鼻祖。他同时具有儒家和道家两种修养，他的品格和诗文成为后人崇拜的对象。《形影神赠答诗·神释》中的"纵浪大化中，不喜亦不惧。应尽便须尽，无复独多虑"，阐明了宇宙万物是一个大化流变的过程，应随其变化而律动；人在天地变化面前应该做到不以物喜、不为己忧，让生命随大化而同行。自然辩证法告诉人们：大自然的造化是没有私心的、是平等的，万物众生也没有谁能被大自然特别关照。所以都应该尽情地享受大自然赐予的恩惠，彻悟万事万物变化发展之原理，与自然同节律，化繁为简，适度开怀，问心无愧地尽伦、尽职、尽责。不要斤斤计较、怨天尤人。这是一种很高的精神境界，应作为一面镜子经常照一照自己，找差距、促提高。

5. 清水出芙蓉，天然去雕饰

【原典出处】

（唐）李白《经乱离后天恩流夜郎忆旧游书怀赠江夏韦太守良宰》

【名句释义】

"清水出芙蓉，天然去雕饰"的意思是：要像刚出清水的芙蓉花，天然高洁清新纯美，无须人为刻意地去雕饰。

【觉解镜鉴】

李白（701—762），绵州昌隆（今四川江油）人，唐代伟大诗人，其诗歌的表达具有一种排山倒海、一泻千里的气势及"笔落惊风雨，诗成泣鬼神"的艺术魅力，是后人难以企及的，被誉为"诗仙"，对后世产生了极为深远的影响。这首《经乱离后天恩流夜郎忆旧游书怀赠江夏韦太守良宰》，是作者被发配到夜郎（今贵州西南部）途经江夏（今湖北武汉）与故友临别时所写。"清水出芙蓉，天然去雕饰"，既赞美了韦太守文章的自然清新，也表达了自己对诗歌创作主张纯美优雅和反对矫饰雕琢的见解。此诗启示人们，做人要像荷花那样保持纯美，出污泥而不染。虚伪做作、机关算尽不如任劳任怨、踏实肯干。诚实做人即是上法，认真做事即为奇谋。

6. 受屈不改心，然后知君子

【原典出处】

（唐）李白《赠韦侍御黄裳》

【名句释义】

"受屈不改心，然后知君子"的意思是：受到任何委屈挫折都不改变初心志向，这才是君子。

【觉解镜鉴】

《赠韦侍御黄裳二首》是李白的组诗作品。韦黄裳谄媚权贵，李白写诗予以规劝，希望他向长松学习，不要做经不起风吹雨打的桃花李花。认为只有遭受困难和挫折也不改变初心，才是一个堂堂正正的大丈夫。诗中以高大挺拔、不畏霜雪的青松为喻，歌颂不肯与世俗同流合污、傲岸不屈的君子，又以春光中的桃花李花艳丽娇娆作比较，讽刺和嘲笑了那些只会阿谀奉承、随波逐流的小丑，断言势利小人虽能取媚显赫一时，但终究会像桃花、李花那样一旦春去便凋谢化为尘土。此名句与《论语》中的"岁寒，然后知松柏之后凋也"之句涵义相通，寓意识别一个人的品德，要看其能否做到"富贵不能淫，贫贱不能移，威武不能屈"。只有在受到委屈挫折以后仍然坚定不移，不灰心，不气馁，不改变初衷，才可称为君子。这句名言也可以作为识别贤才的尺度。

7. 水能性淡为吾友，竹解心虚即我师

【原典出处】

（唐）白居易《池上竹下作》

【名句释义】

"水能性淡为吾友，竹解心虚即我师"的意思是：把水善利万物而不争的品性视为好友；把竹子有节且虚怀的品格作为自己的好老师。

【觉解镜鉴】

白居易（772—846），祖籍山西太原，曾任翰林学士等职，唐代伟大的现实主义诗人，有"诗王"之称。他的"水能性淡为吾友，竹解心虚即我师"的警句被千古传诵。水是万物之源，有避高趋下的谦逊、奔流到海的追求、刚柔相济的能力、海纳百川的大度、滴水穿石的毅力、洗涤污淖的奉献。人最高境界的善行就要像水的品性那样，泽万物而不

争名利；也应像竹子一样，既具有梅花笑迎风霜雪雨的坚强品格，更要有文静高雅、虚心进取、乐于奉献的高风亮节。所以，人们要以水恬淡且善利万物的品格为友，自适而不热衷于名利；以竹有节且虚怀的美德为师，未出土时便有节，及凌云处尚虚心。如此，则获益良多。

8. 一片冰心在玉壶

【原典出处】

（唐）王昌龄《芙蓉楼送辛渐》

【名句释义】

"一片冰心在玉壶"的意思是：把洁白透明的心放在晶莹剔透的玉壶里，全然一片透明，无一丝一毫杂质，以玉壶冰心自明心迹，表明自己的心至纯高洁，心灵未受一点玷污。

【党解镜鉴】

王昌龄（698—757），河东晋阳（今山西太原）人，唐代著名诗人。他的"一片冰心在玉壶"是千古名句，象征清澈无瑕、澄空见底的玉壶中有一颗晶莹纯洁的心。许多贤哲、文人均喜欢用"玉壶冰心"来比喻人的高洁情操。南朝文学家鲍照的《白头吟》中有"直如朱丝绳，清如玉壶冰"；唐代名相姚崇在《冰壶诫并序》中对冰壶之德也有精彩描述："故内怀冰清，外涵玉润，此君子冰壶之德也。"唐代诗人王维、崔颢、李白等都曾以冰壶自勉，推崇光明磊落、冰清玉洁、表里俱澄澈的品格。这种纯真纯善、清廉端方、表里如一的道德情操不仅是中华民族的优秀传统美德，更应该成为今天党员干部必备的思想道德素养。

9. 清心为治本，直道是身谋

【原典出处】

（北宋）包拯《书端州郡斋壁》

【名句释义】

"清心为治本，直道是身谋"的意思是：净化心灵是为了提高自己的道德修养，坚持正义、廉洁奉公是为自己确定的为官宗旨。

【觉解镜鉴】

包拯（999—1062），庐州合肥（今安徽合肥肥东）人，官至枢密副使，有汇集187篇文章的《包拯集》一书传世。"清心为治本，直道是身谋"是他一生为官的座右铭。他廉洁公正、立身刚直，体恤百姓、铁面无私，成为中国历史上廉洁与正义的化身。一个至清至正、至刚至纯的清官标志与忠臣样本，被历代百姓誉为"包青天"。"清心"是遏除私欲的根本，只有注重修炼"内功"，筑牢拒腐防变的思想道德防线，才能成为百姓公认的清官。党员干部尤其是领导干部学习包拯，就要突出学习他清心和正直两大优点，清正在德，廉洁在志，以做无私清官为荣、做贪官赃官为耻，不求千秋留美名，至少也要做一个为当世百姓称道的好官。

10. 人生看得几清明

【原典出处】

（北宋）苏轼《东栏梨花》

【名句释义】

"人生看得几清明"的意思是：隐喻人要有深邃高远的眼光，把人生看得清明透彻。

【觉解镜鉴】

苏轼（1037—1101），眉州眉山（今四川眉山）人，唐宋八大家之一，其诗、词、赋、散文均成就极高，且工书法、绘画，是中国文化史上罕见的全才。他写这首《东栏梨花》时已41岁，经历了众多的家庭变故，母亲、妻子、父亲相继离他而去。政治上，因王安石变法而引起的新旧党争，他离开朝廷，带着淡淡的忧愁，到地方为官。诗人此时已彻悟了人生。《东栏梨花》是他伟岸的心在闲暇时的偶发，也是对人生的明澈观照。诗中"人生看得几清明"的名句，告诉人们尤其是党员干部，要用一双慧眼把变幻莫测的世界看个清清楚楚、明明白白、真真切切。达到这样的境界并不容易，必须要靠平时多学习积累，"积学以储宝，酌理以富才，研阅以穷照"。认真研究事理，深入思考事物背后的规律，以提升自己深邃犀利的眼光、阅历和才能，保持头脑清醒，坚定理想信念，永不偏离人生的正确航向。

11. 独上高楼，望尽天涯路

【原典出处】

（北宋）晏殊《蝶恋花·槛菊愁烟兰泣露》

【名句释义】

"独上高楼，望尽天涯路"的意思是：隐喻只有站在思想、知识的巅峰上，才能有广阔的视野和远大的理想目标。

【觉解镜鉴】

晏殊（991—1055），抚州临川（今江西进贤）人，北宋著名的文学家、政治家，官至宰相，有"宰相词人"之称，是引领宋词先路的一代词宗，一生写了一万多首词。他的《蝶恋花·槛菊愁烟兰泣露》中"独上高楼，望尽天涯路"的千古名句，被清末国学大师王国维在《人间词话》中列为"古今之成大事业、大学问者"必经的三境界中的第一境界。王国维用这句话形容有志者要耐得住孤独寂寞，高瞻远瞩，看清事物发展的方向和主流，并进行周密地思考和探索，确立理想目标，这是取得成功的基础。这一境界是立志下决心阶段，只有具备了这个条件才会有第二、第三境界。党员干部在为事业奋斗的初始阶段，一定要站得高，看得远，胸怀鸿鹄之志，树立远大理想，立志为党和人民建立不凡的功业。

12. 衣带渐宽终不悔，为伊消得人憔悴

【原典出处】

（北宋）柳永《蝶恋花·伫倚危楼风细细》

【名句释义】

"衣带渐宽终不悔，为伊消得人憔悴"的意思是：瘦得衣带都宽了也不后悔。隐喻为实现理想和目标执着追求的态度和毅力。

【觉解镜鉴】

柳永（约984—1053），福建崇安（今福建武夷山）人，北宋著名词人。他的《蝶恋花·伫倚危楼风细细》中"衣带渐宽终不悔，为伊消得人憔悴"的名句，被清末国学大师王国维在《人间词话》中列为"古今之成大事业、大学问者"必经的三境界中的第二境界。这一境界是说，不管遇到什么样的艰难困苦，也要坚持不懈地执着追求，就是衣带渐宽人憔悴也在所不惜。此境界讲的是在确立了理想与目标之后就要全力以赴，不达目的不罢休。这个阶段就是要执着笃行，这是成功的必经路径。党员干部一定要坚定中国特色社会主义和共产主义理想信念，并为之进行执着不懈地奋斗，百折不挠，永不放弃。

13. 众里寻他千百度，蓦然回首，那人却在，灯火阑珊处

【原典出处】

（南宋）辛弃疾《青玉案·元夕》

【名句释义】

"众里寻他千百度，蓦然回首，那人却在，灯火阑珊处"的意思是：我在人群里寻找她千百回，猛然一回头，不经意间却在灯火零落之处发现了她。隐喻为事业经过持之以恒地奋斗及历练之后的突然顿悟。

【觉解镜鉴】

辛弃疾（1140—1207），山东历城（今山东济南）人，南宋豪放派

词人，与北宋苏轼合称"苏辛"。他以丰富的学养、过人的才华，在词的领域中进行了极富个人特色的创新，开拓了词的更为广阔的天地。他的《青玉案·元夕》中"众里寻他千百度，蓦然回首，那人却在，灯火阑珊处"的名句，被清末国学大师王国维在《人间词话》中列为"古今之成大事业、大学问者"必经的三境界中的第三境界。第三境界是指，在经过多次周折磨炼之后，量变积累到一定程度发生质变，正所谓"踏破铁鞋无觅处，得来全不费工夫"。这个阶段就是顿悟贯通，功到事成，是人生成功的得道阶段。在学习、工作、生活中，党员干部一定要注重量的积累，不能幻想"天上掉馅饼"，不能总是绞尽脑汁走"捷径"，要一步一个脚印扎扎实实地艰苦奋斗，以求达到事物发展的质变。

14. 我见青山多妩媚，料青山见我应如是

【原典出处】

（南宋）辛弃疾《贺新郎·甚矣吾衰矣》

【名句释义】

"我见青山多妩媚，料青山见我应如是"的意思是：我看那青山潇洒多姿，想必青山看我也一样。隐喻了一种主客观世界相互作用的深刻哲理。

【觉解镜鉴】

辛弃疾《贺新郎·甚矣吾衰矣》中的"我见青山多妩媚，料青山见我应如是"的名句，把妩媚多姿的青山拟人化，通过人与青山的互动交流，隐喻了一种作用与反作用的深刻哲理，即如果你心态旷达阳光，就会觉得这个世界到处充满希望和阳光；如果你心胸狭小阴暗，就觉得这个世上没有顺心顺眼的事。也就是说，你怎样对待这个世界，这个世界就怎样反馈给你。这与宋代禅宗大师青原行思提出的"看山是山，看水是水；看山不是山，看水不是水；看山还是山，看水还是水"的人生三重境界有寓意相通之处。从哲学上讲，这是符合辩证唯物主义否定之否定规律的，党员干部应该领悟其中的深刻含意，提高对新事物、新常态的认识，并在实践中加以运用践行。

11

15. 人生自古谁无死？留取丹心照汗青

【原典出处】

（南宋）文天祥《过零丁洋》

【名句释义】

"人生自古谁无死？留取丹心照汗青"的意思是：人世间谁都不能免于一死，但应该死得有意义，应该留一颗赤胆忠心照耀史册，以激励鼓舞后人。

【觉解镜鉴】

文天祥（1236—1283），江西吉州庐陵（今江西吉安）人，南宋诗人，官至右丞相兼枢密史。他的《过零丁洋》浩然正气贯长虹，是一首惊天地、泣鬼神的伟大爱国主义诗篇，其中的"人生自古谁无死？留取丹心照汗青"两句，彰显了诗人宁为玉碎、不为瓦全的高尚气节，体现出他爱国为民、舍生取义的坚定信念和民族担当。这种精神是中华民族美德的最高表现，是修心修身最高层次的象征。党员干部尤其需要具备这种大义凛然、敢于担当、无私无畏的献身精神，当国家和人民需要时，应该挺身而出，不惜牺牲自己的一切。无论走多远，都不要忘了为什么出发。在这个物欲横流、充满诱惑的年代，要始终把共产主义信仰当作头顶的星空，将党章党规党纪视为心中的道德、法律，从容而不浮躁，充实而不空虚，真诚而不虚荣。只有勇敢地担负起自己的责任，人生才会充实，生活才有意义。

16. 不要人夸颜色好，只留清气满乾坤

【原典出处】

（元）王冕《墨梅》

【名句释义】

"不要人夸颜色好，只留清气满乾坤"的意思是：不需要别人夸颜色多么漂亮，只愿能在天地间留下清淡的芳香造福大众。隐喻不慕浮华

而追求实在的高尚品质。

【觉解镜鉴】

王冕（1287—1359），浙江诸暨人，元代著名画家、诗人、篆刻家。《墨梅》是他的一首题画诗，其中的"不要人夸颜色好，只留清气满乾坤"两句，盛赞墨梅的高风亮节，将诗格、人格有机融合，体现了有修养的人生理念，展示了不慕虚荣浮华的气节和人品。不慕浮华、求真务实是共产党人最鲜明的精神特质。但在现实工作和生活中，人们往往容易产生作风浮漂、急功近利、好大喜功、追名逐利、慕虚荣、图奢华、讲排场、比阔气等，这些都是形式主义、官僚主义、享乐主义、奢靡之风和"官本位"思想的表现。浮华看似热闹光鲜，实则劳民伤财，贻害无穷。要想为人民建功立业，就必须坚决摒弃浮华，保持一份淡泊平静的心态，与人和谐共处、相互协作，脚踏实地、埋头苦干，给党和人民递交一份合格的答卷。

17. 常把一心行正道，自然天地不相亏

【原典出处】
（明）范立本《明心宝鉴·继善篇》

【名句释义】

"常把一心行正道，自然天地不相亏"的意思是：一个人行得正、走得端，社会便会认可，无论天道、地道、人道都不会亏待你。

【觉解镜鉴】

《明心宝鉴》大约成书于元末明初，辑录整理者是范立本。全书视野开阔，内容网罗百家，杂糅儒、释、道三教学说，荟萃了明代以前中国先圣前贤关于个人品德、修身养性、安身立命等方面的论述精华，涉及和囊括了人生所要面对的方方面面。该书"继善篇"中的"常把一心行正道，自然天地不相亏"之警句，其主旨是箴劝人们要走正道，不搞歪门邪道。共产党人更需要经常回头看看自己走的路正不正，当初入党的誓言有没有忘记、有没有背离，这也是一个思想提纯、灵魂回炉的过

程。尤其是领导干部更应该存正念、干正事、走正道，坚持人心所向，只要这么做了，就会成为一个"德不孤，必有邻"的良好修养之人。

18. 终身让人道，曾不失寸步

【原典出处】

（清）曾国藩《不忮诗》

【名句释义】

"终身让人道，曾不失寸步"的意思是：有失必有得，看起来是给别人让路，而自己从来都不会失去半步，内中深蕴得与失的辩证法。

【觉解镜鉴】

曾国藩（1811—1872），湖南长沙湘乡人，清末政治家、战略家、理学家，湘军的创立者和统帅，官至直隶总督、武英殿大学士，与李鸿章、左宗棠、张之洞并称"晚清四大名臣"。曾国藩《不忮诗》中的经典名句"终身让人道，曾不失寸步"，乃做人之大道，说明事业的背后是人品的支撑。古人云"满招损，谦受益""劳谦虚己，则附之者众；骄慢倨傲，则去之者多"。谦虚谦让是一种美德、一种品质、一种风范、一种人格修养，更是一种做人的境界。党员干部一定要虚怀若谷，容人容事、不计恩怨、不嫉贤妒能、不小肚鸡肠，凡事大德大量大气大度，这样才能做成事、成大器。

19. 知足天地宽，贪得宇宙隘

【原典出处】

（清）曾国藩《不求诗》

【名句释义】

"知足天地宽，贪得宇宙隘"的意思是：如果知道满足，天和地都觉得宽广浩大；倘若不知足，就是整个宇宙也觉得狭小。

【觉解镜鉴】

曾国藩《不求诗》中的"知足天地宽，贪得宇宙隘"的名句，阐明了知足知止思想和知足与贪得的辩证关系。这种思想认识与老子《道德经》中的"罪莫大于可欲，祸莫大于不知足，咎莫大于欲得。故知足之足，恒足矣"的思想是一致的。知足是一种心态，知止是一种德行和智慧。贪欲则是欲望的驱使，幻想的冲动，过度地索取，是贪得无厌。一个人一旦利欲熏心，便会头脑发昏，做出不知止不知耻的事。人即欲望体，有适度欲望也属正常，在这个意义上，欲望是人改造世界和改造自己的内在动力，也是人类进步、社会发展的动力。问题的关键是如何把握控制欲望的度，欲望有两面性，是双刃剑。欲望可以使人成功，也可以使人失败。如果对欲望不加以遏制，任其发展就会变成贪欲，这不仅不能给自己带来好处，反而会酿成人生悲剧。我们每个人尤其是党员干部都应见贤思齐、见不贤而内自省，把知足知止扎根于内心、落实到行动之中，在知足知止的基础上积极进取，把眼光放高放远，少一些攀比、多一些责任，少一些功利投机，牢记"知足不辱，知止不殆"的古训，便可平安长久。

20. 看破浮生过半，半之受用无边

【原典出处】

（清）李密庵《半半歌》

【名句释义】

"看破浮生过半，半之受用无边"的意思是：半也可视为度，人有了一定的阅历，对人生参悟到一定程度，就会对度有较深刻的感悟和理解，一旦能掌握好度，就会受益终生。

【觉解镜鉴】

清代学者李密庵有首《半半歌》："看破浮生过半，半之受用无边。半中岁月尽幽闲，半里乾坤宽展。半廓半乡村舍，半山半水田园。半耕半读半经廛，半士半姻民眷。半雅半粗器具，半华半实庭轩。衾裳半素

半轻鲜，肴馔半丰半俭。童仆半能半拙，妻子半朴半贤。心情半佛半神仙，姓字半藏半显。一半还之天地，让将一半人间。半思后代与沧田，半想阎罗怎见。酒饮半酣正好，花开半吐偏妍。帆张半扇免翻颠，马放半缰稳便。半少却饶滋味，半多反厌纠缠。百年苦乐半相参，会占便宜只半。"这首诗体现了中国人历来崇尚的守中、持正、无过无不及的哲学思想，也就是把握好度。这与《论语·先进》中"过犹不及"的思想是一致的。党员干部在为党和人民建功立业的过程中一定要把握好度，既要积极作为，又要有所不为，管理好自己的人生。

21. 自信人生二百年，会当水击三千里

【原典出处】
毛泽东《七古（残句）》

【名句释义】
"自信人生二百年，会当水击三千里"的意思是：珍惜时光，加倍工作，这样就会拥有两次人生的时间，犹如水击三千里。表示一种宏大的志向和气概。

【觉解镜鉴】
"自信人生二百年，会当水击三千里"是毛泽东早年留下的不完整的诗句。1958年12月21日，毛泽东在文物出版社大字本《毛泽东诗词十九首》的书眉上有这样的批注："水击：游泳。那时初学，盛夏水涨，几死者数。一群人终于坚持，直到隆冬，犹在江中。当时有一篇诗，都忘记了，只记得两句：自信人生二百年，会当水击三千里。"这两句诗反映了毛泽东对人生及远大理想信念的坚定、坚强和执着，其意境之深远无可言表。诗句虽短，但铿锵有力，字字重千斤，读之令人激动。为实现中国梦，就要树立正确的世界观、人生观、价值观，在新形势下要坚定道路自信、理论自信、制度自信、文化自信。要有"自信人生二百年，会当水击三千里"的英雄气概，面对一切困难和挑战，不畏惧、不退缩。要在务实中坚持创新，树立与创新发展相适应的新思想，新观念，

动脑筋，想办法，发挥最大潜能，创造新奇迹，不断谱写新的篇章。

22. 丈夫何事足萦怀，要将宇宙看稊米

【原典出处】

毛泽东《七古·送纵宇一郎东行》

【名句释义】

"丈夫何事足萦怀，要将宇宙看稊米"的意思是：大丈夫岂能因区区小事萦怀于心，应该把至大无边的宇宙看得如同米粒一样小。比喻胸怀无比宽阔旷达。

【觉解镜鉴】

《七古·送纵宇一郎东行》是毛泽东于1918年4月送别罗章龙（纵宇一郎是其在1915年同毛泽东初次通信时就已用过的化名）去日本留学时所作的一首诗。即："云开衡岳积阴止，天马凤凰春树里。年少峥嵘屈贾才，山川奇气曾钟此。君行吾为发浩歌，鲲鹏击浪从兹始。洞庭湘水涨连天，艟艨巨舰直东指。无端散出一天愁，幸被东风吹万里。丈夫何事足萦怀，要将宇宙看稊米。沧海横流安足虑，世事纷纭从君理。管却自家身与心，胸中日月常新美。名世于今五百年，诸公碌碌皆余子。平浪宫前友谊多，崇明对马衣带水。东瀛濯剑有书还，我返自崖君去矣。"全诗立意高远，意在勉励友人为实现时代赋予的历史使命而努力奋斗。其中"丈夫何事足萦怀，要将宇宙看稊米"两句，表达了一个革命者的博大胸怀和充溢宇宙的浩然之气；也是在劝说朋友，大丈夫不要为小事萦怀于心，应以一颗平常心，淡定从容地看待世上的一切事物。品读此诗，人们要学习和领悟其中的深远意义，从而获得一种超拔境界，即不以沧海横流、世事纷纭为虑，不受空间、时间的拘缚和社会环境、传统观念的约束，忘怀得失，摆脱人间龃龉、蝇头微利、蜗角虚名，利用好自身优势条件，多做有利于国家和人民的事情。

23. 管却自家身与心，胸中日月常新美

【原典出处】

毛泽东《七古·送纵宇一郎东行》

【名句释义】

"管却自家身与心，胸中日月常新美"的意思是：搞好身心修养，心中就会像日月那样澄明透彻，常新常美。表达了作者对崇高人格境界的追求。

【觉解镜鉴】

毛泽东《七古·送纵宇一郎东行》中的"管却自家身与心，胸中日月常新美"名句，充分表达了诗人的阔达胸怀和修身、齐家、治国、平天下的远大抱负及豪情壮志。此诗对于促进人们紧跟时代步伐、重视身心修养、保持思想境界的纯美高尚，具有非常重要的激励作用。人生在世，就必须时常进行内外兼修。内修是指各个方面的学习积累，从而达到胸中日月常新美；外修是指通过长期地反复实践历炼总结经验。把二者结合起来，达到相互联动、相互促进的目的。伟大的时代，需要伟大的精神，需要光明磊落和坦荡旷达的胸怀，需要长期的自我修养、自我磨炼、自我蜕变，逐步实现自我净化、自我完善、自我发展和自我提升。这样就能够做到在工作和事业中处处主动，做好方方面面的工作。只有把自己的命运与党和国家的命运自觉紧密相连，"两个一百年"奋斗目标才能实现，中华民族伟大复兴的中国梦才能梦想成真。

24. 所作平凡事，皆成巨丽珍

【原典出处】

董必武《咏雷锋同志》

【名句释义】

"所作平凡事，皆成巨丽珍"的意思是：雷锋在平凡的岗位上做出了许许多多平凡的事迹，但他的精神像一颗颗巨大美丽的珍珠光彩照人。

【觉解镜鉴】

董必武（1886—1975），湖北红安人，中国共产党的创始人之一，曾任国家副主席、代主席。雷锋（1940—1962），湖南长沙望城人，1960年参军，同年入党，曾多次立功受奖。1962年8月因公殉职。1963年3月5日，毛泽东亲笔题词"向雷锋同志学习"。董必武晚年曾两次赋诗咏赞雷锋。《咏雷锋同志》一诗写于1963年2月，其中"所作平凡事，皆成巨丽珍"，点出了雷锋精神是认真学习毛泽东思想、全心全意为人民服务的结果，高度概括了雷锋平凡中孕育着伟大。在《雷锋日记》中有一百多处提到"人民"二字，可见他心中只想着为人民着想。"对待同志像春天般温暖""把有限的生命投入到无限的为人民服务之中去""自己活着，就是为了使别人过得更美好"，等等，这些既朴实又深邃的言语，体现了雷锋精神的实质和核心就是全心全意为人民服务，为了人民的事业甘于无私奉献。雷锋精神已成为我们这个时代精神文明的同义语、先进文化的象征和做人做事的行为准则。再过一百年甚至一千年，雷锋这座精神灯塔也依然会高高矗立，雷锋事迹像一颗颗巨大美丽的珍珠光耀宇宙，推动着时代的进步。

25. 人呵，应该，这样生！路呵，应该，这样行

【原典出处】

贺敬之《雷锋之歌》

【名句释义】

"人呵，应该，这样生！路呵，应该，这样行"的意思是：人活着就应该像雷锋一样，才有生命的意义和价值。

【觉解镜鉴】

贺敬之，1924年出生，山东枣庄人，著名诗人和剧作家。他创作过诸多诗集如《放歌集》《回延安》《雷锋之歌》等，被称为"时代的歌手""人民的诗人"。《雷锋之歌》是一首阶梯式结构的政治抒情长诗，豪情贯日，气势磅礴，格调高昂奔放，熔描写、议论与抒情于一炉，具

有强烈的艺术感染力，深刻挖掘出了雷锋短暂而又伟大的一生和雷锋精神的时代内涵。"人呵，应该，这样生！路呵，应该，这样行"的诗句，鼓舞着人们在生命的航程中去追求最壮丽的人生，对历史的航线看得更加分明。雷锋精神成为一种境界、一种文化现象，是社会主义核心价值观的生动体现，是中华民族传统美德的继承和升华。共产党人应做雷锋精神的种子，广播在祖国大地上，使雷锋精神永存人间，世代相传，以更好地教育和鼓舞世人。

26. 有的人活着，他已经死了；有的人死了，他还活着

【原典出处】

臧克家《有的人——纪念鲁迅有感》

【名句释义】

"有的人活着，他已经死了；有的人死了，他还活着"的意思是：损害人民利益的人，虽生犹死；那些为国家为人民为人类社会做出无私奉献和牺牲的人，即使人死了，但永远活在人民心中，其精神将会永垂不朽、世代相传。

【觉解镜鉴】

臧克家（1905—2004），山东诸城人，杰出诗人、著名作家、编辑家，其脍炙人口的作品《有的人——纪念鲁迅有感》《毛主席向着黄河笑》等，多次被选入中学语文课本。这首《有的人——纪念鲁迅有感》，是他于1949年11月1日在北京参加鲁迅逝世30周年纪念活动后写的。此诗以高度凝练的艺术手法，阐述了人的肉体生命与精神生命关系的真谛。"有的人活着，他已经死了；有的人死了，他还活着"，一方面是对那些情愿充当无名小草的高尚情操的高度赞美，另一方面揭露了那些行尸走肉们的丑恶嘴脸，此诗阐明了人不但要有一个属于肉身的自然生命，还要有一个属于心灵的道德文化生命。党员干部应该为了国家和人类的事业、为了多数人更好地生活而活着，全心全意为人民服务，对社会多作贡献，这样的人生才有意义。

（二）淡泊名利

27. 功名富贵若长在，汉水亦应西北流

【原典出处】

（唐）李白《江上吟》

【名句释义】

"功名富贵若长在，汉水亦应西北流"的意思是：一个人的功名富贵不会长久存在，除非江水倒流。比喻一切都是过眼烟云，不可能一成不变。

【党解镜鉴】

李白《江上吟》这首诗，以江上的遨游起兴，表现了诗人对庸俗、局促现实的蔑弃和对自由、美好生活理想的追求，彰显出一种强大的精神力量。他俯仰宇宙，纵观古今，得出了"功名富贵若长在，汉水亦应西北流"的结论，这是对世理的领悟，对人生的警醒。这告诉人们，人世沧桑，宦海沉浮，一生不知要经历多少次变迁，功名富贵是动态的过眼烟云，转瞬即逝。党员干部在任何时候都要保持头脑清醒，不刻意追求身外变幻不定的浮名浮利。要讲道德，有品行，少一些患得患失，多一些浩然正气，远离低级趣味，守住人格尊严，铲除私心杂念，守住做人底线，永葆共产党人的先进性和纯洁性。

28. 丹青不知老将至，富贵于我如浮云

【原典出处】

（唐）杜甫《丹青引赠曹将军霸》

【名句释义】

"丹青不知老将至，富贵于我如浮云"的意思是：曹霸一生潜心研

究自己的绘画艺术，把利禄富贵看得犹如天上浮云。

【觉解镜鉴】

杜甫（712—770），祖籍湖北襄阳，唐代伟大的现实主义诗人，被尊为"诗圣"，与李白并称"李杜"，对后世影响深远。其诗作内容深刻，敢于大胆揭露当时的社会矛盾，大多反映民间疾苦，被称为"诗史"。曹霸是魏武帝曹操的嫡传后人，写一手漂亮字，后转学绘画，便一生沉浸其中，成为盛唐著名的画马大师。安史之乱后，他潦倒漂泊，764 年，杜甫在成都与他相识，便写了这首《丹青引赠曹将军霸》予以赞颂。其中"丹青不知老将至，富贵于我如浮云"，高度赞颂了曹霸的人品人格，同时也是诗人自己人生观和名利观的写照。今天的党员干部更要"盖要利达，须力学修德"。要树立正确的世界观、人生观、价值观、名利观，自觉培育和践行社会主义核心价值观，襟怀坦白、言行一致、表里如一，始终保持做人的尊严和道德标准。

29. 君子山岳定，小人丝毫争

【原典出处】

（唐）孟郊《秋怀》

【名句释义】

"君子山岳定，小人丝毫争"的意思是：品德高尚的人任何时候都淡定从容自信；品行不高的人就算是蝇头小利也斤斤计较。

【觉解镜鉴】

孟郊（751—815），湖州武康（今浙江德清）人，唐代著名诗人。《秋怀》是他在洛阳写的一组嗟老叹愁的诗歌，其中第八首中的"君子山岳定，小人丝毫争"，是说道德修养高的人心有定力，而道德修养低的人爱锱铢必较，争名争利。邹韬奋曾说："一个人光溜溜地到这个世界来，最后光溜溜地离开这个世界而去，彻底想起来，名利都是身外之物，只有尽一个人的心力，使社会上的人更多得到他工作的裨益，才是人生最愉快的事情。"相反，那些自私自利、损人利己的贪官，争来争去到头来却落个损人害己、身败名裂的可悲下场。由此可见，过度追求名利是招祸之源，所以，党员干部切勿整日为浮名浮利所累，这样反而会失去生命中最宝贵的东西，被人民所唾弃，还是早点醒悟早点明白为好。

30. 劝君少干名，名为锢身锁。劝君少求利，利是焚身火

【原典出处】

（唐）白居易《闲坐看书，贻诸少年》

【名句释义】

"劝君少干名，名为锢身锁。劝君少求利，利是焚身火"的意思是：人不要过分地追求名，名是禁锢自由的枷锁；也不要过分地追求利，利是焚烧生命的烈火。

【觉解镜鉴】

白居易这首《闲坐看书，贻诸少年》中的"劝君少干名，名为锢身锁。劝君少求利，利是焚身火"，阐明了过分追求名利的弊端和危害，奉劝人们不要刻意追逐名利，特别是领导干部更不能贪婪名利，要守得住清贫、耐得住寂寞，这样才能轻松干净当好人民的公仆。如何看待名利，反映了两种不同的人生观、价值观和名利观。淡泊名利并不是不让人们有所作为，而是说要以淡泊之心对待。也就是说，通过个人辛勤劳动，脚踏实地做事，无私付出奉献，获得社会认可和回馈，这样的名利是无可非议的，这是一种积极的人生态度。但绝不能费尽心机去追名逐利，甚至不择手段地去沽名钓誉，更不能以损害公共利益和他人利益为代价去获取名利，做祸国殃民之事，这样就会惹火烧身。

31. 贤愚千载知谁是，满眼蓬蒿共一丘

【原典出处】

（北宋）黄庭坚《清明》

【名句释义】

"贤愚千载知谁是，满眼蓬蒿共一丘"的意思是：不论你是圣贤还是平庸，生命结束的时候，留在人间的都不过是长满野草的小土堆而已。

【党解镜鉴】

黄庭坚（1045—1105），洪州分宁（今江西修水）人，北宋著名诗人、词人、书法家。他的《清明》诗中"贤愚千载知谁是，满眼蓬蒿共一丘"的名句，是诗人在生机勃勃的春天里由逝者思考到人生的意义，既赞美了仁人志士的高风亮节，又揭露了人生的丑恶现象，启迪人们活着就要回报社会，奉献人民，等驾鹤西归之后也留个好名声，不能像诗人笔下描写的依靠偷吃坟前祭品为生的齐国人那样猥琐卑微、恬不知耻。应该顶天立地，坦坦荡荡，高风亮节，如春秋时期的介子推帮助晋文公复国，虽其功巨大，但却选择隐居山中，不慕高官厚禄，不愿与世俗同流合污。此诗句的高深寓意很值得今人尤其是党员干部深思警醒。

32. 看尽人间兴废事，不曾富贵不曾穷

【原典出处】

（南宋）陆游《一壶歌》

【名句释义】

"看尽人间兴废事，不曾富贵不曾穷"的意思是：人世间的沧海桑田、兴衰成败、富贵贫穷的转换易位是再正常不过的了，并没有固定不变的事物。

【党解镜鉴】

陆游（1125—1210），越州山阴（今浙江绍兴）人，南宋著名诗人、词人。他的《一壶歌》中"看尽人间兴废事，不曾富贵不曾穷"名句，是诗人对人生的感悟，看透了人间万事万物的兴旺衰败是变换不定的动态过程，富与穷是相对的，君子忧道不忧贫。穷富只是一种生活状态，知足者身穷而心富，贪得无厌者身富而心穷。拥有大智慧的人既淡定从容，又会用心去做人做事。至简至淡是一种大彻大悟的成熟，并不是甘

于平庸，不思进取，而是对物欲事理能够适度取舍。境由心生，心态决定心情，心悦则物美，心悲则事哀。积极乐观的人生态度，能使人获得一种灵魂上的升华和精神上的富有，党员干部应在短暂的人生征程中，鞠躬尽瘁，弹奏出动人的乐章，为实现中华民族伟大复兴的中国梦而努力奋斗！

33. 竞功名有如车下坡，惊险谁参破

【原典出处】

（元）贯云石《双调·清江引·竞功名有如车下坡》

【名句释义】

"竞功名有如车下坡，惊险谁参破"的意思是：追逐功名犹如坐着车下陡坡，其中的惊险有谁能知道呢？

【党解镜鉴】

贯云石（1286—1324），元代文学家、散曲作家，祖籍北庭（今新疆吉木萨尔），在诗文、散曲方面有很深的造诣。他的《双调·清江引·竞功名有如车下坡》中"竞功名有如车下坡，惊险谁参破"名句，浅显中见深邃，反映了当时官场的险恶和福祸无常的残酷现实，表现出自己淡泊名利、不贪求功名利禄的高尚情操。它警示人们特别是领导干部应保持头脑高度清醒，不要做像坐着车下陡坡之类的蠢事，以免造成车翻人亡的悲剧。

34. 低头一拜屠羊说，万事浮云过太虚

【原典出处】

（清）曾国藩《沅甫弟四十一初度》

【名句释义】

"低头一拜屠羊说，万事浮云过太虚"的意思是：要像春秋时期的屠羊说那样把功名利禄、荣华富贵看得像天空的过眼浮云一样。

【觉解镜鉴】

1864 年 6 月 16 日，曾国藩的胞弟曾国荃率湘军攻破南京，历时十余年剿灭太平天国的战争宣告结束，为清朝立下赫赫战功。这时曾国荃向哥哥进言，何不进兵北京推翻清朝，夺取天下。同年 8 月，曾国藩借为弟弟过 41 岁生日之机，写下 13 首关于看淡功名利禄的诗，其第十首中的"低头一拜屠羊说，万事浮云过太虚"，是教育胞弟对身外之物不要看得太重，要像春秋时期的屠羊说那样，虽为保护楚昭王立下了大功，但对楚昭王所封许的高官厚禄坚辞不受，成为后人所效仿的典范。在曾国藩的劝导下，曾国荃放弃了自己的想法。党员干部也应该像先人那样，不要有过多的奢望，应视名利如浮云，多想想怎样全心全意为人民服务，多做为人民建功立业的事。

（三）坚守节操

35. 与其无义而有名兮，宁处穷而守高

【原典出处】

（战国）宋玉《九辩》

【名句释义】

"与其无义而有名兮，宁处穷而守高"的意思是：与其背离信义而徒有虚名，不如独处贫穷而保持高尚的节操。

【觉解镜鉴】

宋玉（约公元前 298—约前 222），鄢郢人（今湖北宜城）人，曾任大夫，侍奉楚顷襄王和楚考烈王。他是屈原的弟子，是其辞赋、诗歌艺术的直接继承者，在楚辞与汉赋之间起着承前启后的作用，后人多以"屈宋"并称。《九辩》是一篇优秀的抒情长诗，写出了小人当道、黑白颠倒的污浊现实。其中的"与其无义而有名兮，宁处穷而守高"名句，

提出了义利观问题，嘲讽了那些厚颜无耻之徒，勉励了身处逆境而坚守节操的仁人志士。党员干部应以此名句为警示，努力践行社会主义核心价值观，在关键时刻，应挺身而出，甚至舍生取义，不能见名利而忘义，不能做损害党、国家和人民的事。

36. 镜破不改光，兰死不改香

【原典出处】

（唐）孟郊《赠别崔纯亮》

【名句释义】

"镜破不改光，兰死不改香"的意思是：镜子即便破成碎片，也不会改光；兰花凋谢之后也不会改其香。寓意做人即便遇到挫折也照样坚守节操。

【觉解镜鉴】

孟郊的诗以写世态炎凉、民间苦难而著称，是杜甫之后又一个用诗歌深刻揭露当时社会贫富不均、苦乐悬殊矛盾的诗人。他歌颂尧舜古风，宣扬仁义道德，对后世颇有影响，与韩愈并称"韩孟"。宋代文豪欧阳修评价孟郊："韩孟于文词，两雄力相当。"其《赠别崔纯亮》中的"镜破不改光，兰死不改香"名句，在今天仍具有积极的教育意义，尤其是党员干部更应以此来自勉，不论在什么情况下都始终不改初心，即使受到委屈误解，甚至是讽刺打击，也要坚定信念，忍辱负重，一身正气留人间。

37. 时穷节乃见，一一垂丹青

【原典出处】

（南宋）文天祥《正气歌》

【名句释义】

"时穷节乃见，一一垂丹青"的意思是：愈是在艰难困苦的时候，愈能显示出崇高气节，人格高尚且建功立业的人，将名垂史册。

【觉解镜鉴】

文天祥 1278 年 10 月因叛徒出卖被俘，此后被元军关押了三年。这期间，他写了几百篇诗词文章，以抒发爱国之情。他的《正气歌》中的"时穷节乃见，一一垂丹青"的名句，与南北朝时期鲍照的"时危见臣节"和唐代韩愈的"士穷乃见节义"一脉相承，赞美的是"生当作人杰，死亦为鬼雄"的英雄气概。自古以来，有多少宁死不屈的仁人志士，为了坚守信仰而不惜牺牲自己的生命。古人尚且如此，今天的共产党人更应具有这种精神境界，关键时刻为了国家和人民的利益要敢于挺身而出，不惜牺牲自己的一切。

38. 大节还须咬菜根

【原典出处】

（明）于谦《题画菜》

【名句释义】

"大节还须咬菜根"的意思是：凡始终保持大节者，都经历过艰难困苦的磨砺。

【觉解镜鉴】

于谦（1398—1457），浙江杭州人，民族英雄，明代杰出的政治家、军事家，官至少保，总督军务。他性格刚强，坚持原则，严惩作奸犯科的权贵，屡受排挤打击，天顺元年（1457 年）遭诬陷被冤杀。于谦一生清廉，死后别无家产，其《题画菜》中的"大节还须咬菜根"，体现了他廉洁自律、崇俭持节的高尚人格。艰苦奋斗、勤俭节约是中华民族伟大精神财富的重要组成部分，是我们共产党人的传家宝。当年毛泽东、周恩来、朱德、彭德怀等老一辈无产阶级革命家在延安时期就以艰苦朴素闻名，去延安采访的美国记者斯诺称之为共产党人身上的"东方魔力"，并认定其是兴国之光、胜利之本。今天，共产党人仍需要继续保持艰苦朴素的优良传统，只有具备咬得菜根精神，才能百事可做、百事可兴、百事可成。

39. 名节重泰山，利欲轻鸿毛

【原典出处】

（明）于谦《无题》

【名句释义】

"名节重泰山，利欲轻鸿毛"的意思是：把名节看得像泰山一样重，把利欲看得像鸿毛一样轻。

【觉解镜鉴】

于谦《无题》中的"名节重泰山，利欲轻鸿毛"化用了司马迁的"人固有一死，或重于泰山，或轻于鸿毛"的名句，高度凝练地阐明了人生观、价值观和名利观问题。几千年来，名节一向被视为立身之本、为官之道。历代清廉有为的官吏无不把名节看得胜于身家性命。汉代桓宽的《盐铁论》中有"贤士徇名，贪夫死利"，宋代欧阳修的《朋党论》中也有"所守者道义，所行者忠信，所惜者名节"等，讲的都是为人要保持名节。觉解此诗，就要学习先贤的高尚气节，一心为国家着想，为百姓谋福。只要心中装满人民的利益，私利之欲自然没有了位置。

40. 诸葛一生唯谨慎，吕端大事不糊涂

【原典出处】

（明）李贽自题联诗

【名句释义】

"诸葛一生唯谨慎，吕端大事不糊涂"的意思是：做人要学三国时期的诸葛亮一生谨慎从事，秉承北宋名相吕端在关键时刻从不糊涂的品格。

【觉解镜鉴】

李贽（1527—1602），福建泉州人，明代著名的思想家、文学家，

著有《焚书》《续焚书》《藏书》等。"诸葛一生唯谨慎，吕端大事不糊涂"这两句诗，是李贽的自题诗联，意在借诸葛亮和吕端的人品节操以自勉，后人亦经常引用。有档案记载，1962 年 9 月 24 日，毛泽东在党的八届十中全会的讲话中说："叶剑英同志搞了一篇文章，很尖锐，大关节是不糊涂的。我送你两句话：'诸葛一生唯谨慎，吕端大事不糊涂'。"毛泽东在临终前的病榻上单独召见叶剑英时又以"诸葛一生唯谨慎，吕端大事不糊涂"诗联相嘱，说明对叶剑英的无比信任。叶剑英与其他中央领导同志在粉碎"四人帮"问题上的果断决策和实施措施，为保证党和国家沿着正确的方向继续前进立了大功。我们共产党人都应该像叶剑英一样在大是大非面前头脑清醒，立场坚定，旗帜鲜明，从不糊涂。

41. 大雪压青松，青松挺且直

【原典出处】

陈毅《青松》

【名句释义】

"大雪压青松，青松挺且直"的意思是：大雪压青松，青松反而更加挺拔直立。隐喻真正的共产党人绝不会向邪恶势力和困难低头。

【觉解镜鉴】

陈毅（1901—1972），四川乐至人，久经考验的无产阶级革命家、政治家、军事家、外交家、诗人，中国人民解放军创始人和领导人之一，中华人民共和国元帅，党和国家的卓越领导人。1977 年《陈毅诗词选集》出版。《青松》一诗是《冬夜杂咏》中的首篇，最初发表于 1962 年第一期《诗刊》上。诗中的"大雪压青松，青松挺且直"，歌颂了党和人民不畏强暴、不怕困难、敢于斗争的革命英雄主义气概。诗句中的一压一挺，两个掷地有声的动词，把青松的力度描写得恰到好处。寓意在于，不论在什么样的困境中，只要有坚定的信念和革命乐观主义精神，再大的困难总是会被战胜的。这是人间正道和铁律。党员干部当以此诗自勉自励。

▇ 经典赋文名句镜鉴

（一）澡雪精神

42. 君子检身，常若有过

【原典出处】

（春秋）亢仓子《亢仓子·训道》

【名句释义】

"君子检身，常若有过"的意思是：君子检点自身，随时反省，谨慎从事，就像常有过失一样。

【觉解镜鉴】

亢仓子，又名亢桑子，老子的弟子。《亢仓子》一书以论道为中心，分为《全道》《用道》《政道》《君道》《臣道》《贤道》《训道》《农道》《兵道》9篇。《亢仓子·训道》中的"君子检身，常若有过"告诉人们：君子要时时反观自身，查找不足，敢于剖析自己，辩证地认识自我，加强自警自律，做到大道不偏离，小节不丧失。同时也应该明白，人对自己的认识经常有被蒙蔽的时候，贤人因为性格宽容而不言你的短处，小人因有求于你而一味地吹捧，亲人因爱护你而常顺从你的脾气，久而久之，自己也就容易产生完美的幻觉。所以，修身要像洗脸一样至少每天洗一次，这样才能永葆精神的明澈、灵魂的升华。

43. 满招损，谦受益，时乃天道

【原典出处】

春秋《尚书·大禹谟》

【名句释义】

"满招损，谦受益，时乃天道"的意思是：取得成绩就自满，将会招来损失和危害；如果谦虚谨慎总感觉自己还有不足，反而会更加受益。这是宇宙间的一条客观规律。

【觉解镜鉴】

《尚书》作为我国最早的政事史料汇编，记载了虞、夏、商、周的许多重要史实，真实地反映了这一历史时期的天文、地理、哲学思想、教育、刑法和典章制度等。自汉代以来，《尚书》一直被视为中国封建社会的政治哲学经典，既是帝王的教科书，又是贵族子弟及士大夫必修的"大经大法"，在历史上影响深远。《尚书·大禹谟》中的"满招损，谦受益，时乃天道"给人们的启示是：自满会招来危害，谦虚谨慎将受益无穷，这是天的常道，不可违背。海纳百川，有容乃大，正是因为唐太宗的虚心纳谏，才有"贞观之治"的辉煌；有康熙、乾隆的虚心好学，才有康乾盛世的诞生。故"满招损，谦受益"应该成为人们特别是党员领导干部修身养性的座右铭。

44. 吾日三省吾身

【原典出处】

春秋《论语·学而》

【名句释义】

"吾日三省吾身"的意思是：每日多次自我反省。隐喻修心修身不能一时一事，要贯穿整个人生，要时常反省自己的行为。

【觉解镜鉴】

《论语》是一本以记录孔子和弟子及再传弟子言行的汇编，是儒家最重要的经典之一，共20卷，集中体现了孔子的政治主张、伦理思想、道德观念及教育原则等。"吾日三省吾身"，意指要经常叩问自己的内心，叩问自己的三重角色：第一重是职业角色，第二重是社交角色，第三重是生命角色。时常反省自己的行为，就能早点发现缺点以避免犯错误，及时地补救和改过，自己的行为才会越来越好。所以，反省与不反省，结果是不一样的。"吾日三省吾身"是永不过时的有效修身方法。

45. 见贤思齐焉，见不贤而内自省也

【原典出处】

春秋《论语·里仁》

【名句释义】

"见贤思齐焉，见不贤而内自省也"的意思是：见到有德行的人就向他看齐，见到没有德行的人就反省自身是否有类似的缺点。

【觉解镜鉴】

《论语·里仁》里的"见贤思齐焉，见不贤而内自省也"是修身、养德的最好方法之一。这句话不但能催人奋进，也能提振与强者看齐的不服输精神和无畏斗志，同时也能使人从中吸取教训。自省的过程实质上是一个道德自我规范和自我教育的过程，人往往会对自己的缺点或错误视而不见，有的会找各种理由或借口为自己开脱，甚至还有的把错误全推到他人身上，这都是走下坡路的表现。"见贤思齐"为人们指明了前进的方向，"见不贤而内自省"为人们敲响了警钟。做事先做人，立业先立德；做事不做人，永远做不成事；做人不立德，永远做不成真正意义上的人。今天我们要继承和发扬这种精神，赋予其新的时代内涵，即保持自谦境界、自信状态、自律意识、自责勇气，以无私坦荡的胸襟，虚怀若谷的品格，尊荣弃耻，好学上进，开拓创新。

46. 修身在正其心

【原典出处】

《礼记·大学》

【名句释义】

"修身在正其心"的意思是：修身的根本在于正其心，心正方能行

端。如果心不正有诸多邪念，修身也就无从谈起。

【觉解镜鉴】

《大学》原为《礼记》中的一篇，宋代独立成书，是一部讨论教化理论的重要著作，与《中庸》《论语》《孟子》并称"四书"。宋代以后成为官定的学校教科书和科举考试的必读书，对中国古代教育产生了极大的影响。《大学》中的"修身在正其心"是说修养自身的品性必须要先端正自己的心，只有不断净化自己的心灵，不断提高品德修养，才能修身齐家治国平天下。人生在世，要想活出精彩，就要调整好心态，做到不该要的不要，不该求的不求，不该争的不争，不该占的不占，要顺其自然。特别是党员干部更要保持平和冷静的态度，恪守自律，并通过自己的正心去改变环境和他人，从而使整个社会氛围变得祥和，充满朝气、正气和生气。

47. 莫见乎隐，莫显乎微，故君子慎其独也

【原典出处】

《礼记·中庸》

【名句释义】

"莫见乎隐，莫显乎微，故君子慎其独也"的意思是：从最隐蔽、最细微的言行上就能看出一个人的品质，所以要谨言慎行，遵守道德规范。

【觉解镜鉴】

《中庸》第一章强调了君子慎独的自我修养原则："莫见乎隐，莫显乎微，故君子慎其独也。"要求人们独自一人时，也要做到自我反省，自我约束，自我教育，自我监督。"慎独"品性对党员干部来说尤为重要，因为在市场经济条件下，诱惑多种多样，如无"慎独"美德，就有被拉进圈套的危险，甚至掉入万丈深渊而万劫不复。所以，党员干部特别是领导干部要将"慎独"作为一生的座右铭，主动接受组织、制度的监督，不断加强自律，做到台上台下一个样，人前人后一个样，尤其在私底下、无人时、细微处，更要如履薄冰、如临深渊，时刻警示自己，

以防走上邪路。

48. 疏瀹而心，澡雪而精神

【原典出处】

（战国）庄子《庄子·外篇·知北游》

【名句释义】

"疏瀹而心，澡雪而精神"的意思是：雪色洁白，晶莹剔透，比喻用雪洗澡可以净化心灵，使身心保持清新纯正。

【觉解镜鉴】

庄子（约公元前369—前286），宋国蒙邑（今河南民权）人，战国时期著名的思想家、哲学家和文学家，老子思想的继承者和发展者，后世将他与老子并称为"老庄"。主要作品有《庄子》一书，是中国古代典籍中的瑰宝。《知北游》是《庄子·外篇》中的最后一篇，也是具有重要地位的一篇，对于了解《庄子》的哲学思想体系较为重要。"疏瀹而心，澡雪而精神"是《庄子·外篇·知北游》中的两句话，意指人的精神经常处于一种染尘、阻塞状态，所以要经常疏通和洗涤，清除私心杂念，使思想道德保持纯正无邪。庄子提出的这一修身之道至今仍具有重要启迪和借鉴意义。党员干部应当经常"洗洗澡，治治病"，以永葆先进性和纯洁性。

49. 我善养吾浩然之气

【原典出处】

（战国）孟子《孟子·公孙丑上》

【名句释义】

"我善养吾浩然之气"的意思是：要善于培养自己的浩然正气，以防受到歪风邪气的污染。

【觉解镜鉴】

孟子（公元前372—前289），鲁国邹（今山东邹城）人，战国时期伟大的思想家、教育家、儒家学派的代表人物，与孔子并称"孔孟"。《孟子·公孙丑上》中的"我善养吾浩然之气"，至今仍不失其价值。但浩然之气的养成绝非易事，要靠中华民族优秀传统文化和中国革命红色文化的根基来涵养，靠践行社会主义核心价值观来历练，进而不断地日积月累才能逐渐形成。浩然之气是一种心气，是多种优秀心理品质的综合，是人们生命中最重要的精神元素，体现的是一种人生价值，彰显的是一种正义力量。党员干部应始终保持共产党人的蓬勃朝气、昂扬锐气、浩然正气。

50. 出淤泥而不染，濯清涟而不妖

【原典出处】

（北宋）周敦颐《爱莲说》

【名句释义】

"出淤泥而不染，濯清涟而不妖"的意思是：在污浊的世间洁身自好，不会随波逐流，经过清水的洗涤也不显得妖艳。比喻一种纯净而又高尚的气质和境界。

【觉解镜鉴】

周敦颐（1017—1073），道州（今湖南道县）人，北宋著名的思想家、哲学家、文学家，理学派开山鼻祖。主要著作有《太极图说》《通书》等。周敦颐一生淡泊名利，不求闻达。人们推崇他与"孔孟"相当的地位，帝王们也将他尊为人伦师表。《爱莲说》是借莲花的清姿素容、清白纯正，对那些洁身自好、不慕名利、坚贞人格精神光辉的点赞和歌颂。党员干部就应像莲花那样，"出淤泥而不染，濯清涟而不妖"，在世俗中独立不移，定力不改，永葆操守，这也正是觉解此名言的核心价值所在。

51. 心高气傲，博学无益

【原典出处】

（清）林则徐《十无益》

【名句释义】

"心高气傲，博学无益"的意思是：如果一个人心比天高，气性骄傲，读的书愈多愈没有益处。

【觉解镜鉴】

《十无益》是林则徐在鸦片战争前夕针对世风日下的时弊而写，以自勉和教育家人。其中"心高气傲，博学无益"告诉人们，狂妄骄横、忘乎所以，学识越渊博越坏事。"心高气傲"的主要表现：傲慢自大，眼中无人，总是看不起或贬低他人；过高估计自己，争强好胜，叹世道不平；爱怨天尤人，过度自尊，内心深处有强烈的自卑感和焦虑感；对别人妒忌，抱有敌意等。《十无益》作为留给后人善意的提醒，彰显了做人做事的基本道德理念，应当经常以此为鉴，时刻警醒自己。博大谦卑才是真正的君子，才能给社会带来益处。

52. 淫恶肆欲，阴骘无益

【原典出处】

（清）林则徐《十无益》

【名句释义】

"淫恶肆欲，阴骘无益"的意思是：如果生活放纵，奢侈荒淫无度，积多少阴德也是枉然。

【觉解镜鉴】

林则徐（1785—1850），福建福州人，清末著名的政治家、思想家、诗人，官至一品，有中国禁烟"民族英雄"之誉。他的《十无益》家训中"淫恶肆欲，阴骘无益"，是劝人们多积阴功阴德，为善不扬名，独处不作恶，这样就会得到上天的暗中庇佑，赐予福禄寿。一个人如果肆意淫乱纵欲，危害他人和社会，品行恶劣，虽偶有善行也无益于己，无补于事。万恶淫为首，如果好色犯淫，包二奶养小三，其婚姻家庭肯定会遭到破坏，甚至落个妻离子散、家破人亡、遗臭万年的下场。所以，一定要牢记古训，加强自省自律，永葆身洁名美。

53. 要求于人的甚少，给予人的甚多，这就是松树的风格

【原典出处】

陶铸《松树的风格》

【名句释义】

"要求于人的甚少，给予人的甚多，这就是松树的风格"的意思是：松树的风格就是求少予多。隐喻共产党人的共产主义风格。

【党解镜鉴】

陶铸（1908—1969），湖南祁阳人。1926 年考入广州黄埔军校，同年加入中国共产党。中华人民共和国成立后，曾任国务院副总理、中共中央政治局常委。他一生光明磊落，无私无畏，深得党和人民的信任。《松树的风格》是他 1959 年发表的一篇作品。当年党中央曾把这篇文章列为党员干部的政治读物之一，后被选入中学课本。其中的"要求于人的甚少，给予人的甚多，这就是松树的风格"的名句，象征着很多共产党人在革命艰苦的年代里，在白色恐怖的日子里，不顾环境的恶劣和情况的险恶，为了人民的幸福，忍受了艰难困苦，做了很多有意义的工作。他们付出所有的精力，甚至是最宝贵的生命。就连在临牺牲的一刹那，所想的都不是自己，而是人民和祖国甚至全世界的未来。今天在新的长征路上，应该继续大力弘扬这种精神和美德。

（二）臻于至善

54. 天行健，君子以自强不息

【原典出处】

西周《周易·乾》

【名句释义】

"天行健，君子以自强不息"的意思是：宇宙天体循着固有轨道永不停息有规律地运转，君子要效仿天道，刚毅坚卓，自强不息。

【觉解镜鉴】

《周易》是一本通过揭示变化规律、指导世人趋吉避凶的书，是中华文化之源、哲学之根，包含着相当丰富而深刻的朴素唯物主义和辩证法思想，是一部讲宇宙万物与人类社会变易法则的书。"天行健，君子以自强不息"，劝诫人们要树立自强不息的人生信念，在客观事物的变化面前，不可墨守成规，因循守旧，而应把握最有利的时机果断地采取行动，随天地运转规律而发愤图强，永不停息。中国共产党和中国人民正是依靠这种精神从历史中发展、壮大起来，豪迈地屹立于世界的东方，也必将依靠这种精神走向更加光辉灿烂的未来。

55. 地势坤，君子以厚德载物

【原典出处】

西周《周易·坤》

【名句释义】

"地势坤，君子以厚德载物"的意思是：大地宽厚和顺，容纳江河湖海、承载万水千山等而默默无语。人们应效仿地道，以厚德载物完成历史赋予的使命。

【觉解镜鉴】

《周易·坤》中的"地势坤，君子以厚德载物"是与《周易·乾》中的"天行健，君子以自强不息"相对应而提出的。传统文化强调"天人合一"，人源于天地，是天地的派生物，所以天地之道就是人生之道。自强不息、厚德载物是中华民族的传统美德。厚德载物蕴含着责任担当，而责任担当是实现中华民族伟大复兴中国梦的必然要求。顺境逆境看责任，大事难事看担当。责任担当是人与生俱来的一种约束、一种使命，不论做什么都要有责任担当意识。现在，一个负责任的中国正以更加鲜明的形象呈现在世界面前，而我们都应在这个新的历史进程中，坚定信念，承担责任，无私奉献，彰显价值，为祖国和世界的发展贡献智慧和力量，这样才称得上是厚德载物。

56. 上善若水

【原典出处】

（春秋）老子《道德经》

【名句释义】

"上善若水"的意思是：最高境界的善行就像水的品性一样，滋润万物而从不与人争高下。

【觉解镜鉴】

老子（约公元前571—约前471），姓李名耳，楚国苦县厉乡曲仁里（今河南鹿邑太清宫）人，春秋时期著名的思想家、哲学家，道家学派的创始人。存世有《道德经》一书，主要论述"道"与"德"两个基本问题。"道"不仅指天道、地道，也指社会之道。"德"并非简单指人们通常认为的道德或德行，而是指修道者所应具备的世界观和方法论以及为人处世的方法。《道德经》第八章中提出的"上善若水"重要思想，对后人的影响极大。人若能修炼成像水一样的境界，就达到了"上善"的层次。我们共产党人应当牢记古训教诲，做到心底无私天地宽，不与人民争丝毫之利，更不能做损害人民利益的事，应当把自己的智慧和精力全部投入到全心全意为人民服务中去。

57.见善如不及，见不善如探汤

【原典出处】

春秋《论语·季氏》

【名句释义】

"见善如不及，见不善如探汤"的意思是：看到好的行为如同赶不上似地急切追求，看到不好的行为如同用手试沸腾的开水一样赶快躲开。

【觉解镜鉴】

《论语·季氏》中的"见善如不及，见不善如探汤"，是孔子提倡的有效修身方法之一。据记载，在孔府西学门内有一口大铁锅，每天孔家人都会轮流自带薪柴来烧水，水沸即回，开水并不用。这水并非白烧，其中蕴涵着孔门家族的人时时修炼高尚情操、日日拂拭心灵杂草的深意。孔府的这一家规提示人们：修身养德一定要趋善避恶，常怀见贤思齐之心和警惕"探汤"之害。一个人如果失去了敬畏之心，则肆无忌惮；如贪欲不止，则陷腐臭泥坑不能自拔。所以要"无病"早预防，"有病"早治疗，特别是党员干部一定要筑牢"防火墙"、自戴"紧箍咒"、自设"高压线"，身心"毒瘤"早切除，唯有此方可保"净心洁体"的高尚境界。

58.己所不欲，勿施于人

【原典出处】

春秋《论语·颜渊》

【名句释义】

"己所不欲，勿施于人"的意思是：自己所不愿意要的，不要强加于别人。

【觉解镜鉴】

《论语·颜渊》中的"己所不欲，勿施于人"，是儒家思想的精华，是处理人际关系的重要原则。其实质是说：人应当以如何善待自己为参照物来善待他人，任何时候都不要侵犯他人的利益，不要做损人利己的事。为人处世要宽宏大量，尊重他人，平等待人，切勿心胸狭窄，如果一切以个人利益为中心，只顾及自身的感受，而忽略了他人的感受，这是违背和谐常理的。有言道："家和万事兴，推己及人的嘉言懿行是实现'和'的润滑剂。"愿我们所有的炎黄子孙，都能时时处处推己及人，经常换位思考，把别人当成自己，把自己当成别人，在自尊的基础上，尊重、关心、关爱他人。如果人人都这么做，我们整个社会就会和谐稳定。

59. 己欲立而立人，己欲达而达人

【原典出处】

春秋《论语·雍也》

【名句释义】

"己欲立而立人，己欲达而达人"的意思是：自己想要成就功业就帮助别人成就功业，自己想要事事通达就也帮助别人事事通达。不能只为了满足自己的欲望而忽视了他人。

【觉解镜鉴】

《论语·雍也》中的"己欲立而立人，己欲达而达人"，是儒家道德修养中实行"仁"的重要原则，就是自己要立足，也让别人立足；自己要通达，也让别人通达。这是一种胸怀，一种气度，一种品格，一种能力。它告知人们：要将心比心，种下宽容，收获博爱；种下愉悦，收获快乐；种下满足，收获幸福。一个人的力量总是薄弱的，也无法解决遇到的所有困难和问题，所以，要善于在工作、学习、生活中团结协作，互相砥砺，共同提高。世间万物都是互助的，任何一个人要走完漫漫人生路，都离不开他人的支持和帮助，如大雁结伴集群才能远征，亿万蚂蚁协作才能搬动巨蟒，一盘散沙难成大业，握紧拳头才有力量。成功者

大都具有团队精神，只有大家同心同德，团结协作，才能使事业走向
成功。

60.君子成人之美，不成人之恶

【原典出处】

春秋《论语·颜渊》

【名句释义】

"君子成人之美，不成人之恶"的意思是：道德高尚的人成全别人
的好事，不帮助他人做无德之事。

【觉解镜鉴】

《论语·颜渊》中的"君子成人之美，不成人之恶"，是将君子和小
人相对比而进行论述的，这是《论语》的一大特点。成人之美是一种修
养，需要宽广的胸怀和助人为乐的精神，别人好，自己也高兴，别人受
挫，也替人家惋惜。成人之美还是一种气度风范，只有当这种风范成为
每个人的自觉追求时，这个社会才会和谐稳定。成人之恶的行为则是被
个人私欲所驱动，不管别人倒霉与否，自己心里痛快就行。社会需要正
能量，人人都要争做成人之美的谦谦君子，不做成人之恶的卑鄙小人。

61.大学之道，在明明德，在亲民，在止于至善

【原典出处】

《礼记·大学》

【名句释义】

"大学之道，在明明德，在亲民，在止于至善"的意思是：大学的
宗旨在于弘扬光明正大的品德，使人弃旧图新，达到相对完善的境界。

【觉解镜鉴】

"明明德、亲民、止于至善"是《大学》的"三纲领"，即三项总要
求。对"三纲领"的理解必须要结合《大学》中"古之欲明明德于天下

者，先治其国；欲治其国者，先齐其家；欲齐其家者，先修其身；欲修其身者，先正其心；欲正其心者，先诚其意；欲诚其意者，先致其知；致知在格物"这八目来进行。八目的核心在于修身，而基础在于格物。"三纲领"首先要求学会审视自我，以修养品性为根本，弘扬内心的光明品性，让明德的力量在每一次观念抉择时占上风。其二要不断革故鼎新，弃旧图新。"日新之谓盛德"，将其内化为一种文化心理和价值追求，通过明德而更新自我。其三要有"止于至善"的高远目标，使自己达到几近完美的境界。君子修身只有进行时没有完成时，只要每天向善一点、向新一点，就可以逐渐接近"止于至善"的目标。

62. 喜怒哀乐之未发，谓之中；发而皆中节，谓之和

【原典出处】

《礼记·中庸》

【名句释义】

"喜怒哀乐之未发，谓之中；发而皆中节，谓之和"的意思是：对喜怒哀乐能掌控到度的状态而不随意发泄，称为"中"；适中地有节制地表现出来就有利于和谐的实现。

【觉解镜鉴】

《中庸》首章说："喜怒哀乐之未发，谓之中；发而皆中节，谓之和"，是说心里有喜怒哀乐能把它控制在一种平衡稳定的状态而不表现出来，被称作"中"；一旦表现出来能够节制在度的状态，对己对人均无伤害，被称作"和"。"中"是一切道德的根本，是稳定天下的根本；"和"是为人处世之道，是通行天下的通达之道。这就是儒家的中庸思想。中庸指的是中道，一是不逾越规矩，二是不过度。中庸并不是要求人们安于平庸，而是要求人们在正确价值观的指导下既有所为，也有所不为；既不过分贪婪，也不过分拘谨，知进退，知取舍。人生中掌握好适度原则是至关重要的，无论是宏观还是微观、是理论还是实践，都要掌握好适度的原则，否则，事物的性质就会朝着相反方向演变和发展。几千年

来，中国人把中庸视为修身的至高境界，每个人都应为达到这样的境界而努力。

63.富贵不能淫，贫贱不能移，威武不能屈

【原典出处】

（战国）孟子《孟子·滕文公下》

【名句释义】

"富贵不能淫，贫贱不能移，威武不能屈"的意思是：真正的大丈夫，要有坚定的信念，不让荣华富贵诱惑自己的身心，不因贫贱困苦改变自己的信仰，不在威胁暴力面前屈服变节。

【党解镜鉴】

"富贵不能淫，贫贱不能移，威武不能屈"的千古绝句，是孟子提出的大丈夫标准，句句闪耀着思想和人格力量的光辉，被后人奉为人生准则。真正的大丈夫，必须有坚定的信念，不为荣华富贵所诱惑，不为贫贱困苦所改变，不为威胁暴力所屈服。表现出一个人坚守节操、大义凛然的高尚品德。后来这三句话成为立志、律身的名言，曾鼓励了历史上不少英雄豪杰、志士仁人，不畏强暴，坚持正义，甚至为国捐躯。老子说："知人者智，自知者明。胜人者有力，自胜者强。"意思是说，能了解别人，慧眼识人，是有智慧的人，但能够认识自己、了解自己的人，才是真正聪明的人。能够战胜别人的，是有力量的勇士，但能够战胜自己的人，才是真正的强者。党员干部应努力修炼"道义之锚"，面对富贵、贫贱、威武等不同人生境遇时，要做真正的强者。

64.宁为玉碎，不为瓦全

【原典出处】

（唐）李百药《北齐书·元景安传》

【名句释义】

"宁为玉碎，不为瓦全"的意思是：宁愿为正义而死，也不愿苟且偷生。

【觉解镜鉴】

李百药（565—648），安平（今河北衡水）人，唐代史学家、诗人，官至散骑常侍，以才学和操行闻名于世，曾奉诏编撰《北齐书》五十卷，贯彻了以史为鉴的宗旨，总结了北齐灭亡的教训。《北齐书·元景安传》中的"宁为玉碎，不为瓦全"源于一个故事：550年，东魏的丞相高洋当了皇帝后大开杀戒，把宗室近亲44家共七百多人全部处死。消息传开后，远房宗族也非常恐慌，便立刻商量对策。有个名叫元景安的县令说，眼下要保命的唯一办法是请求高洋准许他们将元姓改为高姓。元景安的堂兄景皓坚决反对这种做法，认为大丈夫"宁为玉碎，不为瓦全"。这一典故被抽象出来，含义也大大升华了，用以比喻宁愿为高尚伟大正义的事业而牺牲，也不为小利而苟且偷生。这句名言对今天的党员干部仍然具有重要的教育意义。

65. 明君子之奇节

【原典出处】

（唐）李绅《寒松赋》

【名句释义】

"明君子之奇节"的意思是：君子气节犹如寒松，愈是经受风霜雪雨的洗礼，愈显得高峻挺拔而不改其本性。

【觉解镜鉴】

李绅（772—846），亳州谯（今安徽亳州）人，唐代著名诗人，其《寒松赋》中的"明君子之奇节"，以松树美好的品质自喻，告诫人们要砥砺志节，像寒松那样冒霜雪、抗严寒、亭亭耸立，始终不改其忠贞本性的高尚节操。自古文人爱咏寒松，南朝梁诗人范云曾作《咏寒松》："修条拂层汉，密叶障天浔。凌风知劲节，负雪见贞心。"李绅的《寒松赋》与范云《咏寒松》意境相同，都以精巧的语言赞美寒松经千年岁月风霜，依然青翠挺拔、岿然不动。寓意人们要像寒松一样具有坚强不屈的可贵品格。这也正是党员干部应具备的优秀品质。

66.海纳百川，有容乃大；壁立千仞，无欲则刚

【原典出处】

（清）林则徐　为两广总督府衙题写的对联

【名句释义】

"海纳百川，有容乃大；壁立千仞，无欲则刚"的意思是：千万条江河之所以流入海洋，是因为海有浩瀚无垠的容量；悬崖绝壁之所以能够刚直挺立千仞而不向其他地方倾倒，是因为它没有过分的欲望。

【党解镜鉴】

林则徐的"海纳百川，有容乃大；壁立千仞，无欲则刚"，是他为两广总督府衙题书的堂联。此联寓意深广，成为许多人的座右铭。"无欲则刚"并非反对人们有欲，关键是要克制私欲。无私欲，才能淡泊明志，清节长存；才能在错综复杂的大千世界及来自各方的种种诱惑面前，自觉刚毅坚韧，自觉排除各种私欲；才能出淤泥而不染，在障眼的迷雾中辨明方向，勇往直前。在社会主义市场经济的负面影响下，党员干部更须具备"无欲则刚"的高尚品质，才能抵御住各种诱惑。

（三）彻悟人生

67.大音希声，大象无形

【原典出处】

（春秋）老子《道德经》

【名句释义】

"大音希声，大象无形"的意思是：最大的声音反而听来无声无息，最大的形象就是无形。蕴含本质与现象对立统一的辩证哲理。

【觉解镜鉴】

老子《道德经》第四十一章中的"大音希声，大象无形"，意在推崇自然的、而非人为的美，越好的音乐越悠远潜低，越好的形象越飘渺宏远。喻指越是大的成就往往越穿透时空，越是大气度往往越包容万物。这说明了道的至高境界，揭示了辩证法的真谛。此名句为后人广泛引用。如白居易《琵琶行》中的"此时无声胜有声"，就接近于"大音希声"的境界。党员干部在做人修身的实践中，应该深刻领悟和巧妙地运用这种大智慧，韬光养晦，把自己修炼到"大音希声，大象无形"的层面，在不显山不露水中蕴含大声音、大形象，即大智若愚的境界。

68. 大成若缺，其用不弊。大盈若冲，其用不穷

【原典出处】

（春秋）老子《道德经》

【名句释义】

"大成若缺，其用不弊。大盈若冲，其用不穷"的意思是：越是圆满越觉得有残缺，但其作用永远不会衰竭。充盈的东西好似空虚，但其作用永远不会穷尽。

【觉解镜鉴】

老子《道德经》第四十五章中的"大成若缺，其用不弊。大盈若冲，其用不穷"，阐明了内容和形式、本质和现象的辩证关系。其中"大成""大盈"是人格形态，"若缺""若冲"是外在表现。的确，完美的人格，并不在外形上表露，而是基于生命的含藏内收。党员干部要学会运用辩证法去认识问题、分析问题、解决问题，要透过现象看本质，不被事物的假象所迷惑。因为世间的万事万物都是不完美的，大成而带一点缺失，充盈而带一点空缺，是客观事物的辩证本性。应当尊重客观规

律，按唯物主义辩证法办事，否则就会受到应有的惩罚。

69. 终始俱善，人道毕矣

【原典出处】

（战国）荀子《荀子·礼论》

【名句释义】

"终始俱善，人道毕矣"的意思是：人要善始善终，有一个良好的开端，也要有一个良好的终结，才能使自己的人生无怨无悔。

【觉解镜鉴】

荀子（约公元前313—前238），赵国（今山西安泽）人，战国时期著名的政治家、思想家、哲学家、文学家。他学问渊博，在继承前期儒家学说的基础上，又吸收了各家的长处加以综合、提炼、改造、创新，建立起自己的思想体系，发展了古代唯物主义传统，素有"诸子大成"之美称。现存的《荀子》32篇，涉及哲学、逻辑、政治、道德诸多方面的内容。他在《荀子·礼论》中提出"生，人之始也；死，人之终也；终始俱善，人道毕矣"的生死观，思想极为深刻，寓意人们要善始善终，活得才有意义。善良是人心的坐标，人生的正道，能够带来和平与幸福。世界需要的不是冷漠，更不是伤害，世界需要阳光，需要温暖，需要善良。正因如此，我们要懂得奉献，乐于助人，从中收获心灵的充实和纯净。党员干部做人做事要善始善终，不能虎头蛇尾、无果而终。要一生都走正道、行善事，活到老改造到老，善良到老。

70. 人固有一死，或重于泰山，或轻于鸿毛

【原典出处】

（西汉）司马迁《报任安书》

【名句释义】

"人固有一死，或重于泰山，或轻于鸿毛"的意思是：人总是会死的，但死的意义不同，有的人死得比泰山还重，有的人却比鸿毛还轻。

【觉解镜鉴】

司马迁（公元前 145—前 90），夏阳（今陕西韩城南）人，一说龙门（今山西河津）人。西汉伟大的史学家、文学家、思想家，历尽艰辛和屈辱，创作了中国第一部纪传体通史《史记》，被公认为中国史书的典范。"人固有一死，或重于泰山，或轻于鸿毛"，是他写给好友任安信中的话，后人把这封信称为《报任安书》。他用"泰山""鸿毛"两种反差极大的物体来比喻人生命的价值，反映了两种不同的人生观和价值观，对后人影响极大。毛泽东在《为人民服务》一文中曾引用过这句名言，以此教育全党、全军和全国人民。今天，党员干部更应时刻牢记全心全意为人民服务的宗旨，兢兢业业，勤勉工作，敢于担当，无私奉献，这样生命的价值才重于泰山。

71. 固知一死生为虚诞，齐彭殇为妄作

【原典出处】

（东晋）王羲之《兰亭集序》

【名句释义】

"固知一死生为虚诞，齐彭殇为妄作"的意思是：把生和死同等看待是荒诞的，把长寿和短命同等看待是荒唐的。

【觉解镜鉴】

王羲之（303—361，一说 321—379），原籍琅琊（今山东临沂）。官至右军将军。其行书《兰亭集序》被誉为"天下第一行书"。他在短短324 个字的《兰亭集序》中提出了一个重大的命题："固知一死生为虚诞，齐彭殇为妄作"，批判了庄周"一死生""齐彭殇"的虚无主义，深入地探求了生命的价值和意义，表达的是一种积极向上的人生态度，蕴含着对人生深刻的哲理思考。王羲之感生命之短暂，惧凋谢之有期。寿夭、生死是不以人的意志为转移的客观规律，人由小到老、由生到死皆为必然。正因为时不我待，故不要让生命无意义地悄悄溜走，应在有限的人生中进行无限的价值创新创造。

72. 内怀冰清，外涵玉润，此君子冰壶之德也

【原典出处】

（唐）姚崇《冰壶诚并序》

【名句释义】

"内怀冰清，外涵玉润，此君子冰壶之德也"的意思是：君子之德就像将晶莹剔透的冰装在洁白无瑕的玉壶内，从里到外都是透明的。

【觉解镜鉴】

姚崇（651—721），陕州硖石（今河南陕县）人，唐代著名的政治家，历经唐高宗、武则天、唐中宗、唐睿宗、唐玄宗五个皇帝，三次拜为宰相，并兼任兵部尚书，辅佐唐玄宗开创开元盛世，被称为"救时宰相"，也被毛泽东称为"大政治家、唯物论者"。他在担任紫微令时写下了《执秤诚》《弹琴诚》《执镜诚》《辞金诚》《冰壶诚》五篇著名短文，时称《五诚》，集中体现了他的为政思想和倡廉主张。特别是《冰壶戒》一直是从政者的座右铭。今天的党员干部应该有"冰壶之德"的品性，坚持廉洁自律，宁守清贫、不要贪富，尤其身居关键少数的领导者，更要"耸廉勤之节，塞贪竞之门"。

73. 而今得个休歇处，依前见山只是山，见水只是水

【原典出处】

（南宋）释普济《五灯会元》

【名句释义】

"而今得个休歇处，依前见山只是山，见水只是水"的意思是：人经过漫长的历程便有了对人生的彻悟，看问题做事情就会深刻全面。

【觉解镜鉴】

杭州灵隐寺释普济汇编的《五灯会元》卷第十七中记载了青原惟信禅师关于参禅三境界的一段话："老僧三十年前未参禅时，见山是山，见

水是水。及至后来，亲见知识，有个入处，见山不是山，见水不是水；而今得个休歇处，依前见山只是山，见水只是水。"这段佛家用语被后人广泛引申运用，来说明人生的三个阶段和三种境界。第一种境界是涉世之初，用童真眼光看世界，看山是山，看水是水；第二种境界是随着年龄的增长和阅历的加深，觉得现实世界中事物的本质与现象反差太大，看山不是山，看水不是水；第三种境界是经过长期的历练和积淀，对这个世界有了一些理性的思考，彻悟了人生，这时看山依然是山，看水依然是水，只是对山和水的本质内涵有了新的理解。这三个阶段和三种境界就是一个否定之否定的过程，是一个从低级到高级螺旋式上升的过程。古人的这种"三境界说"对党员干部走好人生路仍具有重要的借鉴意义。在人生的道路上，正确的态度和做法应该是不断地努力学习，在实践中努力改造自己的世界观、人生观和价值观，历练好自己的党性，使自己永葆先进性和纯洁性。只有这样，才能顺利地度过那个"看山不是山，看水不是水"、总是怨天尤人甚至心理扭曲的痛苦磨炼阶段。

74. 宠辱不惊，闲看庭前花开花落；去留无意，漫随天外云卷云舒

【原典出处】

（明）陈继儒《小窗幽记》

【名句释义】

"宠辱不惊，闲看庭前花开花落；去留无意，漫随天外云卷云舒"的意思是：看宠辱如花开花落般平常才能不惊；视职位去留如云卷云舒般自然才能淡定从容。

【觉解镜鉴】

陈继儒（1558—1639），华亭（今上海松江）人。明代文学家、书画家，其《小窗幽记》杂糅儒、释、道三家，阐明了对人生的思索和处世的智慧。其卷五中的"宠辱不惊，闲看庭前花开花落；去留无意，漫随天外云卷云舒"，寥寥数语，却深刻道出了对事物、对名利应持的态

度，即得之不喜、失之不忧、宠辱不惊、去留无意。这句名言与范仲淹的"不以物喜、不以己悲"异曲同工，颇有魏晋人物的旷达之风。现代著名的社会活动家赵朴初也曾说："生固欣然，死亦无憾。花落还开，水流不断。我今何有，谁软安息。明月清风，不劳寻觅。"这些都显示了眼光长远的博大情怀。历来功名输勋烈，心中无私天地宽。党员干部要带头一心为公，甘愿舍弃，不计得失，这样才能心境平和，淡泊自然，达观进取，笑对人生。

75. 古今之成大事业、大学问者，必经过三种之境界

【原典出处】

（清）王国维《人间词话》

【名句释义】

"古今之成大事业、大学问者，必经过三种之境界"的意思是：为了理想目标，就应该付出超人的努力，在挫折中前行，迎困难而上，执着忘我，人生才会得以升华。

【觉解镜鉴】

王国维（1877—1927），浙江海宁人，清末史学家、文学家、美学家、考古学家、词学家、金石学家和翻译理论家，享有国际声誉的著名学者。他在《人间词话·二六》中有这样一段精辟的话："古今之成大事业、大学问者，必经过三种之境界：'昨夜西风凋碧树，独上高楼，望尽天涯路。'此第一境也。'衣带渐宽终不悔，为伊消得人憔悴。'此第二境也。'众里寻他千百度，蓦然回首，那人却在，灯火阑珊处。'此第三境也。"王国维穿越词海时空，把不同年代的警语融会贯通，加以巧妙地运用其中蕴含的哲理，由原意推绎到人生之境界，赋予其深刻的辩证内涵。尤其是广大党员干部要认真细品这层层递进的三种人生境界，为了党和国家及人民的利益，忘我奋斗，这样才不愧为人民的好公仆。

76. 毫不利己专门利人的精神

【原典出处】

毛泽东《纪念白求恩》

【名句释义】

"毫不利己专门利人的精神"的意思是：心中只有他人，唯独没有自己。寓意为在全心全意为人民服务的过程中最大限度地实现自己的人生价值。

【觉解镜鉴】

白求恩（1890—1939），加拿大共产党员，博士、医师。1938 年 3 月 31 日率领由加拿大和美国人组成的医疗队来到中国支援抗日，在晋察冀边区战地救治了大批伤员。1939 年 10 月下旬，他在涞源县摩天岭战斗中抢救伤员时，左手中指被手术刀割破感染转为败血症，经医治无效在河北省唐县黄石口村逝世，终年 49 岁。1939 年 12 月 21 日，毛泽东撰写了《纪念白求恩》一文，高度赞扬了这位伟大的共产主义战士，其中有这样几句话："白求恩同志毫不利己专门利人的精神，表现在他对工作的极端的负责任，对同志对人民的极端的热忱。"毫不利己专门利人是一种忘我的人生至高境界。现在有人把人生的境界分为三个层次，即"小我""大我""忘我"。小我者，利己也，只顾自己而不顾集体；大我者，积极为社会作贡献，但缺乏献身精神；只有忘我者，才能像一滴水溶化在大海里一样，具有无私奉献的伟大精神。我们在为实现中华民族伟大复兴的中国梦的征程中就应该学习和践行这种忘我的共产主义精神。

77. 自然境界，功利境界，道德境界，天地境界

【原典出处】

冯友兰《人生的境界》

【名句释义】

"自然境界，功利境界，道德境界，天地境界"的意思是：人的境

界是一个从低级向高级发展的过程，境界高低完全取决于觉解程度的深浅，标志着人格完善的程度。

【觉解镜鉴】

冯友兰（1895—1990），河南唐河人，现代著名的哲学家、教育家，北京大学教授。他的《贞元六书》《中国哲学史新编》等已成为中国乃至世界学界的重要经典，影响重大而深远。他根据自己的哲学理论，提出了"人生四境界说"。在他看来，人之所以异于禽兽，在于人对事物有觉解，人生意义就在觉解之中。"人生四境界说"，即自然境界、功利境界、道德境界、天地境界。这四种境界的高低完全取决于觉解程度的深浅，也标志着人格完善的程度。人们不能只停留在自然境界和功利境界，而应当追求道德境界和天地境界。道德境界的特征是不求一己之利而求社会之利，不以索取为目的而以奉献为目的。天地境界的特征是不仅能尽人伦人责，而且能尽天伦天责，能事天、护天。所以，天地境界应是党员干部追求的最高境界。

78. 不完满才是人生

【原典出处】

季羡林《季羡林百岁人生笔记》

【名句释义】

"不完满才是人生"的意思是：古今中外，一个百分之百完满的人生是没有的，不完美就是完满，这就是世界的客观辩证法。

【觉解镜鉴】

季羡林（1911—2009），山东临清人，曾任北京大学副校长，著名历史学家、文学家、语言学家、翻译家、古文字学家，精通12国语言，博古通今，被称为"学界泰斗"。作品有《季羡林文集》24卷。《不完满才是人生》是季羡林的一篇散文，也是他对人生观的概括和总结。他说："每个人都争取一个完满的人生。然而，自古及今，海内海外，一个百分之百完满的人生是没有的。所以我说，不完满才是人生。"宇宙中无论是自然界、人类社会，还是人类思维领域，没有绝对的东西，完满只是相对的。《晋书·羊祜传》中的"天下不如意恒十居七八"，苏轼的"人有悲欢离合，月有阴晴圆缺，此事古难全"，黄庭坚的"人生不如意，十事常八九"，南宋方岳的"不如意事常八九，可与语人无二三"等，都是对人生不完满的精辟概括。可见，人生旅途中无论你付出什么样的努力，总是存在某种不足和遗憾，所以不能追求百分之百的绝对完满，应充分认识不完满才是人生的辩证法，这样就会变得豁达，进而积极乐观地笑对人生。

79. 要把有限的生命，投入到无限的为人民服务当中去

【原典出处】

雷锋《雷锋日记》

【名句释义】

"要把有限的生命，投入到无限的为人民服务当中去"的意思是：要在生命存在时不停地为人民服务，为社会尽力，努力拓宽自己的生命宽度。

【党解镜鉴】

雷锋以平凡孕育了伟大，以有限的生命铸就了永恒。雷锋精神是社会主义核心价值观的重要元素。雷锋精神的核心是为人民服务，已成为奉献牺牲精神的代名词。他的"要把有限的生命，投入到无限的为人民服务当中去"的名言，蕴涵了有限与无限的辩证法，精炼地诠释了党的全心全意为人民服务的宗旨。今天在推进实现中国梦的历史进程中，更需要雷锋精神的支持。所以，要把雷锋当作一面镜子、一把尺子、一个标杆，时时对照衡量自己。要像雷锋那样，干一行爱一行、专一行精通一行、忠于职守、精益求精、锐意进取、创先争优，用有限的生命创造无限的价值。党员干部学习雷锋，应把为人民办实事、谋幸福作为自己毕生的最高追求，在平凡的岗位上做出不平凡的业绩。

第一编

齐家——储德积学

一 经典诗词曲名句镜鉴

（一）德孝为本

80. 孝子不匮，永锡尔类

【原典出处】

春秋《诗经·大雅·既醉》

【名句释义】

"孝子不匮，永锡尔类"的意思是：孝顺的子子孙孙层出不穷，上天会恩赐福祉给孝顺的人。

【觉解镜鉴】

《既醉》是《诗经·大雅》的第 13 篇，其中"孝子不匮，永锡尔类"，教育人们要懂得孝顺，才会有幸福。《论语·为政》中孔子曰："今之孝者，是谓能养。至于犬马，皆能有养；不敬，何以别乎？"这是说，孝不仅仅要赡养父母，而且还要尊敬父母，否则，和养牲口没有什么区别。《孟子·万章上》中说："大孝终身慕父母。五十而慕者，予于大舜见之矣。"这也彰显了孝的重大意义。所以说，对自己的父母要用一生去报答，像舜帝一样，心中总是念念不忘父母的恩德。鸟有反哺之孝，羊知跪乳之恩。作为子女，如果对父母不孝顺，不知感恩，又有何德可言？无德之人怎能担当稳定社会之重任？尽孝心，看着父母的笑容，那种幸福感是无法用语言表达的。孝是中华民族的传统美德，需要全社会一起传承和弘扬，才能使孝和爱在人世间生生不息，这样孝顺的子孙就会层出不穷。党员干部应该具有这种美德。如果连自己的父母都不孝敬，也就谈不上去爱人民群众。

81. 欲报之德，昊天罔极

【原典出处】

春秋《诗经·小雅·蓼莪》

【名句释义】

"欲报之德，昊天罔极"的意思是：父母的恩德像宇宙一样至大无边，子女怎么报答也不为过。

【觉解镜鉴】

《诗经·小雅·蓼莪》是一首子女悼念父母的诗，其内容摘要如下："哀哀父母，生我劳瘁……无父何怙？无母何恃？出则衔恤，入则靡至。父兮生我，母兮鞠我。拊我畜我，长我育我。顾我复我，出入腹我。欲报之德，昊天罔极！"全诗在充满对父母深深的爱中隐含着万分的愧疚，感人至深，催人泪下。其中"欲报之德，昊天罔极"的千古名句，寓意深切痛惜父母辛辛苦苦地生养了自己，但自己却没有报恩德于万一。清朝的方玉润称此诗为"千古孝思绝作"。子女回报父母、赡养父母、孝敬父母，是中华民族的传统美德，时至今日，这种美德仍然是必须大力提倡和弘扬的。无论你官大小，不管你地位高低，人在何处，都应在力所能及的情况下，竭力尽好孝敬父母这个义务。

82. 谁言寸草心，报得三春晖

【原典出处】

（唐）孟郊《游子吟》

【名句释义】

"谁言寸草心，报得三春晖"的意思是：对于像春天阳光般厚博的母爱，做儿女的这棵小草一样的孝心怎么能报答得了呢。

【觉解镜鉴】

唐代著名诗人孟郊存诗五百多首，以短篇五古最多，《游子吟》是一首历久不衰歌颂母爱的诗："慈母手中线，游子身上衣。临行密密缝，意恐迟迟归。谁言寸草心，报得三春晖。"语言淳朴素淡、清新流畅，句句情真意切，字字拨人心弦。特别是人在远离家乡、宦途失意、饱尝世态炎凉的情况下，更倍感亲情的可贵。此诗富有感染力地描写了慈母对子女的深沉博大之爱和子女对母亲的感恩与依恋。古人云："子欲养而亲不待。"时光飞逝，人生短暂，母恩如天，无论是谁都应该抓紧时间来报答慈母的昊天之恩。

83. 君家有贻训，清白遗子孙

【原典出处】

（唐）白居易《赠内》

【名句释义】

"君家有贻训，清白遗子孙"的意思是：希冀夫妻能过朴素的生活，和睦相处，偕老百年，把清白传给子孙后代。

【觉解镜鉴】

《赠内》是808年白居易新婚燕尔时所作。诗人以"君家有贻训，清白遗子孙"来启发妻子要保持优良的传统家风。白居易本人也以坚守廉洁的家风和政风而受世人称赞。尽管仕途坎坷，但他朴素清贫、同情百姓、为民造福的品质始终保持不变。白居易生病不得不卸任苏州刺史时，苏州的百姓都哭着为他送行。他的好友刘禹锡曾在《白太守行》中称赞道："苏州十万户，尽作婴儿啼。"历史是最好的教科书，给子孙留什么都不如留美德长久。留德后代首先自己要有德，如果自己品德不佳，就会给子孙以负面影响。对这一点要有清醒地认识。

84. 母爱无所报，人生更何求

【原典出处】

（唐）李商隐《送母回乡》

【名句释义】

"母爱无所报，人生更何求"的意思是：连母亲对自己的养育之恩都报答不了，其他追求还有什么意义和价值呢？

【觉解镜鉴】

李商隐（约813—约858），荥阳（今河南荥阳）人，唐代著名诗人，诗歌流传约六百余首，是晚唐乃至整个唐代为数不多的刻意追求诗美的诗人。清代孙洙编选的《唐诗三百首》中收入其32首。《送母回乡》中"母爱无所报，人生更何求"的名句，道出了对母亲无比的眷恋。报答父母的恩情是天经地义的事，但是大部分人不可能一辈子都在父母身边尽孝，还有事业上的追求或远离父母去求学求职等，这也无可厚非，但必须心中装着父母，在情况允许的时候想办法多与父母团聚；不在父母身边时，要利用各种途径与父母联系、沟通、互动、交流感情，多给父母精神上的安慰，学会用心灵传递无声却胜似有声的母子之爱。

85. 国计已推肝胆许，家财不为子孙谋

【原典出处】

（唐）罗隐《夏州胡常侍》

【名句释义】

"国计已推肝胆许，家财不为子孙谋"的意思是：为官者应当一心一意献身国事，不要总想着为子孙谋家财。

【觉解镜鉴】

罗隐（833—909），新城（今浙江富阳）人，唐代著名诗人，才气出众，著述甚丰，今存诗歌约五百首。他的《夏州胡常侍》中"国计已推肝胆许，家财不为子孙谋"的名句，是对当时不谈国事，只知蝇营狗苟、吃喝玩乐，整天为自己的家庭、子孙谋财牟利官员的讽刺揭露，同时也告诫当时的从政者不要国计空谈肝胆许，家财尽为子孙谋。这一思想对今天的党员干部仍有重要的教育意义。从政者不能用公权力为子孙谋私利。大科学家居里夫人曾对自己的孩子说："我只给你们精神财富，

把你们引向正确的生活道路。"其实，像居里夫人这样才是真正地爱子女。所以，应该放手让子孙自己去创造属于他们自己的幸福生活，千万不能用人民赋予的权力去为子女牟取非法利益，这样不但害了自己，也会毁了整个家庭，还会断送儿女的一生。

86. 藏书万卷可教子，遗金满籯常作灾

【原典出处】

（北宋）黄庭坚《题胡逸老致虚庵》

【名句释义】

"藏书万卷可教子，遗金满籯常作灾"的意思是：书多可以教育子女，使他们拥有美好的未来，如果留大量财富给他们往往更易招惹灾祸。

【觉解镜鉴】

黄庭坚出身于书香世家，在一个文风极盛的家庭里，他不但自己擅长诗书画，还重视教育后代要继承黄氏家族重诗书的家风，以防止失去文化传承，并指出片面追求物质的危害。《题胡逸老致虚庵》中"藏书万卷可教子，遗金满籯常作灾"的名句，阐明了传承优秀文化的重要性，揭示了过多的金钱往往会招灾惹祸的哲理。书籍是人类进步的阶梯，好学才能上进。学史可以看成败、鉴得失、知兴替；学诗可以情飞扬、志高昂、人灵秀；学伦理可以知廉耻、懂荣辱、辨是非。所以一定要把学习放在很重要的位置上，认认真真地学，只要坚持下去，必定会积少成多、积沙成塔，积跬步以至千里，这比积累财富重要得多。

87. 千年调，一旦空，惟有纸钱灰晚风吹送

【原典出处】

（元）阿鲁威《双调·寿阳曲》

【名句释义】

"千年调，一旦空，惟有纸钱灰晚风吹送"的意思是：无论为子孙

后代作多么长远的打算，如果他们不走正道，到头来都是竹篮打水一场空。

【觉解镜鉴】

阿鲁威（1280—1350），蒙古族，元代著名的散曲家，曾任南剑太守、经筵官、参知政事。曾译《世祖圣训》《资治通鉴》等为泰定帝讲说。能诗，尤擅长作散曲，风格豪放潇洒，有几十支散曲传世，被列为散曲七十大家之一。《太和正音谱·古今英贤乐府格势》称其词曲风格"如鹤唳青霄"。他的《双调·寿阳曲》中"千年调，一旦空，惟有纸钱灰晚风吹送"，寓意无论为子孙后代作多么长远的考虑，如果他们不争气，甚至多行不义也似一场春梦。所以党员干部一定要重视家风建设，重家教、立家规、正家风，做到自身清、家人清、身边清，切实以家风建设助力作风涵养，以家庭和睦引领社会和谐，以家庭节俭维护一生清誉。

88. 清白传家无我愧，诗书事业要人担

【原典出处】

（明）张弼《寄内》

【名句释义】

"清白传家无我愧，诗书事业要人担"的意思是：把清清白白做人的家风和诗书事业传给子孙后代，精心培养和造就担当大任的人才。

【觉解镜鉴】

张弼（1425—1487），松江府华亭（今上海松江）人，明代中期著名诗人、书法家，著有《东海文集》等。曾任兵部主事、员外郎、江西南安知府等职。他不但为政清廉，还严格要求家人。《寄内》是他戒己、戒妻、戒子之诗，其中的"清白传家无我愧，诗书事业要人担"，谆谆告诫妻子，生活要艰苦朴素，过日子要勤劳节俭，对子女不能溺爱娇惯，要授之以诗书事业，传之以清白家风，将来才能有大用。这种严于律己并严格要求家人的作风和精神，值得今人好好学习。

89. 妻贤夫祸少

【原典出处】

（明）范立本《明心宝鉴·立教·篇尾诗》

【名句释义】

"妻贤夫祸少"的意思是：妻子贤惠丈夫在外灾祸就少。

【觉解镜鉴】

《明心宝鉴》是一部在明代非常流行的劝善书，在国内外产生了广泛而深远的影响。该书儒、释、道结合，荟萃前贤有关个人品德修养、修身养性、安身立命的论述精华。书中立教篇中的"妻贤夫祸少"蕴含着妻子贤惠与丈夫灾祸少的辩证的因果关系。其中一个"贤"字，赋予了妻子很多内涵，如善良、明理、崇俭、尚廉、不为名、不图利、不贪财等。男子能娶到一个好妻子，是一种造化，一种福气。家有贤妻，一生平安；家有贪妻，必招祸端。这是实践一再证明了的真理。

90. 报之何时，精禽大海

【原典出处】

毛泽东《祭母文》

【名句释义】

"报之何时，精禽大海"的意思是：母亲的恩情是永远也报答不完的，犹如精卫鸟衔着石子填海那样。

【觉解镜鉴】

1919年10月8日，毛泽东母亲逝世的第三天，他怀着无比沉痛的心情写下四言诗《祭母文》，歌颂了伟大母亲的盛德和养育之恩，表达了对母亲的永远思念，充溢着热爱母亲的纯情。其中"报之何时，精禽大海"，比喻母亲的恩情是永远也报答不完的，催人泪下。这篇《祭母文》，脱尽凡俗，语句沉着，笔力矫健，真情流露。此诗叙述与抒情配合妥帖，文法也极考究，层层递进，荡气回肠，端庄大方。诗的最后，毛泽东满含悲痛向母亲的亡灵承诺：深刻理解母亲的意愿，母亲期望儿女去做的，一定想办法做到。毛泽东深受母亲高尚品德的身教，他认为母亲的大恩大德永远也报答不完，只能像精卫鸟填海那样永不停歇。

（二）勤学惜时

91. 少壮不努力，老大徒伤悲

【原典出处】

《汉乐府·长歌行》

【名句释义】

"少壮不努力，老大徒伤悲"的意思是：年少时不发奋努力拼搏，到年老伤悲也没有用了。

【觉解镜鉴】

《长歌行》选自《乐府诗集》。乐府是自秦代以来设立的朝廷音乐机关，汉武帝时得到大规模的扩建，从民间搜集了许多诗歌作品，内容丰富，题材广泛，历经整理保存，成为继《诗经》《楚辞》后的新诗体。《长歌行》中"少壮不努力，老大徒伤悲"的千古名句，成为育人劝学的常用语。少年时期是个性形成和心理转变的关键时期，是世界观、人生观、价值观形成的关键时期，更是为一生的发展打基础的最佳时间。高楼大厦坚固不坚固取决于基础打得牢不牢，人一生的路走得顺不顺取决于青少年时的努力程度。实践证明，成功人士都非常重视打基础工作，基础打不好要想取得成功是很难的。像爱因斯坦和毛泽东等人的成功，均源于青少年时期的勤奋努力。这一名言揭示了努力与成功的因果辩证关系，其中深意，当常重温。

92. 盛年不重来，一日难再晨

【原典出处】

（东晋）陶渊明《杂诗》

【名句释义】

"盛年不重来，一日难再晨"的意思是：时间不等人，青壮年好时光一去不回返，就像每天只有一个早晨一样，过去就不会再回来了。

【觉解镜鉴】

陶渊明的《杂诗》中的"盛年不重来，一日难再晨"，强调了时间的一维性，光阴似箭一去不复返，时间不等人。启示人们：凡是有所成就的人，早就确立了自己的目标追求。冰冻三尺非一日之寒。凡是成功人士都是经过坚持不懈、坚忍不拔地努力所成就的。所以，应珍惜时间，趁风华正茂之时，奋发进取，莫让光阴虚度。

93. 读书破万卷，下笔如有神

【原典出处】

（唐）杜甫《奉赠韦左丞丈二十二韵》

【名句释义】

"读书破万卷，下笔如有神"的意思是：博览群书并能融会贯通，运用起来就会得心应手。

【觉解镜鉴】

杜甫《奉赠韦左丞丈二十二韵》中"读书破万卷，下笔如有神"的千古名句，揭示了多读书与写好文章的因果关系，强调书籍是打开知识宝库的钥匙，是"下笔如有神"的必要条件。劝导人们要多读书读好书，读书多了，头脑丰富，思路开阔，写起文章来犹如决堤之水一泻千里，一蹴而就。读书要有目的性和针对性。为节省时间，不妨采取精读、去繁就简、有所取舍、划分重点的方式。当今社会工作、生活节奏如此之快，要科学规划自己的学习时间，选择适合自己的阅读方法是很有必要的。要尽可能多地获取自己所需要的知识，这样既可以"下笔如有神"，还能不断提升自己的人文素养和工作能力。

94. 黑发不知勤学早，白首方悔读书迟

【原典出处】

（唐）颜真卿《劝学》

【名句释义】

"黑发不知勤学早，白首方悔读书迟"的意思是：年轻不知道勤奋刻苦，到年老白头时再想学后悔也晚了。

【觉解镜鉴】

颜真卿（709—785），京兆（今陕西西安）人，唐代著名书法家，是继王羲之后成就最高、影响最大的书法家，创造出方严正大、朴拙雄浑、大气磅礴的楷书书法审美范式，他的行草也传递出沉着痛快、豪迈洒脱的大师气象。这种风格与他高尚的人格契合，是书法美与人格美结合的典例。他的《劝学》中"黑发不知勤学早，白首方悔读书迟"的千古名句，阐明年少时要勤奋学习，有所作为，否则到老将一事无成后悔已晚的深刻道理。青年时期正是学习和长知识的黄金时期，不可错过，应当抓紧时间多读书，为一生的发展打下一个良好基础。

95. 诗书勤乃有，不勤腹空虚

【原典出处】

（唐）韩愈《符读书城南》

【名句释义】

"诗书勤乃有，不勤腹空虚"的意思是：读书学习越勤奋心中越有底气，不勤奋学习脑子便空空如也。

【觉解镜鉴】

韩愈（768—824），河南河阳（今河南孟州）人，曾任吏部侍郎、

监察御史等职。唐代杰出的政治家、思想家、哲学家、文学家，有"文章巨公"和"百代文宗"之名。后人将其与柳宗元、欧阳修和苏轼合称"千古文章四大家"。著有《韩昌黎集》40卷，《外集》10卷。他的《符读书城南》中"诗书勤乃有，不勤腹空虚"的名句，揭示了人生在勤，只有勤奋学习，才能从无知到有知，从知之较少到知之较多；不学则空，愈空愈不思进取。一个神童如不勤奋，也会变成普通人。后天的努力比先天的天资更重要。知识就是力量，有知识就会有底气、能自信，这种力量将会永远激励着你不断地向前。

96. 少年辛苦终身事，莫向光阴惰寸功

【原典出处】

（唐）杜荀鹤《题弟侄书堂》

【名句释义】

"少年辛苦终身事，莫向光阴惰寸功"的意思是：少年时期的刻苦是决定一生命运的大事，不要在怠惰中虚度光阴。

【觉解镜鉴】

杜荀鹤（846—904），池州石埭（今安徽石台）人，晚唐著名的现实主义诗人，存诗三百多首，著有《唐风集》10卷，其中3卷收录于《全唐诗》。他的《题弟侄书堂》中"少年辛苦终身事，莫向光阴惰寸功"的名句，启迪人们要勤奋学习，为一生的事业打下根基。年轻人耳聪目明，容易接受新知识，因而应该有志气、有毅力，不怕苦、不怕累，否则将一事无成。千里之行始于足下，万丈高台起于垒土；要一点一滴地不断积累，逐渐达到质变，才能走向辉煌。同时要把握时间，谁珍惜时间，时间就对谁情有独钟，成功就属于谁。

97. 退笔成山未足珍，读书万卷始通神

【原典出处】

（北宋）苏轼《柳氏二外甥求笔迹》

【名句释义】

"退笔成山未足珍，读书万卷始通神"的意思是：写秃的笔头堆积如山也不值得珍惜，唯有读破万卷书才能实现通神的创作境界。

【觉解镜鉴】

苏轼《柳氏二外甥求笔迹》中的"退笔成山未足珍，读书万卷始通神"，着重说明勤学博学的重要意义。"退笔成山"是引用陈、隋间书法家智永的故事。智永为王羲之七世孙，山阴永欣寺僧人，继承祖法，精勤书艺。据《太平广记》记载，智永住永欣寺时，因苦练书法积累秃笔头十瓮，每瓮皆数千，后取笔头瘗之，号为"退笔冢"。"退笔成山未足珍"明里是说数千的退笔不值得珍惜，实际上暗喻了欲成就大学问、大事业，必须勤学苦练，量变引起质变的哲理。"读书万卷始通神"化用了杜甫的"读书破万卷，下笔如有神"的诗，勉励人们博览群书、刻苦学习、广泛积累知识，才能使自己下笔如有神助，从而揭示了学习与创造、积累与发展之间的辩证关系，对今天人们的学习具有重要的启发作用。

98. 腹有诗书气自华

【原典出处】

（北宋）苏轼《和董传留别》

【名句释义】

"腹有诗书气自华"的意思是：读书多，学识丰富，见识广博，不需要刻意装扮就会由内而外产生一种儒雅、高雅的气质。

【觉解镜鉴】

《和董传留别》是苏轼写给朋友董传的诗，赞颂董传饱读诗书、满

腹经纶，朴素的衣着也掩盖不住内心博学乐观向上的精神风骨。诗中的"腹有诗书气自华"成为千古名句，广为传诵，人们把这句诗当作积累更新知识、提升精神境界、增长学问才干的强大动力。读好书能增加正能量，净化心灵，沉淀的是一颗浮躁的心。多读书获得的是知识，增强的是才能，升华的是一种高深的气质和度量。德国文学家歌德有句名言："读一本好书，就如同和一个高尚的人在交谈。"可见，多读好书，能加强思想道德修养、增长素质才干，能使人们在实现中华民族伟大复兴的中国梦的进程中作出更大的贡献。

99. 莫等闲，白了少年头，空悲切

【原典出处】

（南宋）岳飞《满江红》

【名句释义】

"莫等闲，白了少年头，空悲切"的意思是：年轻时不要只知道轻松清闲，无所事事，等到老了后悔莫及，一切皆晚矣。

【觉解镜鉴】

岳飞（1103—1142），汤阴（今河南汤阴）人，南宋著名的军事家、战略家，南宋中兴四将之一。他率领岳家军同金军进行了大小数百次战斗，所向披靡。《满江红》写于1136年岳飞出师北伐孤军无援未果、壮志未酬之际。此词气势磅礴、气盖山河，表现了作者大无畏的英雄气概，洋溢着爱国主义情怀，几百年来有力地激励着中华民族的爱国心。其中的"莫等闲、白了少年头，空悲切"，化用了《汉乐府·长歌行》里"少壮不努力，老大徒伤悲"两句而来，有很强的警策作用。它告诉人们：人生易逝，转眼难再，应该趁着大好时光，倍加奋勉，不要虚度宝贵的青春，空留下枉然的悲切和愧悔。

100. 少年易老学难成，一寸光阴不可轻

【原典出处】

（南宋）朱熹《偶成》

【名句释义】

"少年易老学难成，一寸光阴不可轻"的意思是：人很容易变老，但学问却很难成功，故一寸一分的时间都不能浪费。

【觉解镜鉴】

朱熹（1130—1200），南宋著名的理学家、教育家、思想家、哲学家、诗人，世称朱子，是继孔子、孟子之后弘扬儒学最杰出的大师。主要著作有《四书章句集注》《周易本义》《太极图说解》《通鉴纲目》等。他的《偶成》中"少年易老学难成，一寸光阴不可轻"的千古名句，是用切身体悟告诫年轻人的经验之谈，强调人生易老，学问难成，因而必须爱惜每一寸光阴，珍惜自己美好的青春年华，努力学习，切莫让宝贵的时光从身边白白溜走。

101. 昨日过去了，今日徒烦恼

【原典出处】

（明）文嘉《昨日歌》

【名句释义】

"昨日过去了，今日徒烦恼"的意思是：时间在不知不觉中过去了，应抓紧时间多做一些有意义的事情，以免总是处于烦恼后悔之中。

【觉解镜鉴】

文嘉（1501—1583），长州（今江苏苏州）人，吴门派代表画家文徵明的次子，初为乌程训导，后为和州学正。能诗，工书，精于鉴别古书画，工石刻，为明一代之冠。画得文徵明一体，善画山水，传世画作有《山水花卉图册》《垂虹亭图》《寒林钟馗图》《江南春色图》《石湖小景图》等。著作有《钤山堂书画记》《和州诗》等。他的《昨日歌》内

涵丰富、寓意深长，其中的"昨日过去了，今日徒烦恼"告诉人们：昨日很重要，但已逝去，今日最现实，应好好把握。今天，我们应以此诗自勉，认认真真地对待每一个今天，做好该做的事情。以唯物辩证法为指导，总结好昨天，把握好今天，科学预测明天，未雨绸缪，做好把握历史机遇的充分准备。

102. 今日又不为，此事何时了

【原典出处】

（明）文嘉《今日歌》

【名句释义】

"今日又不为，此事何时了"的意思是：如果今天又没做什么，那么此事何时才能完成呢？

【觉解镜鉴】

文嘉《今日歌》中的"今日又不为，此事何时了"，进一步强调了今日的重要性，劝勉人们要珍惜时间，勿虚度年华、荒废光阴。昨天已成为历史，明天尚不确定，只有今天才是实实在在属于自己的。昨日若有不足，今日尚可弥补，明日有何目标，今日也可谋划。伟大的文学家鲁迅先生曾说："浪费自己的时间等于慢性自杀，浪费别人的时间等于谋财害命。"这充分说明时间的极端重要性。人活一天不算什么，重要的是记得这一天为人民做了什么事。你改变不了过去，但你可以改变现在；你不能控制他人，但你可以掌握自己；你不能预知明天，但你可以把握今天；你不可以样样顺利，但你可以事事尽心；与其坐而论道不如起而行之。如能做到知行合一，坚持不懈地努力，理想目标就一定能实现。

103. 我生待明日，万事成蹉跎

【原典出处】

（明）文嘉《明日歌》

【名句释义】

"我生待明日，万事成蹉跎"的意思是：如果什么事都拖着不干，总想还有明天，那么只会空度时日，终将一事无成。

【觉解镜鉴】

《明日歌》"明日复明日，明日何其多，我生待明日，万事成蹉跎。世人若被明日累，春去秋来老将至。朝看水东流，暮看日西坠。百年明日能几何，请君听我明日歌"，是文嘉"时间三歌"中流传最广的一首劝勉诗，脍炙人口，妇孺传唱，起到了非常好的引领、鼓励和教育作用。一个人总会有理想。理想就是明天。无论一个人、一个家庭还是一个社会，所有的实践和努力，都是为了向更美好的未来发展，所有的理想抱负、志气、奋斗等，都是对美好明天的憧憬和追求。时间对于任何人都是公平的，在同样的时间内，不同思想、不同理想的人会有不同的结果，怎样去把握，那就看自己了。纵观世上优秀的成功者，在自己的宏伟目标鼓舞激励下，无不具有执着追求的精神，所取得的成果都是与付出智慧和劳动成正比的。

104. 逆水行舟用力撑，一篙松劲退千寻

【原典出处】

董必武《题赠〈中学生〉》

【名句释义】

"逆水行舟用力撑，一篙松劲退千寻"的意思是：逆水行舟时必须一鼓作气，否则，稍微一松竹篙，就会后退老远，甚至不可逆转。比喻学如逆水行舟，不进则退。

【觉解镜鉴】

董必武《题赠〈中学生〉》一诗中"逆水行舟用力撑，一篙松劲退千寻"的名句，意义深远，指明了人生态度及读书规律，即不进则退。人的一生中总会经历许多事情，不管是做什么，都要面对各种困难、坎坷和挫折，关键是不能畏惧、泄气、退缩，而需要迸发最大力量，一鼓

作气，坚持到底。如果在紧要关头稍一松劲，就会功亏一篑。所以，青少年要把高远的理想、执着的信念、奋斗的精神作为成功的起点，珍惜美好的学习时光，带着热情和意志去学习，在竞争激烈的时代里，要充分地展现自我价值，凭借自己的能力为家庭、学校、国家争光。这两句诗对今天的党员干部也具有重要的教育意义。

105. 攻书莫畏难

【原典出处】

叶剑英《攻关》

【名句释义】

"攻书莫畏难"的意思是：任何时候都不要有畏难情绪，只要刻苦努力就没有克服不了的困难。

【觉解镜鉴】

叶剑英（1897—1986），广东梅县人，伟大的无产阶级革命家、政治家、军事家，毛泽东称他为"吕端大事不糊涂"。他的《攻关》一诗中"攻书莫畏难"的名句，高度概括了万事没有捷径可寻的深刻道理。在人类史册上，志士仁人不计其数，他们对所有的困难、坎坷、干扰都不屑一顾。伟大导师马克思、恩格斯在生活极端困难的情况下，攻读、查阅了数千种书籍，历时44年，合作完成了一部科学巨著《资本论》。广大党员干部应向马克思、恩格斯学习，抱着对党和人民事业高度负责的态度，增强学习的主动性和自觉性，只要有了这种强烈的责任意识，就能挤出时间去学习，带着思想和工作中的问题去学习，在学习和工作实践中不断充实和提升自己。

（三）忠诚宽厚

106. 执子之手，与子偕老

【原典出处】

春秋《诗经·邶风·击鼓》

【名句释义】

"执子之手，与子偕老"的意思是：牵着你的手，和你一起白头到老。

【觉解镜鉴】

《诗经》中的《邶风·击鼓》讲述的是一个征战士兵在外久役不能归家，想起新婚时与妻子的誓言，从而对战争给人们带来的沉痛灾难进行了无声地控诉。这种来自内心深处真实而朴素的语言，为后世的文学作品树立起一座人性高标，从此"执子之手，与子偕老"便成了生死不渝爱情的代名词。战争给人类带来的是伤害、灾难、流血和死亡，它破坏了人民的安宁、幸福、爱情和希冀，掠夺了人们白头到老共度一生的美好愿望。此诗也在告诫人们：要有责任担当，今生既然相爱了，就要执子之手，在人生的长路上，不管是顺畅还是坎坷，都要同舟共济，一直走下去，直到终老。

107. 妻子好合，如鼓瑟琴

【原典出处】

春秋《诗经·小雅·常棣》

【名句释义】

"妻子好合，如鼓瑟琴"的意思是：夫妻间的和睦相处，应像弹奏瑟琴那样和谐一致。

【觉解镜鉴】

《常棣》是《诗经·小雅》中的名篇，是中国诗史上情理相融、寓理于趣的典范。《常棣》中的"妻子好合，如鼓瑟琴"，是说夫妻和睦相处，犹如演奏管弦琴瑟的协奏曲，不同的音调此起彼伏，相互配合，产生最美声乐。恩格斯曾说："双方的互相爱慕，应当高于其他一切。"夫妻相爱首要的一条就是相互敬重。相互尊敬对家庭的幸福美满至关重要，如周恩来与邓颖超总结出的夫妻相爱"八互"，第一条就是"互敬"。如果每对夫妻、每个家庭都能这样做，那么和谐家庭、和谐社会的构建就不是什么难事。

108. 春风满面皆朋友，欲觅知音难上难

【原典出处】

（春秋）俞伯牙《无题》

【名句释义】

"春风满面皆朋友，欲觅知音难上难"的意思是：周围都是朋友，但要找到真正的知音是很难的事情。

【觉解镜鉴】

俞伯牙，楚国郢都（今湖北荆州）人，身虽楚人，但官居晋国，仕至上大夫之位。著名作曲家、琴师，被人尊为"琴仙"。明代文学家冯梦龙《警世通言》的第一篇讲了俞伯牙摔琴谢知音的凄美故事，赞颂了他们的纯真友情。俞伯牙和钟子期以高山流水、瑶琴天籁而成知音，子期死后，伯牙摔碎瑶琴，赋诗一首："摔碎瑶琴凤尾寒，子期不在对谁弹！春风满面皆朋友，欲觅知音难上难。"并迎子期父母到自己家中，以尽天年。然而终生未再弹琴，由此成为千古传诵的至交典范。马克思与恩格斯坚定的长久友谊，毛泽东与周恩来、朱德的密切合作，这都是常人难以企及的崇高境界。《今古奇观》一书中有："这相知有几样名色：恩德相结者，谓为知己；腹心相照者，谓为知心；声气相求者，谓为知音。总叫作相知。"在今天的新形势下，人们应追求纯真友谊之美，学习

"俞钟之交"的相知、相合、相助，共同发力，为构建社会主义和谐社会而努力奋斗！

109. 愿言配德兮，携手相将

【原典出处】

（西汉）司马相如《凤求凰》

【名句释义】

"愿言配德兮，携手相将"的意思是：但愿我的德行能与你相配，携手一起百年好合。

【觉解镜鉴】

司马相如（约公元前179—前118），四川成都人，杰出的政治家、文学家。他的一曲《凤求凰》赢得了卓文君的芳心，二人遂结为伴侣。二人的爱情故事，两千多年以来传为佳话。《凤求凰》中的"愿言配德兮，携手相将"，表达了司马相如对卓文君的无限倾慕和热烈追求。它给予今人的启示是：男女一旦结为夫妻，就一定要注重修炼品德，互敬互爱，忠贞不渝。对爱情的忠诚，虽不能效仿梁山伯与祝英台以及《孔雀东南飞》中主人公焦仲卿与刘兰芝那样为爱殉情而死，但应像古人梁鸿与孟光夫妻一样举案齐眉，肝胆相照，嘉言懿行，同舟共济朝前走，直至白头到老。

110. 愿得一心人，白头不相离

【原典出处】

（西汉）卓文君《白头吟》

【名句释义】

"愿得一心人，白头不相离"的意思是：希望自己所爱的人，同样对爱情执着专一、白头偕老永不分离。

【觉解镜鉴】

卓文君（公元前175—前121），临邛（今四川邛崃）人，貌美超群，多才多艺。司马相如深得汉武帝的赏识，官至中郎将后，渐渐耽于逸乐，经常周旋在粉黛堆里。卓文君知道后作《白头吟》诗一首相赠，其中"愿得一心人，白头不相离"，表现出了她重视情义、鄙夷金钱、要求专一、反对两意的人格尊严。这种真情流露感动了司马相如，他忆及夫妻当年恩爱，愧疚万分，遂绝纳妾之念，夫妇和好如初。在夫妻情感问题上，彼此最在乎的就是"忠贞"二字。中国古代就有"糟糠之妻不下堂"的劝世箴言，意指男女一旦成为结发夫妻，就不能轻易抛弃。俗话说："百年修得同船渡，千年修得共枕眠。"茫茫人海，俊男美女无数，如果没有高尚的道德情操和坐怀不乱的抗诱惑力，就很容易犯婚外情错误。所以，要忠贞于自己的配偶，不要破坏两人亲手缔造的美好家庭。

111. 天地合，乃敢与君绝

【原典出处】

《汉乐府·上邪》

【名句释义】

"天地合，乃敢与君绝"的意思是：与君相知是缘分，除非天地相交聚合一起，我才敢做决绝你的事。

【觉解镜鉴】

"天地合，乃敢与君绝"，是一位痴情女子对爱人的热烈表白，在艺术上很见匠心。作者用"天地合"这一根本不可能发生的事来比喻至死不渝的爱情，以至于把"与君绝"的可能从根本上排除了。这种独特的抒情方式准确地表达了彼此深爱之人特有的绝对化心理，深情奇想，确属"短章之神品"。以这种不可能出现的自然现象来比喻一种不可能的离散决裂，这是典型的充满正能量的爱情诗句，表明爱情越质朴越好，夫妻彼此忠诚最重要。恋爱和结婚不同，恋爱时充满着山盟海誓的激情，而婚后面对的是柴米油盐的现实生活；恋爱期间没有暴露的问题，婚后就很容易出现。所以，经营好婚姻也是一门学问和艺术，欲得幸福美满，必须认真研究和修炼这门学问和艺术。

112. 心心复心心，结爱务在深

【原典出处】

（唐）孟郊《结爱》

【名句释义】

"心心复心心，结爱务在深"的意思是：两个人的心交融在一起，既然爱就爱在深处。

【觉解镜鉴】

"心心复心心，结爱务在深。一度欲离别，千回结衣襟。结妾独守志，结君早归意。始知结衣裳，不如结心肠。坐结行亦结，结尽百年月。"孟郊《结爱》这首小诗用了九个"结"字把爱情这一颂歌唱到了极致，体现了海枯石烂永不变的决心。开头的"心心复心心，结爱务在深"，是这首诗的灵魂，代表了诗人的爱情观。它告知人们，两人相爱了，就要心心相连，务求爱得执着，爱得深笃。在中华民族优秀文化中，"结"是一个充满情感、力量、和谐的字眼，无论是结合、结交、结果，还是结发夫妻、团结等，都给人一种亲密、温馨、团圆的美感和力量，因此也是人类永恒追求的主题。

113. 换我心，为你心，始知相忆深

【原典出处】

（五代）顾夐《诉衷情·永夜抛人何处去》

【名句释义】

"换我心，为你心，始知相忆深"的意思是：以心换心，把我的心换成你的心，你才能知道我对你的想念有多深。

【觉解镜鉴】

顾敻，五代词人，累官至太尉，能诗善词。其《诉衷情·永夜抛人何处去》中的"换我心，为你心，始知相忆深"，通过女主人公的内心独白，陈述了爱怨兼发的复杂心情，揭示了爱情悲剧的一个方面。作品在艺术构思与表现手法上甚见匠心，深得后代词评家的赞赏。这种表现形式其实就是换位思考。将心比心、以心换心，是达成理解不可缺少的心理机制，客观上要求我们将自己的内心世界，如情感体验、思维方式等与对方相连，站在对方的立场上体验和思考问题，为增进理解奠定基础。孔子的"己所不欲，勿施于人"就是这个意思。一个家庭或一个集体，只有换位思考，才可增强向心力。从政做官也是同理，倘若党员干部真正把自己视作人民公仆，全心全意为人民服务，人民就会拥护你、爱戴你。"我为人人，人人为我"，如此这般，我们国家和社会就会到处充满着爱的良性循环。

114. 要休且待青山烂

【原典出处】

《菩萨蛮·枕前发尽千般愿》

【名句释义】

"要休且待青山烂"的意思是：我对你的爱是永远也不可能停止的，要停止除非等到青山烂了才可以。

【觉解镜鉴】

《菩萨蛮·枕前发尽千般愿》："枕前发尽千般愿，要休且待青山烂。水面上秤锤浮，直待黄河彻底枯。白日参辰现，北斗回南面。休即未能休，且待三更见日头。"这是一位忠诚于配偶的人向其爱人的陈词。本诗通过列举一些不可能出现的自然现象，来倾诉爱的坚贞不渝。夫妻彼此真心相爱是信赖的基础，相互忠诚靠的是道义和自我约束的责任。有缘走到一起，就应该互相忠诚，如果一方行为不检点，到处沾花惹草，那就丧失了做人起码的道德。所谓好夫妻，并不是单指一方行为不犯错误，更重要的是二人心灵都应纯真无邪，这样才是真正的恩爱夫妻，像周恩来与邓颖超、梁思成和林徽因、钱钟书和杨绛、冰心和吴文藻等，都是人们学习的模范。

115. 天不老，情难绝

【原典出处】

（北宋）张先《千秋岁·数声鶗鴃》

【名句释义】

"天不老，情难绝"的意思是：天若有情情不老，人若有情情难绝。

【觉解镜鉴】

张先（990—1078），乌程（今浙江湖州）人，北宋著名词人，官至尚书都官郎中，晚年退居湖杭之间。善作慢词，与柳永齐名。现存词182首，尤其擅长写悲欢离合之情。他这首《千秋岁·数声鶗鴃》被选入《宋词三百首》。词中"天不老，情难绝"的千古名句，表达了真正的爱情是能超越一切外在因素的。这种对生命的深刻领悟，内涵是非功利性的，即我甘愿为你吃苦，你愿意让我分享你的甜蜜，不受潜意识的驱使，而是通过灵魂深处的精神纽带，把彼此牢牢地拴在一起，这才是真正幸福的爱。

116. 流水高山深相知

【原典出处】

（北宋）王安石《伯牙》

【名句释义】

"流水高山深相知"的意思是：一曲《高山流水》使我们深深相识、相知。

【觉解镜鉴】

王安石（1021—1086），字介甫，临川（今江西抚州）人，北宋著名政治家、思想家、文学家、改革家。他的《伯牙》一诗"千载朱弦无此悲，欲弹孤绝鬼神疑。故人舍我归黄壤，流水高山深相知"，是有感于"伯牙摔琴谢知音"的故事而作，表达了知音难觅的主题思想。相传春秋时期的俞伯牙善鼓琴，钟子期善听。伯牙鼓琴，志在高山，钟子期曰："善哉，峨峨兮若泰山！"志在流水，钟子期曰："善哉，洋洋兮若江河！"伯牙所念，钟子期必得之。子期死，伯牙谓世再无知音，乃破琴绝弦，终身不复鼓。人们常用此故事来感叹知音难觅。千金易得，知己难求。今天，我们交朋友不能只停留在交酒肉朋友的层面上，应注重寻觅生命中的知音，真正的知音是心与心的相融，是"君子之交""莫逆之交""患难之交""生死之交"，明白这一点，对个人的成长、对家庭的和谐、对事业的成功等，都是很重要的。

117. 两情若是久长时，又岂在朝朝暮暮

【原典出处】

（北宋）秦观《鹊桥仙·纤云弄巧》

【名句释义】

"两情若是久长时，又岂在朝朝暮暮"的意思是：只要是彼此真心相爱，哪在乎这暂时的离开呢？暗喻爱情要经得起长久分离的考验。

【觉解镜鉴】

秦观（1049—1100），扬州高邮（今江苏高邮）人，北宋中后期著名的文学家、词人，与黄庭坚、张耒、晁补之合称"苏门四学士"。著有《淮海集》《淮海居士长短句》等。《鹊桥仙·纤云弄巧》中"两情若是久长时，又岂在朝朝暮暮"的名句，彰显了高尚的思想境界，具有穿越时空的审美价值。夫妻两情相悦且能长相厮守固然好，但有时因为事业等客观因素需要暂时分开也应充分理解。爱情是人生的重要组成部分，但不是人生的全部，它应该服从事业，成为促进事业发展的助推器。所以，要正确认识和处理爱情与事业的关系，像马克思和燕妮的爱情经受住了各种艰难困苦的考验，被传为佳话。这充分说明，只有思想品德、事业理想、责任义务、生活情趣等一致性的有机结合，才能获得真正的爱情。

118. 只愿君心似我心，定不负相思意

【原典出处】

（北宋）李之仪《卜算子·我住长江头》

【名句释义】

"只愿君心似我心，定不负相思意"的意思是：只愿你的心和我的心常相守，也就不辜负我的相思之意。

【觉解镜鉴】

李之仪（1048—1117），沧州无棣（今山东庆云）人，北宋著名词人，苏门文人集团的重要成员，一生官职并不显赫，但他与苏轼的文缘友情却流传至今。著有《姑溪词》《姑溪居士前集》等。其妻胡淑修是一个全才，尤精于算术，连沈括那样的大科学家也曾向她请教数学难题。胡淑修因病撒手人寰后，李之仪无比悲痛，曾接连写下几首怀念妻子的诗词。其《卜算子·我住长江头》："我住长江头，君住长江尾。日日思君不见君，共饮长江水。此水几时休，此恨何时已。只愿君心似我心，定不负相思意。"这种至诚至忠的深深怀念之情，是令人钦佩和值得学习的。

119. 须知胜友真良药，莫作寻常旅聚看

【原典出处】

（明）瞿式耜《留别不帆·即用前韵》

【名句释义】

"须知胜友真良药，莫作寻常旅聚看"的意思是：必须明白真正的朋友是一剂良药，敢于指出缺点的朋友，犹如良药可以治病，不要把这种朋友看作是萍水相逢的人。

【觉解镜鉴】

瞿式耜（1590—1650），江苏常熟人，明代诗人，曾任兵部右侍郎、东阁大学士等职，在领兵抗清斗争中被俘，慷慨就义。著有诗文 10 卷。

"须知胜友真良药，莫作寻常旅聚看"出自他的《留别不帆·即用前韵》，寓意是让人们明白真正的朋友是一剂良药，不要把这样的朋友当作旅途上偶遇的一般人来看待。《孔子家语·六本》也说："良药苦口利于病，忠言逆耳利于行。"这些都是说面对诚恳的批评、建议，要善于虚心接受。只有虚心接受批评，而且善于自我批评，才能改造、提高和完善自我。能够对自己坦诚且提出批评的朋友是人生中最大的财富，切勿远离和抛弃这样的朋友。

120. 让他三尺又何妨

【原典出处】

（清）张英　劝家人诗

【名句释义】

"让他三尺又何妨"的意思是：退一步天高地阔，谦让一些又有什么呢？

【觉解镜鉴】

张英（1637—1708），安徽桐城人，清代名臣，官至文华殿大学士兼礼部尚书，著述颇丰。据《桐城县志略》记载，张英在朝廷任职时，家人与邻居因建房占地闹纠纷，便写信让他出面干涉。张英回诗一首："千里修书只为墙，让他三尺又何妨？万里长城今犹在，不见当年秦始皇。"家人看后立马醒悟，按张英之意让出三尺空地，邻居也随之后退三尺，这样就形成了六尺宽的巷道。此巷子现仍存于桐城市内，成为中华民族谦逊礼让美德的见证。此诗启示人们：退一步天高地阔，让三分心平气和。要学会忍让、学会沟通、学会换位思考，用智慧和能力处理好邻里之间的关系，争做文明家庭，传承良好家风。

二 经典赋文名句镜鉴

（一）名人家训

121. 德行宽裕，守之以恭者荣

【原典出处】

（西周）姬旦《诫子伯禽》

【名句释义】

"德行宽裕，守之以恭者荣"的意思是：道德品行宽厚，以坚守恭敬的态度和宽以待人的品行为荣耀。

【觉解镜鉴】

姬旦，西周杰出的政治家、思想家、军事家，周文王的第四子，周武王之弟，曾两次辅佐周武王东伐纣王，并制作礼乐。因其采邑在周、爵为上公，故称"周公"。他的思想对儒家学说体系的形成起了奠基性作用，汉代儒家将他与孔子并称，后人尊称他为周公。《诫子伯禽》是他对儿子伯禽的教诲，其中的"德行宽裕，守之以恭者荣"，是说你如果恭恭敬敬地尊敬对待别人，同样也会得到别人的尊重。一个人无论地位高低，都应该谦虚恭敬，多换位思考，多替别人着想，尊重别人的利益和选择，这样，别人也会以同样的方式回报于你，这就是生活的辩证法。

122. 好议论人长短，妄是非正法，此吾所大恶也

【原典出处】

（东汉）马援《诫兄子严敦书》

【名句释义】

"好议论人长短，妄是非正法，此吾所大恶也"的意思是：最令人厌恶的是背后乱议论别人的长短，妄议国家的大是大非。

【觉解镜鉴】

马援（公元前 14—49），扶风茂陵（今陕西兴平）人，著名的军事家，东汉开国功臣之一。他辅佐刘秀统一天下后，虽已年迈，但仍请缨东征西讨。"好议论人长短，妄是非正法，此吾所大恶也"，是他写给侄子马严、马敦信中的箴言。他的两个侄子平时喜欢结交轻浮侠客，讥评时政，这令他十分担忧，故对侄子发出情真意切的告诫："听说了别人的过失，像听见了父母的名字，耳朵可以听，但嘴中不可以议论。喜欢说三道四，胡乱议论别人，瞎评时政，这些都是我深恶痛绝的。宁可死也不希望自己的后辈有这种行为。"马援的这番话，对今人仍具有现实教育意义。

123. 心一朝不思善，则邪恶入之

【原典出处】

（东汉）蔡邕《女训》

【名句释义】

"心一朝不思善，则邪恶入之"的意思是：如果一天不思善，就容易产生邪恶的念头。

【觉解镜鉴】

蔡邕（133—192），陈留圉（今河南开封）人，东汉著名的文学家、史学家、音乐家、画家、书法家，汉献帝时拜左中郎将，后人也称他"蔡中郎"。著书颇多，流传诗歌四百多首。"心一朝不思善，则邪恶入之"，出自蔡邕的《女训》。他认为，心就像头和脸一样，需要认真修饰。如果一天不修善，就会窜入邪恶的念头。这说明外在美固然重要，但品德和学识的内在美更加重要。要明白心和面的关系是内外和本相的关系。心为内，面为外；心为本，面为相，故相由心生，面由心定。心是一个人的世界观、人生观、价值观，是决定一个人言行的基础。党员干部更应注重心灵真善美的修炼，以保持干净纯洁，不给邪念可乘之机。

124. 惟贤惟德，能服于人

【原典出处】

（三国蜀）刘备《敕刘禅遗诏》

【名句释义】

"惟贤惟德，能服于人"的意思是：惟有贤德的人，才能让人折服。

【党解镜鉴】

刘备（161—223），幽州涿郡（今河北涿州）人，三国时期蜀汉开国皇帝。据《三国志·蜀书·先主传》记载，刘备是汉朝宗室，汉中山靖王刘胜的后代，素以仁德为世人称赞。刘备《敕刘禅遗诏》中的"惟贤惟德，能服于人"，是他劝勉其子刘禅要进德修业，成为贤能贤德之人，这样才能够使别人佩服。《周易》第五十三卦的"君子以居贤德善俗"；宋代曾巩《答范资政书》中的"伏以阁下贤德之盛，而所施为在于天下"。这些都是强调善良的美德的重要性。德行修养是党员干部的从政之本、执政之基和为官之道。因此必须把修德摆在做人做事的首位，并作为基本的职业素养和永恒的人生课题来对待。要明是非、辨黑白、知荣辱，自觉抵御诱惑，始终坚守思想道德阵地，做一个贤德之人。

125. 勿以恶小而为之，勿以善小而不为

【原典出处】

（三国蜀）刘备《敕刘禅遗诏》

【名句释义】

"勿以恶小而为之，勿以善小而不为"的意思是：不要因为是件较小的坏事就去做，不要因为是件较小的善事就不去做。

【党解镜鉴】

刘备在《敕刘禅遗诏》中的"勿以恶小而为之，勿以善小而不为"的千古名句，颇具哲理意义，强调不要小觑微事。常言道，"集腋成裘，聚沙成塔""千里之堤溃于蚁穴"。无论好事还是坏事，小可积累成大，

量变积累到一定程度就会发生质变。这启示人们：拒腐防变要从小事开始防范，以免积少成多坏大事；相反，小善积多了就成为利天下的大善。所以，只要是善，即使是小善也要做。善恶一念间，荣辱两世界。党员干部要树立正确的世界观、人生观、价值观，主动追求至善的人生境界，在日常生活中自觉抑恶扬善，从身边小事做起，并做好对家庭成员的言传身教，为构建美丽家园及和谐社会作贡献。

126. 非学无以广才，非志无以成学

【原典出处】

（三国蜀）诸葛亮《诫子书》

【名句释义】

"非学无以广才，非志无以成学"的意思是：不努力学习就没有广博的知识和才智，没有志向和远大的理想就不能获得成就。

【觉解镜鉴】

诸葛亮（181—234），字孔明，三国时期蜀汉丞相，杰出的政治家、军事家。诸葛亮一生鞠躬尽瘁，死而后已，是中国传统文化中忠臣与智者的代表人物。他《诫子书》中的"非学无以广才，非志无以成学"，强调了理想、志气、学习、成就的辩证关系。一个人的前途、成就，归根到底取决于在他身上所展现出的才能。法国杰出的思想家罗曼·罗兰曾说："财富是靠不住的。今日的富翁，说不定是明日的乞丐。惟有本身的学问，才干，才是真实的本钱。"这启示人们：没有广博的知识和才能在社会上是难以立足的，所以，一定要明确志向，勤奋努力，增长才干，这样才能取得较大的成就。

127. 夫志当存高远

【原典出处】

（三国蜀）诸葛亮《诸葛亮集·诫外甥书》

【名句释义】

"夫志当存高远"的意思是：具有远大的志向是走向成功的先决条件。

【觉解镜鉴】

诸葛亮姐姐的儿子叫庞涣，曾官至郡太守，诸葛亮的《诫外甥书》就是写给他的，教导他该如何立志、修身、成材，并强调说，一个人应该树立远大的理想，追慕先贤，将自己的远大志向树立起来，不要局限于琐碎的事情，即使未能得到提拔重用也不必在乎。这启示人们：要心胸开阔，豁达大度，志存高远，才能具有容人的雅量，不为苦恼缠身，而为实现远大理想目标，不懈努力奋斗，书写光彩人生。

128. 汝为吏，以官物见饷，非唯不益，乃增吾忧也

【原典出处】

（南朝宋）刘义庆《世说新语·贤媛》

【名句释义】

"汝为吏，以官物见饷，非唯不益，乃增吾忧也"的意思是：你做了官，拿公家的东西送给我，这不但对我毫无裨益，反倒使我担忧。

【觉解镜鉴】

刘义庆（403—444），祖籍彭城（今江苏徐州），南朝宋武帝刘裕之侄，著名的政治家、文学家，曾任尚书左仆射（相当于副宰相）等职，著有《世说新语》《幽明录》等。《世说新语·贤媛》中记载了这样一个故事："陶公少时，作鱼梁吏。尝以坩鲊饷母。母封鲊付使，反书责侃曰：'汝为吏，以官物见饷，非唯不益，乃增吾忧也。'"用白话来表述这个故事就是说，陶侃青年时代做管理河道及渔业的官吏，曾派人送一陶罐腌鱼给母亲，其母把原罐封好交给来人退回，同时附了一封信责备其做法。陶侃牢记母训，下不为例。后来官至高位，封长沙郡公。著名诗人陶渊明是他的曾孙。陶母湛氏教子有方，与孟母、岳母齐名。这则故事告诉人们：勿以恶小而为之，勿以善小而不为。正像老子《道德经》所

言"不矜细行，终累大德"。党员干部都应以此为鉴，坚守一生清廉。

129. 父母威严而有慈，则子女畏慎而生孝矣

【原典出处】

（北朝齐）颜之推《颜氏家训·教子》

【名句释义】

"父母威严而有慈，则子女畏慎而生孝矣"的意思是：为人父母对待子女既要有威严，又要体现出关心和爱抚。这种严慈结合的做法会使子女更加懂事孝顺。

【觉解镜鉴】

颜之推（529—595），琅琊（今山东临沂）人，北朝齐著名的思想家、教育家、文学家、诗人。他是当时最博通、最有思想影响力的学者，其理论和实践使后人颇为受益。著有《周官》等书。他的《颜氏家训》共20篇，是他关于自己立身、处世、为学经验的总结，是用儒家思想为教育子孙而写的一部系统、全面、完整的家庭教育教科书。其中的"父母威严而有慈，则子女畏慎而生孝矣"，强调了严与慈相结合的家庭教育方式，值得今人借鉴。现代社会中，有的家长一味溺爱和放任孩子；有的给孩子定的条条框框太多，稍不听话就横加斥责。这两种教育方式都是偏激和错误的。"父母威严而有慈"是符合辩证法的，告诉人们在管理教育孩子方面，要把握好严厉与慈爱之间的度，实施严与慈、厉与爱的有机结合，才会收到较好的效果。

130. 情性不知其穷，唯在少欲知足，为立涯限尔

【原典出处】

（北朝齐）颜之推《颜氏家训·止足》

【名句释义】

"情性不知其穷，唯在少欲知足，为立涯限尔"的意思是：人本能

的欲望无穷无尽，唯在减少欲望知足，为立身而加以限制。

【觉解镜鉴】

《颜氏家训》是中国历史上第一部内容丰富、体系宏大的家训，也是一部学术著作，它不仅在家庭伦理、道德修养等方面对我们今天有着重要的借鉴作用，而且对研究古文献学，研究南北朝历史、文化有着很高的学术价值。《颜氏家训·止足》中有这样的教诲："情性不知其穷，唯在少欲知足，为立涯限尔。"这一充满正能量的家规家训，是对世人最好的警示，尤其对党员干部来说，更具有重要的教育借鉴意义。养成一种知足的品德很重要，知足者才是真正的富有者。人之所以痛苦，不是因为拥有的太少，而是想要的太多。当你感到很知足时，心不烦，身不疲，快乐就在其中。

131. 心术不可得罪于天地，言行皆当无愧于圣贤

【原典出处】

（五代）钱镠《钱氏家训》

【名句释义】

"心术不可得罪于天地，言行皆当无愧于圣贤"的意思是：凭良心谋事不能违背规律和正义，言行举止都应当无愧于圣贤的教诲。

【觉解镜鉴】

钱镠（852—932），临安（今浙江杭州）人，五代十国时期吴越国创建者，先后被中原王朝封为越王、吴王、吴越王。《钱氏家训》分个人篇、家庭篇、社会篇和国家篇。其"个人篇"的内容是："心术不可得罪于天地，言行皆当无愧于圣贤。曾子之三省勿忘，程子之四箴宜佩。持躬不可不谨严，临财不可不廉介。处事不可不决断，存心不可不宽厚。尽前行者地步窄，向后看者眼界宽。花繁柳密处拨得开，方见手段。风狂雨骤时立得定，才是脚跟。能改过则天地不怒，能安分则鬼神无权。读经传则根柢深，看史鉴则议论伟。能文章则称述多，蓄道德则福报厚。"一千多年来，在《钱氏家训》的深刻影响和熏陶下，钱氏家族代

代出名人，仅近现代就有钱穆，钱钟书，钱学森、钱伟长、钱三强，钱正英，钱其琛，钱文忠等一大批文学家、科学家、政治家、外交家，足见《钱氏家训》精神因子的影响力之大。我们应把《钱氏家训》的正能量广泛传播开来，使之成为促进社会主义精神文明建设的助推器。

132. 后世子孙仕宦，有犯赃滥者，不得放归本家

【原典出处】

（北宋）包拯《家训》

【名句释义】

"后世子孙仕宦，有犯赃滥者，不得放归本家"的意思是：子孙后代做官如贪赃枉法、滥用权力，就不能进家门，死后也不允许入祖坟地。

【觉解镜鉴】

包拯是北宋仁宗时的名臣，一向以清廉公正、执法威严而著称，包氏子孙历代出仕官员四十多人，都能敬遵祖训、谨守家规，世代清廉，无一贪官。这源于其家训起到了重要作用。包拯不但制定"后世子孙仕宦，有犯赃滥者，不得放归本家；亡殁之后，不得葬于大茔之中。不从吾志，非吾子孙"的37字家训，还让其子包珙将家训刻在石块上，立在堂屋东面的墙壁旁，以明示后代，使家族成员人人都对家规产生敬畏之心。马克思曾指出："道德的基础是人类精神的自律。"人有了敬畏，才会有自律。只有将道德规范内化于心、外化于行，自律与他律、内因和外因相结合，才能达到遵纪守法的良好效果。

133. 众人皆以奢靡为荣，吾心独以俭素为美

【原典出处】

（北宋）司马光《训俭示康》

【名句释义】

"众人皆以奢靡为荣，吾心独以俭素为美"的意思是：他人把奢侈

浪费看作光荣，而我内心总觉得节俭朴素为最美。

【觉解镜鉴】

司马光（1019—1086），陕州夏县（今山西夏县涑水）人，北宋著名的政治家、史学家、文学家，一生著述颇多，但最大的贡献是主持编纂了近四百万字的《资治通鉴》。他生活的社会人们日益变得奢侈浪费腐化，这使熟悉历史的司马光感到深深地忧虑，他深知这种社会坏习气对年轻人的思想影响及腐蚀作用会很大。因此他特意为儿子司马康撰写了《训俭示康》的家训，以使后代发扬传承俭朴家风永不做奢侈人。其中的"众人皆以奢靡为荣，吾心独以俭素为美"，以自己节俭朴素为美德，阐明奢侈腐化、铺张浪费必食恶果的观点。这篇家训告诉人们一个深刻的哲理，即俭能平安得福，奢必招祸自败。这与唐代李商隐"历览前贤国与家，成由勤俭败由奢"的咏史诗意相契合。所以，党员干部要本着对国家、对人民、对家庭高度负责的态度，管紧自己，管好家人，人人都应秉持勤俭节约、勤俭持家的传统美德。

134. 由俭入奢易，由奢入俭难

【原典出处】

（北宋）司马光《训俭示康》

【名句释义】

"由俭入奢易，由奢入俭难"的意思是：人由节俭变奢侈容易，若是再从奢侈回到节俭就很难了。

【觉解镜鉴】

司马光《训俭示康》中的"由俭入奢易，由奢入俭难"的古训，提倡崇尚节俭、力戒奢侈，这是中国古代政治文化的重要价值取向。《左传》曰："俭，德之共也；侈，恶之大也。"魏徵在《谏太宗十思疏》中也说："居安思危，戒奢以俭。"大禹治水曾吃粗米饭，喝野菜汤；诸葛亮以"淡泊以明志"砥砺斗志。相反，一些封建统治者丧权亡身，往往与生活上的奢靡荒淫息息相关。"由俭入奢易，由奢入俭难"10个字凝聚了中国古代治国理政、修身齐家的宝贵经验教训，这对今天党员干部抵制奢靡之风、拒腐防变具有重要的教育意义。由奢入俭确实不容易，但也并非不能做到，人的生活观念、生活方式、消费水平是由理想信念和世界观、人生观、价值观所决定的。所以，在崇高理想的引领和"三观"内力的驱动下，人们是可以适应朴素生活乃至改变生活方式的。

135. 子孙不可不教

【原典出处】

（南宋）朱熹《朱子家训》

【名句释义】

"子孙不可不教"的意思是：子孙不可能自然成长为德才兼备的人才，必须靠家庭、学校、社会相互配合才能教育好，尤其在道德情操教育方面，家庭起着至关重要的作用。

【觉解镜鉴】

朱熹的《朱子家训》精辟地阐明了修身齐家之道，被称为千古"治家之经"。其中的"子孙不可不教"，强调后天教育对个人成长的重要性。中华民族自古以来就十分重视家规家教，因为家庭是社会的基本细胞，是人生的第一所学校，是子女的第一课堂，也是他们走向成功的港湾和出发地。父母是子女走向成功的导师和助手，不但要负责孩子的身体发育，还要负责孩子的心理发育和美好心灵的塑造。家庭教育、学校教育、社会教育并称为教育的三大支柱，而家庭教育在其中起着关键性的作用。现在中国正处在社会转型期，人的价值观也在发生变化，过去以道德为核心的价值观趋于弱化，重智轻德成为家庭教育的普遍现象，这些必须引起高度重视。社会、家庭应注重做好下一代的德行教育，各尽其责，积极为国家培养人才。

136. 劳则善心生，养德养身咸在焉

【原典出处】

（明）史桂芳《训家人》

【名句释义】

"劳则善心生，养德养身咸在焉"的意思是：劳动能使人变得聪明善良，勤劳能修身养德。

【觉解镜鉴】

史桂芳，江西鄱阳人，明代进士，官员，晚年归故里讲学。著有《惺堂文集》等，文集中有一段讲述晋代人陶侃在广州刺史任上早晚搬砖习劳的故事，来训勉其子孙不能忘记"劳"字，用意至深。其中"劳则善心生，养德养身咸在焉"，阐明了劳动的价值和重要意义。纵观人类历史，劳动始终起着无法替代的作用。如人类在劳动中产生了语言和文字；劳动不仅创造了人类本身，而且推动了社会和科技文化的发展。劳动本身也是一种幸福，人世间的一切幸福都是靠辛勤的劳动来创造和实现的，人的才智和思想、道德、情操等也只有经过艰苦劳动才能升华。所以，要培养教育好下一代，就必须让其从小养成爱劳动的好习惯，从而为一生的发展打好坚实的基础。

137. 吾人立身天地间，只思量作得一个人，是第一义

【原典出处】

（明）高攀龙《家训》

【名句释义】

"吾人立身天地间，只思量作得一个人，是第一义"的意思是：以德立身，做一个有德行的人，是第一位重要的。

【觉解镜鉴】

高攀龙（1562—1626），字存之，江苏无锡人，明代政治家、思想家。著有《高子遗书》12卷等。在学术思想上的最大贡献在于提倡"治

国平天下"的有用之学，反对空虚玄妙之说。特别注重如何做人，其家训中的"吾人立身天地间，只思量作得一个人，是第一义"，意在训诫后人要做一个大写的人，立身于天地间。对于当今的我们，特别是党员干部，要明白古人讲的"修身、齐家、治国、平天下"的实质意义，修身是基础，如果修不好自身，其他三项就无从谈起。所以，要坚守干净做人，清廉做官，勤奋做事，生活节俭，待人诚实，交友谨慎，用忠诚担当彰显人格魅力，书写不忘初心的无悔人生。

138.一粥一饭，当思来处不易

【原典出处】
（清）朱柏庐《治家格言》

【名句释义】
"一粥一饭，当思来处不易"的意思是：对一碗粥或一顿饭，我们都应想到它的来之不易。

【觉解镜鉴】
朱柏庐（1627—1698），原名朱用纯，字致一，自号柏庐，江苏昆山人，清代著名理学家、教育家，提倡知行并进，躬行实践。著有《愧讷集》《毋欺录》等。他所写《治家格言》含义博大精深，被后人尊为"治家之经"，成为家喻户晓的治家经典。其中的"一粥一饭，当思来处不易"，对今人仍具有启迪和教育意义。勤俭节约历来是我们所倡导的美德，小到一个人、一个家庭，大到一个国家、整个人类，要想生存、发展，都离不开勤俭节约，修身齐家治国平天下更是如此。诸葛亮曾把"静以修身，俭以养德"作为座右铭。今天，在新的长征路上我们仍然需要大力弘扬这种精神。

139.勿恃傲谩，勿尚奢华

【原典出处】

（清）纪晓岚《训诸子》

【名句释义】

"勿恃傲谩，勿尚奢华"的意思是：不要傲慢无礼，也不要追求奢华。

【觉解镜鉴】

纪晓岚（1724—1805），名昀，字晓岚，直隶献县（今河北沧州）人。清代著名政治家、文学家，曾任《四库全书》总纂修官，他对完成这部浩瀚的巨著作出了杰出贡献。他的诗文、经后人搜集编为《纪文达公遗集》，含诗文各16卷。"勿恃傲谩，勿尚奢华"是纪晓岚《训诸子》中的一句格言，意在教育孩子要有谦虚礼让和崇尚节俭之美德。古人说"满招损，谦受益""虚己者进德之基"。这些都是健全人格所应具备的品质。如果不谦虚好学，骄傲自满，甚至盛气凌人，也许会取得一时一事的成功，但终归难于持久。中华民族历来推崇谦逊礼让、勤奋节俭，反对无理傲慢、奢侈浪费。要把谦逊礼让、勤俭节约看作是修身齐家治国平天下的必备美德，反之，则是败国、败家、毁身的祸胎。

140.存心不善，风水无益

【原典出处】

（清）林则徐《十无益》

【名句释义】

"存心不善，风水无益"的意思是：人没有善心易招灾祸，找人看风水也不会有什么补益。

【觉解镜鉴】

禁烟英雄林则徐虽身居要职，公务繁忙，但仍坚持每日早晚课诵，将《金刚经》《心经》等写在小本子上随身携带。他在五十多岁时写下这首《十无益》格言，其中的"存心不善，风水无益"，说明人若心地不善良，多行不义，逆客观规律而行，就不会有好结果，而且还会殃及子孙后代，再找人诸如什么算卦、看风水等也没有用。事在人为，积善之家，必有余庆。真、善、美是社会发展的助推力，假、恶、丑是社会前进的绊脚石。人们必须把真、善、美作为自己的追求，自觉培育和践行社会主义核心价值观，特别是党员干部要修炼高尚的道德情操，以永葆共产党人的先进性和纯洁性。

141. 子孙若如我，留钱作什么？贤而多财，则损其志；子孙不如我，留钱作什么？愚而多财，益增其过

【原典出处】

（清）林则徐　教子联

【名句释义】

"子孙若如我，留钱作什么？贤而多财，则损其志；子孙不如我，留钱作什么？愚而多财，益增其过"的意思是：如果子孙的德才能赶上我，留钱给他们反而会损伤他们奋斗的意志；如果子孙比较愚蠢任性，留钱给他们反而使他们好逸恶劳，坐吃山空，甚至还有可能走上邪路。

【党解镜鉴】

林则徐一生严于律己，清正廉明，对子女更是言传身教，有口皆碑。任两广总督时他给自己的子女写了一副家训联："子孙若如我，留钱作什么？贤而多财，则损其志；子孙不如我，留钱作什么？愚而多财，益增其过。"并悬挂在总督府衙的书房之中，不仅自警自省，同时也能让家人理解自己的用意。今天，我们可从中得到这样的启示：长辈如果老想着多给子孙留财产，这的确是百害而无一利的不明之举，常言道：儿孙自有儿孙福，莫为儿孙财产谋。长辈一定要从儿孙的建功立业方面深谋远虑，让他们在各种艰难困苦中经受磨炼，砥砺品质，独立成才，这样才是真正的爱护他们。

142. 人无一内愧之事，则天君泰然

【原典出处】

（清）曾国藩《诫子书》

【名句释义】

"人无一内愧之事，则天君泰然"的意思是：人如果没有做亏心之事，就会心情安定、胸怀坦荡。

【觉解镜鉴】

曾国藩可谓是立功、立德、立言"三不朽"之人，他晚年所作的《诫子书》，是他几十年的人生经验总结：一曰慎独而心安；二曰主敬则身强；三曰求仁则人悦；四曰习劳则神钦。他在具体阐释"一曰"中有"人无一内愧之事，则天君泰然"两句，意在劝导人们一辈子做人做事都要问心无愧，这样才能坦荡泰然地工作、学习和生活。做了坏事，必将长久受到良心和社会道德的谴责，内心就永久得不到安宁。党员干部应以此为鉴，为祖国和人民一心一意做好事，这样才能泰然无虞地度过一生。

143. 人而谦退，便是载福之道

【原典出处】

（清）彭玉麟《致弟书》

【名句释义】

"人而谦退，便是载福之道"的意思是：如果能做到谦和退让，这就是幸福之道。

【觉解镜鉴】

彭玉麟（1816—1890），字雪琴，今湖南衡阳人，清代著名政治家、军事家，与曾国藩、左宗棠并称"大清三杰"，再加胡林翼并称"中兴四大名臣"。彭玉麟以不要官、不要钱、不要命的"三不要"美名著称于世。"人而谦退，便是载福之道"，是他写给其弟信中的第一句话。他

常年在外征战，妻子早亡，儿子彭永钊由于从小缺失家庭教育，在乡间倚仗其父的名声而骄傲自满，不走正道。彭玉麟便写此信拜托其弟代己管教，要求其子及家人要学习谦让美德，并强调谦让是财富、是幸福。今天，共产党人更应该将此引以为鉴，修炼这种美德。

144. 人，生当有品

【原典出处】

钱均夫　送儿子钱学森留学美国临行时的赠言

【名句释义】

"人，生当有品"的意思是：人生在世，就应当具有优秀传统文化所提倡的仁义智忠悌等方面的高尚品德。

【觉解镜鉴】

钱均夫（1880—1969），名家治，字均夫，浙江杭州人，吴越国创建者钱镠的第 32 世孙。曾与鲁迅、蒋百里等人一起东渡日本留学，接受了孙中山的民主革命思想，是一位爱国革命人士，著有《逻辑学》《地学通论》等。1935 年 8 月在儿子钱学森赴美国留学出发时，他递给儿子一张纸条，上面写道："人，生当有品：如哲、如仁、如义、如智、如忠、如悌、如教！吾儿此次西行，非其夙志，当青春然而归，灿烂然而返！乃父告之。"斯言铮铮，语重心长，蕴涵深邃。钱均夫这一诫子赠言不仅对钱学森一人有意义，而且对所有人都有教育意义，每每品读之，爱国之情便油然而生，感慨万千。党员干部要以此为鉴，好好修炼仁、义、智、忠、悌等传统美德，像钱学森那样为党、为祖国、为人民贡献自己的一生。

（二）世范家风

145. 积善之家，必有余庆；积不善之家，必有余殃

【原典出处】

西周《周易·坤》

【名句释义】

"积善之家，必有余庆；积不善之家，必有余殃"的意思是：积累善行的家族必会福报不断并惠及子孙；而作恶多端的家族必然会祸延后代。

【觉解镜鉴】

《周易》作为华夏思想之鼻祖，上论天文，下讲地理，中谈人事，从帝王将相的治国之道，到平民百姓的处世做人；从自然科学到社会科学；从社会生产到社会生活等方面都有精微的论述。《周易·坤》中的"积善之家，必有余庆；积不善之家，必有余殃"，是说积累善行善德的家族，这个家族的福报不会断绝，家族的后代也会承受福报。反之，则不然。它阐述了事物循序渐进、最终量变引起质变的辩证法，警示人们对一些微小不良现象，应早发现早处理，以免任其发展，而出现不良后果。同时要明白"多行不义必自毙"的哲理，不能失掉人性的善良。要怀有善良之心，积小善为大善，言传身教，为子孙后代铺就一条做人做事的阳光大道。

146. 树欲静而风不停，子欲养而亲不待

【原典出处】

春秋《孔子家语·致思》

【名句释义】

"树欲静而风不停，子欲养而亲不待"的意思是：树想要静止风却

不停地刮动它的枝叶，子女想尽孝双亲时父母却已经不在人世了。也比喻事与愿违，不尽人意，或客观情况与主观愿望相悖。

【觉解镜鉴】

据《孔子家语·致思》记载：孔子出行，听到有人哭得十分悲伤，走近一看是一个叫丘吾子（一说叫皋鱼）的人身披粗布抱着镰刀在道旁哭泣，孔子问他为何哭得如此悲伤，他回答说我有三件过失，年少时为了求学周游诸侯国，没有把照顾亲人放在心上，这是过失之一；后来为国家效力也没有很好地保全节操，这是过失之二；平生结交众多朋友，而今却断绝往来，这是过失之三。真是"树欲静而风不停，子欲养而亲不待"。现在想好好孝敬双亲，可他们又不在了，真是后悔莫及呀！这个故事，旨在宣扬儒家所主张的孝道。在这方面我们应反省一下自己做得如何，所以，要趁着父母健在时多尽孝道，否则会懊悔不已。

147. 与善人居，如入芝兰之室，
久而不闻其香，即与之化矣

【原典出处】

春秋《孔子家语·六本》

【名句释义】

"与善人居，如入芝兰之室，久而不闻其香，即与之化矣"的意思是：经常和品行高尚的人在一起，犹如进入摆满香草的房间，久而久之就闻不到香味了，这是因为自己和香味融为一体了。

【觉解镜鉴】

《孔子家语·六本》中的"与善人居，如入芝兰之室，久而不闻其香，即与之化矣；与不善人居，如入鲍鱼之肆，久而不闻其臭，亦与之化矣。丹之所藏者赤，漆之所藏者黑"，这段话说明环境对人的影响不可小觑，启迪人们和品行高尚的人在一起就能"近朱者赤"，反之会"近墨者黑"。《弟子规》中"能亲仁，无限好；德日进，过日少。不亲仁，无限害；小人近，百事坏"讲的是同样道理。今天，我们应牢记古训，多亲近仁德之人，交友要慎之又慎。特别是要引导子女慎交友，并加强自身道德修养为孩子做好榜样。

148. 至于犬马，皆能有养；不敬，何以别乎

【原典出处】

春秋《论语·为政》

【名句释义】

"至于犬马，皆能有养；不敬，何以别乎"的意思是：就连狗和马等动物都能被人饲养；如果人对父母没有尊敬之心，这用什么来区分饲养与孝敬呢？

【觉解镜鉴】

《论语·为政》中的"今之孝者是谓能养。至于犬马，皆能有养；不敬，何以别乎？"这是孔子的学生子游问孔子什么是孝时，孔子回答他的一段话。其意有两层：一是父母老了子女必须赡养他们；二是孝不能仅仅停留在赡养的层面上，同时还要恭敬父母，否则就与一般动物没有区别了。《增广贤文》中说"羊有跪乳之恩，鸦有反哺之情"；基督教《圣经》中也有："戏笑父亲，藐视而不听从母亲的，他的眼睛必为谷中的乌鸦啄出来，为鹰雏所吃。"这些都表明孝道的重要性。为人子女者应扪心自问一下，除了很好地赡养父母以外，在恭敬父母方面做得如何呢？

149. 夫孝，德之本也

【原典出处】

（春秋）曾子《孝经·开宗明义章》

【名句释义】

"夫孝，德之本也"的意思是：孝是一切道德的根本，所有道德品性都是由孝道派生出来的。

【觉解镜鉴】

《孝经·开宗明义章》中的"夫孝，德之本也"阐明了孝是一切道德的根本，人的所有道德品性都是由孝道派生出来的。孔子学说的核心"仁"即是建立在孝道基础之上的。他说："孝悌也者，其为仁之本欤？"这充分反映了他关于孝道的人性思想。现在有人把"孝"道总结为五个层次：孝养、孝顺、孝敬、孝志、孝承。孝养是指父母年龄大了要从物质生活方面奉养好他们；孝顺是指子女不要忤逆父母，即使他们有时说的做的有错误也不要马上顶撞或指责，要过后再慢慢解释；孝敬是指要从内心尊敬父母，不要对自己的生身父母傲慢无礼；孝志就是要通过自己的努力作出成绩，让父母为自己感到自豪；孝承是孝道的最高境界，这是最难能可贵的品质，是指要把人生正道代代传承下去，不使家族衰落。党员干部最应当讲孝道，不讲孝道何以去修身齐家治国平天下？讲孝道就不能只知道赡养，而要把孝养、孝顺、孝敬、孝志、孝承五个方面都兼顾到，实现"五位一体"的自觉践行，这才是真正的孝。

150. 德者，本也；财者，末也

【原典出处】

《礼记·大学》

【名句释义】

"德者，本也；财者，末也"的意思是：道德修养是做人的根本，钱财是末梢身外之物。

【觉解镜鉴】

《大学》中说的"德者，本也；财者，末也"是指不要舍本逐末去追求名利。就像一棵树，德是树根，财富是枝末，根壮枝末就旺盛，根朽了枝末随之就会枯萎。德是根本，是做人的基础；钱财是末梢，是身外之物，不宜太看重。《荀子·劝学》中有这样的说法："积善成德，而神明自得。"是说善行好事，长期积小善为大善，就会形成高尚的品德。这对个人、家庭、社会都具有基础性意义。蔡元培曾说："若无德，则虽体魄智力发达，适足助其为恶。"因此，广大党员干部要深刻领悟"德者，本也；财者，末也"之大道，做到厚德薄财、守善弃恶、固本培元，把自己的信念和道德情操内化为拒绝形形色色诱惑的内驱力，筑牢拒腐防变的铜墙铁壁。

151. 治国必先齐其家者，其家不可教而能教人者，无之

【原典出处】

《礼记·大学》

【名句释义】

"治国必先齐其家者，其家不可教而能教人者，无之"的意思是：要想治理好国家首先一定要管理教育好自己的家人，连自己的家人都管理教育不好而能管理教育好别人，这是不可能的事。

【觉解镜鉴】

《大学》中所说的"所谓治国必先齐其家者，其家不可教而能教人者，无之"，是说治理国家必须先整治管理好自己的家庭和家族。齐家与治国、治党密切相连。家庭是社会的基本细胞，家是最小国，国是千万家。家风建设与党和国家的前途命运息息相关。党风与家风互相影响、互相渗透。如果每个党员干部都能做到家风淳，那么党风、政风肯定也会好起来。一些贪污腐败分子往往是从不良家风开始被打开缺口的，一桩桩腐败案件的背后，无不折射出领导干部自身道德修养和对家人管教的缺位。因此，从一定意义上讲，全面从严治党也包括全面从严治家。

152. 齐其家者，先修其身

【原典出处】

《礼记·大学》

【名句释义】

"齐其家者，先修其身"的意思是：要想管理好家族，首先要修炼好自身，而修炼自身的关键是要克服感情上的偏私，先正己后正人，这样才能管理好家庭和家族。

【觉解镜鉴】

《大学》中的"齐其家者，先修其身"是说管理好家庭和家族首先要修炼好自身。因人们往往对自己的亲人会有偏爱；对厌恶的人会有偏恨；对崇拜的人会有偏向；对同情的人会有偏心；对自己轻视的人会有偏见。这些都需要在修身过程中加以克服的。自身的修养是治理好家庭的必要条件和前提，党员干部要想管理教育好自己的家庭成员，必须先修炼好自身，以自己的模范行动为家庭成员作出榜样，这样家庭成员才尊重你、崇拜你、佩服你，才会听你的话效仿你。如果自己思想道德修养不高，一身毛病，就没有资格去管理教育家庭成员。明白这些就能自觉主动地修炼好自己，并教育管理好家庭和家族。

153. 不以规矩，不能成方圆

【原典出处】

（战国）孟子《孟子·离娄上》

【名句释义】

"不以规矩，不能成方圆"的意思是：不用圆轨和直角尺，就画不出圆形和方形。比喻没有规章制度就使人无所遵循、办不好事情。

【觉解镜鉴】

《孟子·离娄上》中的"不以规矩，不能成方圆"，这句话后来演变为成语"没有规矩不成方圆"。"规矩"是指一定的法则、标准、规范或习惯。做任何事情都要遵守法律法规和规章制度。国家、政党、单位、家庭、个人都要有规矩，如果无法无规，各行其是，社会就会陷入无秩序的混乱状态。所以，必须通过加强和完善法律法规制度建设来规范人们的行为，也只有把自律和他律结合起来，才能形成一种良好的社会风气。党员干部必须首先从我做起，自觉遵纪守法，并积极带动全体社会成员遵纪守法。

154. 乌鸟私情，愿乞终养

【原典出处】

（西晋）李密《陈情表》

【名句释义】

"乌鸟私情，愿乞终养"的意思是：乌鸦还知道反哺，人更要尽赡养老人的义务。

【觉解镜鉴】

李密（224—287），字令伯，西晋犍为武阳（今四川彭山）人，半岁丧父，四岁时舅父强迫母亲改嫁，他由祖母抚养长大成人。他初仕蜀汉为尚书郎，蜀汉灭亡后，便在家赡养祖母。晋武帝时征召为太子洗马，他以祖母年老多病无人供养而力辞。《陈情表》就是他写给晋武帝的奏章，句句含情，委婉畅达地叙述了祖母抚育的大恩及自己应该报恩的大义，由此感动了君王而免抗旨之罪。李密直到祖母死后才到京城担任职务。《陈情表》千百年来一直被人们广为传诵。其中"乌鸟私情，愿乞终养"之意，感人肺腑，体现出"百善孝为先"的分量。李密的《陈情表》至今仍不失为培育良好家风的好教材。

155. 贫贱之交不可忘，糟糠之妻不下堂

【原典出处】

（南朝宋）范晔《后汉书·宋弘传》

【名句释义】

"贫贱之交不可忘，糟糠之妻不下堂"的意思是：不要因为自己地位的变化而忘了那些在贫困时结交的朋友，也不能抛弃曾经患难与共的结发妻子。

【觉解镜鉴】

范晔（398—445），字蔚宗，顺阳（今河南南阳淅川）人，南朝宋著名史学家、文学家，曾任秘书丞等职，一生最大的贡献是撰写了《后汉书》。据范晔所撰《后汉书·宋弘传》记载：东汉初年以品行清雅获誉的名臣宋弘深得东汉开国皇帝刘秀的信任。刘秀的姐姐湖阳公主守寡，想嫁宋弘，刘秀便召宋弘进宫说："人显贵了，就要另交朋友；发财了，就要改娶妻子。这是人之常情啊！"宋弘一听就明白了其用意，回答说："我听说，古人有'贫贱之交不可忘，糟糠之妻不下堂'的佳话啊！"从此，皇上便不再提及此事。宋弘想到父亲被奸臣迫害致死，妻子与己同甘共苦，始终如一，怎能抛弃而另觅新欢呢？这一名言，突显出一个男人的高尚品德和责任担当，是值得今人好好学习的。

156. 斯是陋室，惟吾德馨

【原典出处】

（唐）刘禹锡《陋室铭》

【名句释义】

"斯是陋室，惟吾德馨"的意思是：小小简陋居室，也挡不住对高尚道德情操的追求。

【觉解镜鉴】

刘禹锡《陋室铭》中的"斯是陋室，惟吾德馨"名句，显示了作者不与世俗同流、不慕名利的人生态度。刘禹锡因参加政治革新运动而得罪了当朝权贵，多次被贬，最后住在一间只能容下一床、一桌、一椅的简陋小屋里。就是在这里，他写下了《陋室铭》这篇超凡脱俗、格调高远的千古绝唱，并请人刻在石碑上，立在门前。人的高贵与否不在于居住条件的好坏，而在于精神是否高洁。作者虽居陋室，但他的精神是富有的，给人的启示是深刻的。当今那些思想空虚、精神贫乏、过分追求吃喝玩乐的懒官庸官们，与刘禹锡《陋室铭》中所描写的精神境界可谓天壤之别。广大党员干部应常以《陋室铭》为镜，守得住清贫，耐得住寂寞，抵得住诱惑，经得起考验，廉洁自律，取信于民。

157. 人遗子，金满籝；我教子，惟一经

【原典出处】

（南宋）王应麟《三字经》

【名句释义】

"人遗子，金满籝；我教子，惟一经"的意思是：一般人的习惯是留给子孙金银钱财，而我教育他们要潜心读书学习，长大后自有作为。

【觉解镜鉴】

王应麟（1223—1296），字伯厚，南宋官员、学者，关于《三字经》，明、清两代学者多认定是王应麟之作。他一生著述颇富，计有二十余种，六百多卷。所著《三字经》内容丰富，积极向上，在看似浅显的词句中，蕴含着许多深刻的道理，不但久远地影响着每个中华儿女，而且也走向了世界，被译成多国文字。1990年，《三字经》被联合国教科文组织选编入《儿童道德丛书》，向世界各地儿童推介学习，这将对世界文化的贡献垂裕千秋，造福万代。《三字经》中的"人遗子，金满籝；我教子，唯一经"，讲的是西汉名臣韦贤教子的故事。韦贤有四子，其中三个都当了官，最小的儿子官至丞相。正因其教子有方，在他的家乡广泛流传着"遗子黄金满籝，不如一经"的谚语。这"一经"即是一部经书。现在有不少父母不惜代价聚财，总想给子女留下大笔财富。其实这种做法看似是对子女的爱，实则不然。应该教育他们勤奋好学，自食其力，有所作为，这比留给他们多少财富更有意义。

158. 不求金玉重重贵，但愿儿孙个个贤

【原典出处】

明《增广贤文》

【名句释义】

"不求金玉重重贵，但愿儿孙个个贤"的意思是：不希望有许多的金银财宝，只希望后辈子孙能个个都是贤良的人。

【觉解镜鉴】

《增广贤文》又名《昔时贤文》《古今贤文》，书名最早见于明代万历年间的戏曲《牡丹亭》，由此推知该书最迟写成于万历年间。后经明、清两代文人的不断增补，成为现在这个样子，通称《增广贤文》，但作者一直未见任何记载，只知道清代同治年间儒生周希陶曾进行过重订，很可能是民间集体创作的结晶。《增广贤文》集结了中国从古到今的各种格言、谚语，其中"不求金玉重重贵，但愿儿孙个个贤"的警句，说明不追求能获得多少金银财宝，只期待子孙个个能德才兼备。如果子孙后代无德无能，再多的家产也会坐吃山空；而把子孙培育成贤能之人，才是真正的富有。俗话说"腰缠万贯不如薄技在身"就是这个道理。

159. 我应该感谢母亲

【原典出处】

朱德《回忆我的母亲》

【名句释义】

"我应该感谢母亲"的意思是：人生在世需要感谢的人很多，但母亲的恩情最大最深，是首先需要感谢的。

【觉解镜鉴】

朱德在得到母亲去世的消息后，于 1944 年 4 月 5 日在《解放日报》发表了《回忆我的母亲》一文。此文现选入初中语文课本。这篇回忆性的叙事散文，以应该感谢母亲为感情基调，以朴实的语言和白描的手法，歌颂了母亲的伟大，文中两处写到"我应该感谢母亲"，表达了对母亲的感恩之情，字里行间充满了对母亲深深的爱，读来感人至深，同时也流露出对母亲的愧疚。《诗经》云："欲报之德，昊天罔极！"在这个世界上，有谁的恩情大过父母呢？父母的恩情比天高比地厚，怎么也报答不完。子女感恩、孝顺父母，这是中华民族的传统美德，人人都应尽这个义务和责任。

160. 夫妻，互爱是基础

【原典出处】

周恩来、邓颖超　夫妻相处"八互"原则

【名句释义】

"夫妻，互爱是基础"的意思是：爱情要专一，互相爱护是婚姻的根基。

【觉解镜鉴】

一代伟人周恩来和邓颖超的爱情和完美的婚姻，为后人树立了永远学习的榜样。他们以切身体会总结出了夫妻相处要坚持的"八互"原则，即：互爱、互敬、互勉、互慰、互让、互谅、互助、互学。这"八互"完整地概括了他们多年夫妻生活的可贵经验，也是他们和谐生活的写照。邓颖超说，夫妻互爱是基础，对爱情要专一，双方不仅要珍惜相互的爱，还要不断地创造、经营好爱情，使它日新月异。"八互"原则虽然是几十年前的历史旧话了，但在 21 世纪的今天也并没有过时，而且依然具有很强的现实教育意义，仍值得人们认真地学习和借鉴。我们都应以"八互"原则为基本遵循，自觉践行，努力构建和经营好自己的安全美丽港湾——温馨家庭。

（三）笃学富才

161. 博学之，审问之，慎思之，明辨之，笃行之

【原典出处】

《礼记·中庸》

【名句释义】

"博学之，审问之，慎思之，明辨之，笃行之"的意思是：要广博地学习，详细地求教，慎重地思考，明确地分辨，忠实地力行。

【觉解镜鉴】

《中庸》第二十章中的"博学之，审问之，慎思之，明辨之，笃行之"，阐述了为学的几个递进阶段：第一阶段"博学之"，就是要广泛地涉猎各种知识，兼容并蓄，拓宽视野、开阔思路，纵有历史眼光，横有世界眼光，开拓进取；"审问之、慎思之"为第二阶段，对所学知识积极提出疑问，通过自己的深度思考琢磨、分析研究，真正学通弄懂；第三阶段是"明辩之、笃行之"，就是要在辩明真伪是非的基础上努力践行所学，使其落到实处，达到知行合一、学以致用之目的。这几个阶段是一个相互贯通、层层递进的相互联动过程。这一学习实践方法是符合辩证唯物主义认识论的，今天，党员干部要用这种方法来进行学习、工作和生活，相信定会收到很好的效果。

162. 取必以渐，勤则得多

【原典出处】

（西汉）孔臧《戒子书》

【名句释义】

"取必以渐，勤则得多"的意思是：获取知识和学问必须要循序渐进，只有勤奋努力才能有丰硕的成果。

【觉解镜鉴】

孔臧（约公元前 201—前 123），孔子的第十世孙，约自汉高帝中年至汉武帝元朔末年在世。为官数年，经常和朝中一些做学问的人讨论如何鼓励学习、奖励贤才等事宜。他的儿子孔琳勤奋好学，孔臧便高兴地给儿子写了《戒子书》，予以赞扬和激励。其中"取必以渐，勤则得多"的名言，很具哲理，说明在求知过程中要循序渐进，不可急于求成，只要谦虚好学，持之以恒，就会取得丰硕成果，积小流以成江海。只要循序渐进、锲而不舍，就一定会取得显著成效。

163. 积学以储宝，酌理以富才，研阅以穷照

【原典出处】

（南朝梁）刘勰《文心雕龙·神思》

【名句释义】

"积学以储宝，酌理以富才，研阅以穷照"的意思是：努力积累知识，认真思考探索事物内部固有的客观规律，以增加和发展自己的才能。

【觉解镜鉴】

刘勰（约 465—520），字彦和，祖籍山东莒县，生活于南北朝时期的南朝梁代。著名文学理论家、文学批评家，其名不以官显，却以文彰，一部《文心雕龙》奠定了他在中国文学批评史上的地位。《文心雕龙·神思》中的"积学以储宝，酌理以富才，研阅以穷照"强调了积累学识的重要性和认真思考、总结实践经验的必要性，阐明要重视事物发展过程中量的积累，并通过不断地"积学""酌理""研阅"来储存学养，提升才能的重要意义。特别是在知识经济时代，更应该运用刘勰所提倡的这一学习实践方法，克服重重困难，极力更新补充知识，以适应日新月异的形势发展需要，努力使自己成为新时期的复合型人才。

164.大禹圣者，乃惜寸阴，至于众人，当惜分阴

【原典出处】

（唐）房玄龄等《晋书·列传三十六·刘弘陶侃》

【名句释义】

"大禹圣者，乃惜寸阴，至于众人，当惜分阴"的意思是：领导者事情繁多还能挤时间学习，那么一般人更应当珍惜分阴时间才行。

【觉解镜鉴】

陶侃（259—334），字士行，鄱阳郡枭阳县（今江西都昌）人，东晋时期名将，是著名田园诗人陶渊明的曾祖父。为官四十余载，忠顺勤谨，清廉爱民，珍时好学，任劳任怨。据《晋书·列传三十六·刘弘陶侃》记载："侃性聪敏，勤于吏职……常语人曰：'大禹圣者，乃惜寸阴，至于众人，当惜分阴，岂可逸游荒醉，生无益于时，死无闻于后，是自弃也。'"他所说的"大禹圣者，乃惜寸阴"是指大禹勤于治水爱惜光阴"三过家门而不入"的典故。东汉皇甫谧《帝王世纪》也记载"尧命（禹）以为司空，继鲧治水，乃劳身勤苦，不重径尺之璧，而爱日之寸阴"。这些圣贤惜时的典故及古训是值得后人学习的。人生就应该在有限的时间里，勤奋学习，认真做事，这样才会不因虚度年华而悔恨，不因碌碌无为而悔恨。

165.惑而不从师，其为惑也，终不解矣

【原典出处】

（唐）韩愈《师说》

【名句释义】

"惑而不从师，其为惑也，终不解矣"的意思是：有了疑惑或问题却不去向老师或别人请教，那么，这个疑惑恐怕最终也不能得以解决。

【觉解镜鉴】

韩愈《师说》中的"惑而不从师，其为惑也，终不解矣"告诫人们，

要勤学多问，不以向别人求教为耻。孔子说"敏而好学，不耻下问""三人行必有我师焉"，这些都强调人要始终秉持谦逊的态度，甘愿拜别人为师，学人之长，尤其是有疑惑时，更应该虚心请教。清代康熙是极有本领的一代帝王，当群臣称赞他是"由天授，非人力可及"时，他立即予以批驳，"如虽古圣人，岂有生来即无所不能者，凡事俱由学习而成"，显现了康熙虚怀若谷的品德。"谦虚使人进步，骄傲使人落后"这一千古不易的真理，每个人都应永远牢记心间并笃行之。

166. 业精于勤，荒于嬉；行成于思，毁于随

【原典出处】

（唐）韩愈《进学解》

【名句释义】

"业精于勤，荒于嬉；行成于思，毁于随"的意思是：学业因为勤奋而精通，如果贪玩就会荒废；德行靠思考而有所长进，如随随便便必遭到毁坏。

【觉解镜鉴】

韩愈《进学解》中"业精于勤，荒于嬉；行成于思，毁于随"的箴言，体现了精于勤与荒于嬉、成于思与毁于随的辩证法，是他多年为学为官做人做事宝贵经验的总结，也是他对前人经验教训的高度概括。自古以来，凡是有建树的人都离不开一个"勤"字。战国时期的苏秦以"锥刺股"的方式逼迫自己坚持不懈地努力而终成著名的政治家；王羲之刻苦练字用坏的毛笔堆成一座小山，用来洗毛笔和砚台的池水都变黑了，终成千古"书圣"。有些人由于缺乏毅力坚持而导致半途而废，也有的终因嬉戏玩耍浪费青春而无所作为等。天才在于勤奋，知识在于积累。所以，我们应从正反两方面深思并时常提醒自己要加倍努力才行。

167. 玉不琢，不成器；人不学，不知道

【原典出处】

（北宋）欧阳修《诲学说》

【名句释义】

"玉不琢，不成器；人不学，不知道"的意思是：玉不打磨雕琢，不会成为精美的器物；人不学习就不会知晓天道、地道和人道。

【觉解镜鉴】

欧阳修（1007—1072），字永叔，号醉翁，吉州永丰（今江西吉安）人，北宋著名政治家、思想家、文学家，唐宋八大家之一。他的《诲学说》与韩愈的《师说》一脉相承，都是用形象化的比喻来说明人必须经过勤奋学习才能提升自身修养，成为有用之才。欧阳修四岁丧父，母亲对他管教非常严格，为节省费用，采用芦苇、木炭作笔，在沙子或土地上教他认字。欧阳修成为文学家后也希望自己的儿子养成读书的好习惯，并从中学会做人的道理。于是他在教导次子欧阳奕学习时写下《诲学说》，其中的"玉不琢，不成器；人不学，不知道"，阐述了学习和做人做事的深刻道理。家长不能只关心孩子的学习，还要特别关注和教导子女如何做人做事，经受磨炼，使其具备健全的人格和高尚品德，才能成为比较全面的人才。

168. 若要功夫深，铁杵磨成针

【原典出处】

（明）曹学佺《蜀中广记·上川南道彭山县》

【名句释义】

"若要功夫深，铁杵磨成针"的意思是：无论干什么，只要有决心、有毅力、肯下功夫，多么难的事情也能做成。

【觉解镜鉴】

曹学佺（1574—1646），字能始，福建侯官（今福州闽侯）人，明

代末年曾任礼部尚书等职。藏书万卷，著书千卷，对文学、诗词、地理、天文、禅理、音律、诸子百家等都有研究，尤其工于诗词。他在《蜀中广记·上川南道彭山县》中记载了"铁杵磨针"的故事：李白幼年在做功课时，觉得枯燥出去玩，当他看见一位老奶奶正在用铁杵磨针而顿悟，从此便刻苦用功，终成"诗仙"。这个故事对后人影响巨大，它使人们深深懂得，"世上无难事，只怕有心人"，只要坚持不放弃，梦想总会成真。

169. 天下事有难易乎？为之，则难者亦易矣

【原典出处】

（清）彭端淑《为学一首示子侄》

【名句释义】

"天下事有难易乎？为之，则难者亦易矣"的意思是：天下的事情没有难和易之分，只要肯做，再困难的事情也就变得容易了。

【觉解镜鉴】

彭端淑（约1699—约1779），字乐斋，眉州丹棱（今四川丹棱）人，曾任吏部郎中等职，其诗歌和散体古文及文学批评理论在当时的影响都非常大，现存作品有《白鹤堂文集》四卷、《雪夜诗谈》二卷、《晚年诗稿》等。他的著名散文《为学一首示子侄》被选入语文课本，简称《为学》。文章开头即开宗明义地指出："天下事有难易乎？为之，则难者亦易矣；不为，则易者亦难矣。人之为学有难易乎？学之，则难者亦易矣；不学，则易者亦难矣。"文中还用一穷一富两个和尚的故事，来说明同样一件事情坚持用心去做便能成功，如果只想安逸坐等几年也是枉然。可见，任何事情，其难与易、客观与主观之间都有着相互转化的辩证关系，而转化的条件就是在具备一定的客观物质条件的基础上，再有坚持不懈的努力、坚韧的毅力和顽强拼搏的精神，只要具备这些要素，事物就会朝着积极的方向转化。

第三编

治国——廉勤法德

一 经典诗词曲名句镜鉴

（一）清廉警示

170. 火不热贞玉，蝇不点清冰

【原典出处】

（唐）白居易《反鲍明远〈白头吟〉》

【名句释义】

"火不热贞玉，蝇不点清冰"的意思是：火烧不热坚贞的玉石，清明透亮的坚冰不会被苍蝇弄污。比喻品行端正的人，能经得起任何的诱惑和考验。

【觉解镜鉴】

白居易的《反鲍明远〈白头吟〉》是依南朝宋杰出文学家鲍照的《代白头吟》诗中"毫发一为瑕，丘山不可胜。食苗实硕鼠，点白信苍蝇"之句反其意而作的，白诗中的"火不热贞玉，蝇不点清冰"是饱含哲理之言，为世人所广泛应用以作警示。唯物辩证法认为，事物的发展是内因外因共同起作用的结果。内因是事物发展的根据，决定着事物发展的基本趋向；外因是事物发展的外部条件，对事物的发展起着加速或延缓的作用，外因必须通过内因而起作用。因此，要注重练好修身养性的内功，成为"贞玉"，同时，要常以反面典型为警示。俗话说：苍蝇不叮无缝的鸡蛋。不要让自己成为"有缝的鸡蛋"，给"苍蝇"以可乘之机。要始终保持清醒头脑，远离蛊惑慎交友，未雨绸缪，防患于未然。

171. 何用鞍马多，不能骑两匹

【原典出处】

（唐）白居易《狂言示诸侄》

【名句释义】

"何用鞍马多，不能骑两匹"的意思是：要有知足之心，不能过分追求身外之物。

【觉解镜鉴】

白居易的《狂言示诸侄》一诗，几近白话，通俗易懂，其中"何用鞍马多，不能骑两匹"两句，与明代《增广贤文》中的"良田万顷，日食一升；广厦千间，夜眠八尺"是同一个意思，都是教育人们不要贪得无厌，要有知足知止之心。其实，知足知止不是多么高深的道理，一般人都能体悟到，但能真正做到就难了。知足知止是一种品质，一种美德，一种境界。如果人人都能知足知止，就会有感恩之心、上进之心、奉献之心，就会摒弃不仁不义的私欲，做到不该想的不想，不该看的不看，不该吃的不吃，不该拿的不拿，不该去的地方不去。知足者贫亦乐，不知足者富亦忧。人们要以此诗为勉，不盲目攀比，不滋生贪念，不利令智昏，做一个知足知止的人，才能永葆自身清廉和平安。

172. 名为公器无多取，利是身灾合少求

【原典出处】

（唐）白居易《感兴》

【名句释义】

"名为公器无多取，利是身灾合少求"的意思是：名是社会公器，不可随意取用；过分逐利会招惹灾祸，不要追求不义之利。

【觉解镜鉴】

白居易晚年官至太子少傅，可谓位尊名显，寿考福绵，虽曾多次遭到过贬谪，但总体上还是一生比较平安，去世后唐宣宗李忱曾写诗悼念他，足见他的人生是比较成功的。这与他深谙为人处世之道、秉持光明磊落息息相关。他一生热心济世，追求清廉，《感兴》（二首）就是最好的诠释，其第一首："吉凶祸福有来由，但要深知不要忧。只见火光烧润

屋，不闻风浪覆虚舟。名为公器无多取，利是身灾合少求。虽异匏瓜难不食，大都食足早宜休。"此诗集中反映了立身处世的道理和人生吉凶祸福所产生的原因和规律，极具警世意义。广大党员干部，任何时候都不能公器私用，假公济私，要多润德少润屋，不为名利劳身心，把谋求人民群众的最大利益作为毕生追求，做一个人民信赖的好公仆。

173. 历览前贤国与家，成由勤俭破由奢

【原典出处】

（唐）李商隐《咏史》

【名句释义】

"历览前贤国与家，成由勤俭破由奢"的意思是：纵观历史，无论是国家还是家庭，都是成功源于勤俭而衰败起于奢华。

【党解镜鉴】

李商隐的《咏史》诗开宗明义地揭示了"历览前贤国与家，成由勤俭破由奢"的历史规律，对中国几千年的历史进行了高度概括和总结，成为后人反复吟诵的千古绝唱。奢靡之始，危亡之渐，居安思危，戒奢以俭。如果说奢靡之风是衰亡之因，那么勤俭节约、艰苦奋斗则是兴国之道。人人都应当明白国家和家庭"成"与"败"的规律性，懂得崇俭戒奢是中华民族的传统美德。党员干部更应该把崇俭戒奢作为个人品德、家庭美德、职业道德、社会公德、从政官德和做人标准。勤俭是国与家的财富之源，节约是国与家兴盛的必然途径。因此，要大力宣传节约光荣、浪费可耻的优良传统，摒弃那些讲排场、摆阔气、爱面子、互相攀比的陈旧观念，把节约意识渗透到工作、生活中的每一个环节。人人从自身做起、从现在做起、从身边小事做起，坚决遏制奢靡之风，树立起崇俭戒奢的好风尚，这样我们的国家才能长盛不衰！

174. 史册有遗训，毋贻来者羞

【原典出处】

（北宋）包拯《书端州郡斋壁》

【名句释义】

"史册有遗训，毋贻来者羞"的意思是：历史的教训要牢记，以史为鉴，不能做让后人感到羞耻的事情。

【觉解镜鉴】

据《宋史》记载，端州（今广东肇庆）因出产端砚而闻名天下，经常向皇宫进贡。包拯就任前的郡守都借向朝廷进贡之机额外索要高于进贡数若干倍的端砚据为己有。包拯到任后，便命工匠严格按进贡数制作，自己不多要一砚。《书端州郡斋壁》中的"史册有遗训，毋贻来者羞"是包拯为官一生的遵循，他真正做到了身心清白，廉洁奉公，谨言慎行。今天的党员干部特别是身居要职的领导干部，都要把握好人生的尺度，控制自己的欲望，检点自己的行为，慎独自律，两袖清风，不越"法律、纪律、政策、道德"四条底线，自觉接受社会各界监督，经得起历史和人民的检验。

175. 操劳本是分内事，拒礼为开廉洁风

【原典出处】

（北宋）包拯　拒皇帝送寿礼

【名句释义】

"操劳本是分内事，拒礼为开廉洁风"的意思是：为国为民操劳是职责范围内的事，拒收礼物是为了弘扬廉洁之风。

【觉解镜鉴】

宋仁宗时，朝野上下弥漫着一股送礼之风，包拯对这股不正之风非常抵制和反感，并持强烈反对的态度，认为它会破坏社会风气，会动摇

江山社稷，曾多次上疏皇帝，请求颁诏禁止，以开廉洁之风。在包拯60岁时，皇上念他劳苦功高，主动提出给他做寿，他推辞不过，只好从命。但祝寿这天他一律以白开水招待来宾，寿礼一概拒收。不料第一个来送寿礼的是仁宗皇帝派来的人，包拯写下"铁面无私丹心忠，做官不可念叨功。操劳本是分内事，拒礼为开廉洁风"交给来人，并把寿礼退了回去，此举有力地促进了当时社会风气的好转。历史是一面镜子，廉洁作为一种社会价值取向，始终引领着社会向前发展。反腐倡廉工作是一项长期的系统工程，必须坚持不懈地抓下去，党员干部要用自己的实际行动作出表率，坚决反对和有效预防腐败，保证党和国家永不变色。

176. 豪华尽出成功后，逸乐安知与祸双

【原典出处】

（北宋）王安石《金陵怀古》

【名句释义】

"豪华尽出成功后，逸乐安知与祸双"的意思是：追求豪华生活都出现在成功之后，哪知道祸事总是和安逸连在一起。

【觉解镜鉴】

王安石的《金陵怀古》（四首）是组诗作品，是以金陵兴衰历史为题材的一组七律。第一首中的"豪华尽出成功后，逸乐安知与祸双"，是这首诗的"诗眼"，揭示了建都金陵（今江苏南京）的诸国政权败亡相继的原因是继承者享国后日趋奢靡逸乐，这是对历史上一切政权盛衰兴亡规律的精辟概括。奢靡从来就与家国衰败连在一起，大到国家，小到个人，当胜利或功成名就后必防的就是颂歌盈耳飘飘然，醉倒在温柔之乡，进而转变为纪律松弛、思想空虚、精神萎靡、贪图安逸、不思进取，从而逐渐走向衰败。党员干部必须牢记历史教训，居安思危，戒奢以俭，慎独自律，永远保持和发扬艰苦奋斗的优良作风，拒腐防变，这样才能永葆先进性和纯洁性。

177. 至今不贪宝，凛然照尘寰

【原典出处】

（北宋）苏轼《梦中作寄朱行中》

【名句释义】

"至今不贪宝，凛然照尘寰"的意思是：终生不贪财，浩然正气永留人间。

【觉解镜鉴】

1100 年正月，宋徽宗即位，大赦天下。五月，苏轼被远贬海南七年后北归途经常州，终因舟车劳顿而病倒。1101 年七月的一天，他称做梦给朱行中写了一首《梦中作寄朱行中》诗，便记录下来，尔后病逝，此诗成了他的临终遗作。朱行中是苏轼的好友，官至礼部侍郎，以廉洁著称，却遭到士大夫们的轻视，而苏轼偏偏欣赏这位朋友。此诗用了五个与金银财宝有关的典故来比喻好友的冰清玉洁。"至今不贪宝，凛然照尘寰"两句，也是借赞颂好友来对自己一生的总结和诠释。同时也告诉人们，人的一生，一切富贵荣华、金玉满堂等，都只不过是过眼烟云而已。最宝贵的是努力把自己修炼成纤尘不染的无瑕之玉，身怀浩然气，德操配天地，而精神不朽于世。

178. 得福常廉祸自轻，坦然无愧亦无惊

【原典出处】

（南宋）陆游《书室名可斋或问其义作此告之》

【名句释义】

"得福常廉祸自轻，坦然无愧亦无惊"的意思是：清正廉洁就会得福避祸，问心无愧才能无忧无惊。

【觉解镜鉴】

传统儒家文化的价值观往往体现在文人雅士的斋名上，一般寓含自

励、自警、自强之义。南宋陆游的"可斋"就很有代表性，他还专门写了《书室名可斋或问其义作此告之》一诗："得福常廉祸自轻，坦然无愧亦无惊。平生秘诀今相付，只向君心可处行。"此诗告诉人们，做人做事不要贪图名利，要把清廉的品节看得比生命还重要，清清白白做人，干干净净做事，勿以廉小而不为，勿以腐小而为之。这样就会始终处在泰然自若的心理状态下，而无惊无忧。人生最大的幸福莫过于活得坦然踏实，而要达到这种境界，就要做到胸无黑暗，襟怀坦白，内心充满阳光，特别是党员干部要做到"心中有党、心中有民、心中有责、心中有戒"，敢于在"放大镜"和"聚光灯"下开展工作，这样才能留下好口碑。

179. 愈老愈知生有涯，此时一念不容差

【原典出处】

（南宋）陆游《自诒》

【名句释义】

"愈老愈知生有涯，此时一念不容差"意思是：越老越知道生命所剩不长，此时做事更不能因一念之差而后悔终生。

【觉解镜鉴】

《自诒》是陆游晚年写的一首自勉自警诗。他退居山阴（今浙江绍兴）后，仍然心系民族兴亡、国家盛衰的大事，时时告诫自己要保全晚节，提醒自己要"愈老愈知生有涯，此时一念不容差"。不忘初心，保持晚节，使自己有一个比较完美的结局是无比重要的。而在现实中，有些身居领导岗位的党员干部，越老越财迷，既怕失去已经得到的，还总想再多得一些。这种扭曲的心态是极端错误的。我们应该明白，做人是一生的重大课题，所以，要端正人生态度，多考虑在有生之年为党和人民发挥余热，莫使自身皓皓之洁蒙世俗之尘，应以清白之躯去见马克思。

180. 莫独狂，祸难防

【原典出处】

（元）马致远《拨不断·莫独狂》

【名句释义】

"莫独狂，祸难防"的意思是：任何时候都不要独断专行、狂妄无度，否则灾祸迟早会降临到头上。

【觉解镜鉴】

马致远（1250—1324），字千里，大都（今北京）人，与关汉卿、郑光祖、白朴并称"元曲四大家"，在元代文学史上具有极高的声誉。他的《拨不断·莫独狂》，以乐毅攻齐失败为历史佐证，针对当朝骄横霸道得势者而发。它告诫那些得意猖狂之徒，要知止知收，给自己留有余地，以免有朝一日灾祸临头。由马致远这首小令中"莫独狂，祸难防"，想到了清代曹雪芹的"子系中山狼，得志便猖狂"的诗句。今天党员干部应从历史中吸取教训，无论何时何地都要自重自尊，即使位高权重也不能狂妄自大、得意忘形、目空一切。人的一生飞得多高不太重要，最重要的是要事先考虑好，飞过之后如何平安着陆。

181. 睁着眼履危机，直到那其间谁救你

【原典出处】

（元）张养浩《红绣鞋·警世》

【名句释义】

"睁着眼履危机，直到那其间谁救你"的意思是：明知道那是危险的路还执意去走，到最后谁还救得了你呢？

【觉解镜鉴】

张养浩（1270—1329），字希孟，山东济南人，元代著名政治家、文学家、散曲大家。一生历经数朝，曾任太子文学、翰林侍读、监察御

史等职。后辞官归隐，朝廷七聘不出。个人品行、政事文章皆为其当代及后世称颂。代表作有《为政忠告》和散曲集《云庄乐府》，诗文编为《归田类稿》40 卷，今存 24 卷，收录于《四库全书》。他的散曲《红绣鞋·警世》："正胶漆当思勇退，到参商才说归期，只恐范蠡张良笑人痴。揣着胸登要路，睁着眼履危机，直到那其间谁救你？"曲中用如胶似漆来形容和嘲笑那些利令智昏的官本位思想及热衷于在官场上争名逐利的人。这首散曲虽短，却字字句句向人们敲响了警钟，发出了警示：要弄清是非利害，远离祸害之地，千万不要被私利及各种诱惑蒙蔽了双眼而走上邪路，越陷越深，直至临近犯罪的边缘还不能悬崖勒马，以致到万劫不复的地步。清朝的大贪官和珅以及近些年落马的大贪官们，就是最有说服力的反面教材。"前车之覆，后车之鉴"的古训应永远铭刻在心。

182. 金也空，银也空，死后何曾在手中

【原典出处】

（明）悟空禅师《万空歌》

【名句释义】

"金也空，银也空，死后何曾在手中"的意思是：一切都是生不带来死不带去的身外之物，不要那么在乎和计较。

【觉解镜鉴】

悟空禅师（1313—1425），本名朱五六，原籍安徽濠州（今安徽凤阳），朱元璋的小叔，自小在皇觉寺出家。1344 年，朱元璋迫于生计去皇觉寺投奔他，并削发为僧，在其指导下研究佛法经藏，智慧大增。1351 年，因天灾，僧人生活艰难，叔侄俩双双离寺，各奔东西。朱五六历尽艰辛前往印度取回了一本《贝叶经》，回西藏修行多年又辗转来到四川成都街子古镇的古寺当上了方丈住持，从此再没有离开过这个古寺。朱元璋当皇帝后，赐其叔叔徽号为"悟空"。他的《万空歌》中"金也

空，银也空，死后何曾在手中"的箴言启示人们，要悟透人生真谛，淡泊、宁静、清心、知足，不能因身外之物做傻事而悔恨终生。

183. 清风两袖朝天去，免得间阎话短长

【原典出处】

（明）于谦《入京诗》

【名句释义】

"清风两袖朝天去，免得间阎话短长"的意思是：不谋私利，不搞特殊，两袖清风，以免百姓背后指指点点。

【觉解镜鉴】

于谦为官时，正值明朝廷上下送礼贿赂之风盛行，给朝廷的贡品尽是奇珍异宝。那些无能之辈的动机无非就是为保住乌纱帽，进而求得晋升。然而，于谦每次进京奏事，从不带任何礼品，还特意写了《入京诗》以明志："手帕蘑菇与线香，本资民用反为殃。清风两袖朝天去，免得间阎话短长。"表现出他坚持原则之正气、不与世俗同流的崇高境界。尔后"两袖清风"成了廉洁从政的代名词，广为传诵。党员干部要想做好人民公仆，就必须两袖清风，否则自己不正，何以正人。古人曾有《清官十训》警世："一身正气，两袖清风，三省吾身，四肢勤民，五指不伸，六辟律节，七品不嫌，八面纳言，九朝为镜，十世为名。"这些古训对于今天反腐倡廉仍具有重要的借鉴意义。

184. 要留清白在人间

【原典出处】

（明）于谦《石灰吟》

【名句释义】

"要留清白在人间"的意思是：自己要像石灰那样，坚守一生清白。

【觉解镜鉴】

于谦从小学习刻苦，志向远大，努力研究古今治乱兴衰的道理，后来成为与岳飞齐名的民族英雄。相传有一天，他信步走到一座石灰窑前，观看师傅们煅烧石灰，只见一堆堆青黑色的山石，经过熊熊烈火焚烧之后，都变成了白色的石灰。他深有感触，便写出了《石灰吟》："千锤万凿出深山，烈火焚烧若等闲。粉骨碎身浑不怕，要留清白在人间。"此诗借石灰的白色赞颂人的清廉品格。清廉是一种信念，一种品行，一种气质，一种正能量。党员干部要堂堂正正做人，清清白白做事，常怀律己之心，常修为政之德，常思贪欲之祸，常弃非分之想。要敬畏法纪、敬畏百姓、敬畏职责、敬畏历史，切实做到留得清白在人间。

185. 一失足成千古笑，再回头是百年人

【原典出处】

（明）杨仪《明良记》

【名句释义】

"一失足成千古笑，再回头是百年人"的意思是：即使冤假错案，等到挽回影响时，人也已经逝去了，一切都不能再重来。

【觉解镜鉴】

杨仪（1488—约1560），字梦羽，常熟（今江苏常熟）人，著名藏书家、刻书家，曾任兵部郎中等职，后以病辞官归乡，以著述为主。有《格物通考》《骊珠随录》《南宫集》《明良记》等。《明良记》中记载了唐伯虎含冤入狱的故事。唐伯虎29岁时乡试考中解元（即第一名），正当他备战京考时，却受到考题泄密案的连累（有人怀疑唐伯虎也是作弊者之一），同另一友人含冤入狱。在一次会审时，友人翻供为屈打成招，由此考官被罢免，考试成绩作废。他们出狱后，失去了京考的机会，友人抑郁而亡，唐伯虎便写下"一失足成千古笑，再回头是百年人"的感叹。后来，这句话被演绎为"一失足成千古恨，再回首是百年身"。此

事件警示人们：人要有良心，凭公正道义做事，以免使他人蒙冤。像类似案件，还有造假事例，在当今也屡屡发生。试问做了错事的人，良心能安吗？所以，人一定要走正道，切莫坏良心，害人又害己。

186. 男儿欲画凌烟阁，第一功名不爱钱

【原典出处】

（明）杨继盛《言志诗》

【名句释义】

"男儿欲画凌烟阁，第一功名不爱钱"的意思是：男子汉大丈夫要想青史留名，首先是不贪沾钱财。

【觉解镜鉴】

杨继盛（1516—1555），直隶容城（今河北容城）人，明代著名谏臣，曾任吏部主事、兵部员外郎等职。1553年，上疏力劾严嵩"五奸十大罪"而遭诬陷下狱。在狱中写下《言志诗》："读律看书四十年，乌纱头上有青天。男儿欲画凌烟阁，第一功名不爱钱。"其中"凌烟阁"是指唐太宗李世民为纪念开国功臣和教育后人而建的一座阁楼，阁内画了24位开国功臣的图像。后来又有四位唐朝皇帝在凌烟阁续画功臣图像。后人便以"凌烟阁"作为建功立业和清廉为官的代称。这首《言志诗》表现了作者坚贞不屈、光明磊落、不贪钱财的高贵思想品德。

187. 自昔崇廉治，勤思吏道澄

【原典出处】

（清）爱新觉罗·玄烨　赞当朝廉吏于成龙

【名句释义】

"自昔崇廉治，勤思吏道澄"的意思是：一直以来都推崇廉治，经常思考如何保持清廉之风。

【觉解镜鉴】

爱新觉罗·玄烨（1654—1722），清朝入关后的第二代皇帝，年号康熙，八岁登基，十四岁亲政，历时六十一年，是中国历史上在位时间最长的皇帝。先后平定三藩、收复台湾，功绩卓著，被后世学者尊为"千古一帝"。于成龙（1617—1684），山西吕梁人，曾任巡抚、总督、兵部尚书、大学士等职，天南地北为官二十余年不带家眷，与结发之妻二十年后才得一见。他始终清廉自守，多行善政，清操苦节，深得百姓爱戴。康熙帝曾当面作诗称赞他："自昔崇廉治，勤思吏道澄。郊圻王化始，锁钥重臣膺。政绩闻留犊，风期素饮冰。勖哉贞晚节，褒命曰钦承。"于成龙一生鞠躬尽瘁，端坐而逝于衙门工作的椅子上，遗物只有几罐豆豉和一套粗绸做的袍子，被康熙皇帝称为"天下第一廉吏"。可见，清正廉洁是为政之本、为官之要、官德之基。党员干部要以先贤为楷模，树立强烈的自律意识，以贪为耻，以廉为荣，清白为官，这样才无愧于天地良心，无愧于党和人民。

188. 机关算尽太聪明，反误了卿卿性命

【原典出处】

（清）曹雪芹《红楼梦》

【名句释义】

"机关算尽太聪明，反误了卿卿性命"的意思是：善于用尽心机算计的人，自以为非常聪明，但结果往往是害人害己，甚至葬送了自己的性命。

【觉解镜鉴】

曹雪芹（约1715—约1763），名霑，字梦阮，号雪芹，籍贯沈阳（一说辽阳），生于南京，出身清代内务府正白旗包衣世家，其曾祖母孙氏做过康熙帝的保姆，祖父曹寅做过康熙帝的伴读和御前侍卫，后任江宁织造，兼任两淮巡盐监察御史。在康熙、雍正两朝，曹家祖孙三代四

人主政江宁织造达 58 年，家世显赫，成为当时南京第一豪门，天下推为望族。曹雪芹 13 岁那年，曹家因亏空罪被抄家，随家人一起迁回北京老宅。后又移居北京西郊，靠卖字画和朋友接济为生。但他以坚韧不拔的毅力，历经多年艰辛，终于创作出极具思想性、艺术性的精品之作《红楼梦》。其中"机关算尽太聪明，反误了卿卿性命"的名句，是对大管家王熙凤的真实写照，她不仅使尽所有的心机算计人，而且还极度贪婪，用索贿和放高利贷等手段大肆敛财，后终因收受贿赂及杀人未遂等罪入狱，执行官在她的屋子里抄出大量黄金和借券。但她死后也只不过是用一张草席裹身而已。历史是现实的一面镜子。党员干部应以史为鉴，严格约束自己，不可用尽心机算计人，这样反而会招祸上身，以害人始，以害己终。这是历史的辩证法。

189. 终朝只恨聚无多，及到多时眼闭了

【原典出处】

（清）曹雪芹《红楼梦》

【名句释义】

"终朝只恨聚无多，及到多时眼闭了"的意思是：贪心之人总感觉聚敛的财富不多，但等到多的那一天他也就离死不远了。

【觉解镜鉴】

《红楼梦》中有一首《好了歌》："世人都晓神仙好，惟有功名忘不了！古今将相在何方？荒冢一堆草没了。世人都晓神仙好，只有金银忘不了！终朝只恨聚无多，及到多时眼闭了。世人都晓神仙好，只有娇妻忘不了！君生日日说恩情，君死又随人去了。世人都晓神仙好，只有儿孙忘不了！痴心父母古来多，孝顺儿孙谁见了？"从字面看，基调似乎是消极的，但仔细品味，其中却蕴含着发人深省的人生哲理。明太祖朱元璋九世孙著名律学家朱载堉也曾用一首《十不足》散曲以警示世人："逐日奔忙只为饥，才得有食又思衣。置下绫罗身上穿，抬头又嫌房屋

低。盖下高楼并大厦，床前缺少美娇妻。娇妻美妾都娶下，又虑出门没马骑。将钱买下高头马，马前马后少跟随。家人招下十数个，没钱没势被人欺。一铨铨到知县位，又说官小势位卑。一攀攀到阁老位，每日思想要登基。一朝南面坐天下，又想神仙下象棋。洞宾与他把棋下，又问哪是上天梯？上天梯子未做下，阎王发牌鬼来催。若非此人大限到，上到天上还嫌低。"这与《红楼梦》中的"好了歌"有异曲同工之妙，其道理是契合的，寓意"人心不足蛇吞象"。欲望是个无底洞，如不加以遏制，就会由小变大，到头来落个"终朝只恨聚无多，及到多时眼闭了"的悲惨结局。

190.一言尚欲告同心，万恶淫先祸最深

【原典出处】

李圆净《醒世千家诗·劝戒淫诗》

【名句释义】

"一言尚欲告同心，万恶淫先祸最深"的意思是：想告诉同仁一句忠言，祸害起源于万恶的淫乱行为。

【觉解镜鉴】

李圆净（约1894—1950），本名荣祥，圆净是他的法名。广东三水人，在上海经商，后来对佛学发生浓厚兴趣，皈依于普陀山印光法师座下。他著书颇多，其《醒世千家诗·劝戒淫诗》中的"一言尚欲告同心，万恶淫先祸最深"，对于党员干部净化心灵、提高道德情操具有很好的警示作用。古人云"求名者，因好色欲而名必败；求利者，因好色欲而必丧利；居家者，因好色欲而家业必荒；为官者，因好色欲而官业必堕"。当年"河北第一秘"李真，就是在权力、金钱、女色三道关口前折戟沉沙的。党员干部应认真反思自己，提高自身觉悟，增强抵御诱惑的能力。

191. 升官发财请往他处，贪生畏死莫入斯门

【原典出处】

孙中山　黄埔军校大门对联

【名句释义】

"升官发财请往他处，贪生畏死莫入斯门"的意思是：想升官发财到别处去，没有为祖国献身精神的人就不要进这个门。

【党解镜鉴】

孙中山（1866—1925），名文，字载之，广东香山（今中山）人，中国民主革命的伟大先驱，领导的辛亥革命终结了封建帝制。著有《建国方略》《建国大纲》《三民主义》等。他在中国共产党和苏联的积极支持和帮助下创办了黄埔军校，并以"创造革命军队来挽救中国的危亡"为宗旨。1924 年 6 月 16 日，孙中山在黄埔军校开学典礼讲话中说："要从今天起，立一个志愿，一生一世，都不存在升官发财的心理，只知道做救国救民的事业。"孙中山亲自为黄埔军校题写了"升官发财请往他处，贪生畏死莫入斯门"的校门对联，主旨是要造就大批不怕牺牲、不谋私利的将领，以挽救民族危亡。这副对联启示今人：自古以来就有"为官发财，应当两道"的思想观点，官商本来就应该是两条不相交的平行线。政商各归其位，才能各自兴旺，共同推动整个社会健康发展。如果两条线搅在一起官商勾结，必定损害国家和人民的利益。所以，党员干部不能老想着怎样利用职权捞一把，应当牢记全心全意为人民服务的宗旨，把有限的生命投入到无限的为人民服务之中去。

192. 手莫伸，伸手必被捉

【原典出处】

陈毅《手莫伸》

【名句释义】

"手莫伸，伸手必被捉"的意思是：不要到处乱伸手捞取不义之财，否则被捉是必定无疑的。

【觉解镜鉴】

陈毅的《手莫伸》："手莫伸，伸手必被捉。党与人民在监督，万目睽睽难逃脱。汝言惧捉手不伸，他道不伸能自觉。其实想伸不敢伸，人民咫尺手自缩……历览古今多少事，成由谦逊败由奢。"这首诗犹如一面明镜，深入浅出地道出了伸手必被捉、骄傲自满必翻车、成由谦逊败由奢等一些蕴含哲理深度的人生真理。这既是对古往今来历史教训的精辟总结，也是诗人崇高人格的光辉写照，多少年来给人们以深刻的人生教诲和警示。党员干部作为人民公仆，最重要的是要严于律己，时刻想到自己的责任和义务，不能只想着伸手捞好处，营私舞弊，巧取豪夺。如果你总伸手捞好处，万目睽睽难逃脱，总有被捉的那一天。人活天地间，需要两大类生活资料，一类是生存资料，另一类是享受资料。必须有适量的生存资料人才能够生存下去，至于享受资料也应有与时代发展水平相适应的必要的量与质。但是，超出时代发展水平而追求奢侈奢靡，对贪婪不加克制，甚至是不择手段地去追逐，那必定会走向不归路。

（二）报国勤政

193. 肃肃宵征，夙夜在公

【原典出处】

春秋《诗经·召南·小星》

【名句释义】

"肃肃宵征，夙夜在公"的意思是：从早到晚勤于公务。象征日夜为国为民操劳的奉献精神。

【觉解镜鉴】

《小星》是描写当时社会环境下天不亮就踏上征程的役夫辛勤工作的作品。后人经常用其中的"肃肃宵征，夙夜在公"来形容那些早起晚睡的公仆日夜为国为民操劳的奉献精神。在中华历史典籍中，有着丰富的为国家、为民族、为人民公而忘私、夙夜在公的思想。今天倡导这些传统文化中的精华很有必要，夙夜在公、殚精竭虑、勤勉工作，应成为人民公仆必须具备的思想道德品质。

194. 兢兢业业，如霆如雷

【原典出处】

春秋《诗经·大雅·云汉》

【名句释义】

"兢兢业业，如霆如雷"的意思是：做事谨慎勤恳，像面对雷霆一样重视对待。

【觉解镜鉴】

《诗经·大雅·云汉》中的"兢兢业业，如霆如雷"名句，原为担心害怕的意思，现多用来形容认认真真、踏踏实实、勤勤恳恳的人民公仆精神。它体现了人民公仆不仅廉政还要勤政，还应发扬埋头苦干、乐于奉献、鞠躬尽瘁的优良传统。周恩来就是中国共产党人的优秀代表和精神化身，他为了国家和人民，废寝忘食、夜以继日地沉浸在工作中，身患绝症仍在医院里召集会议、批阅文件、接见外宾，直至耗尽最后一滴心血。他是人民公仆的一面镜子、一把尺子、一座丰碑。他的伟大思想和精神风范是留给人们取之不尽、用之不竭的宝贵精神财富。

195. 周公吐哺，天下归心

【原典出处】

（东汉）曹操《短歌行》

137

【名句释义】

"周公吐哺，天下归心"的意思是：只有像周公那样勤勉敬业和礼待贤才，天下人的心才会归顺。

【觉解镜鉴】

曹操（155—220），字孟德，沛国谯县（今安徽亳州）人，东汉末年杰出的政治家、军事家、文学家。他精兵法、善诗歌散文，开启并繁荣了建安文学，鲁迅评价其为"改造文章的祖师"。曹操《短歌行》中的"周公吐哺，天下归心"，歌颂了周公勤勉敬业和求贤若渴之心。周公"一沐三握发，一饭三吐哺"，一方面反映了他的勤勉敬业精神，另一方面也展现了他礼贤下士和爱才的高尚品格。诗人曹操和本诗中歌颂的周公，都是历史上崇贤、尚贤、礼贤的楷模。事业兴旺，人才为本。有非常之人才会有非常之事，有非常之事才会有非常之功。因此，崇尚贤士、礼待贤士、重用贤士是领导干部应该具备的基本素质。如果领导干部没有容人的雅量和广揽人才的宽阔胸怀，要想取得事业的成功，那是不可能的。

196. 三顾频烦天下计，两朝开济老臣心

【原典出处】

（唐）杜甫《蜀相》

【名句释义】

"三顾频烦天下计，两朝开济老臣心"的意思是：刘备三顾茅庐与诸葛亮商讨天下大计，诸葛亮为辅佐两代君主忠心耿耿。

【觉解镜鉴】

杜甫的《蜀相》是他游览成都武侯祠时所作。其中的"三顾频烦天下计，两朝开济老臣心"，是指诸葛亮为辅佐刘备、刘禅两代君主而殚精竭虑、呕心沥血的忠诚敬业精神。杜甫胸怀"致君尧舜"的政治理想，对诸葛亮无限仰慕和敬重，故写此诗抒发自己的情怀。诗中所描写的诸

葛亮精神，给后人以深刻的启发和教育。干事业就应该像诸葛亮那样赤胆忠心、恪尽职守。忠诚是爱心的体现，当你心中充满了对事业的忠诚时，虽苦却快乐着，再苦再累也心甘情愿。敬业精神是一种高尚的道德情操和个人品质。党员干部必须做勤勉敬业的表率，增强为党和人民事业不懈奋斗的主动性和自觉性，不懈于心、不懈于位，做到专心谋事、用心做事、一心成事，为党和人民尽好责、服好务。

197. 愿得此身长报国

【原典出处】

（唐）戴叔伦《塞上曲》

【名句释义】

"愿得此身长报国"的意思是：作为祖国大家庭中的一员，我愿以此身终生报效国家。

【觉解镜鉴】

戴叔伦（约732—约789），字幼公，润州金坛（今江苏常州）人，唐代著名诗人，《全唐诗》收其诗304首。他的《塞上曲》中的"愿得此身长报国"，歌颂了守边将士矢志报国的决心和情怀。从古至今，中华大地上有无数热血儿女为国为民战斗到最后一刻，正是因为这种民族精神的传承，才使得我们伟大的祖国传承五千年而不倒。虽然时代不同，但爱国主义的正义性和凝聚力古今是一脉相承的。爱国主义反映了个人对祖国的依存关系，是人们对自己故土家园和民族文化的归属感、认同感、尊严感、荣誉感的统一。爱国主义精神成为实现中华民族伟大复兴的力量所在、希望所在。爱国就是要爱社会主义祖国，把爱国主义注入自己的血液中，为祖国的繁荣富强贡献自己的力量，并将其作为自己一生的崇高追求。

198. 岂计休无日，惟应尽此生

【原典出处】

（唐）韩愈《学诸进士作精卫衔石填海》

【名句释义】

"岂计休无日，惟应尽此生"的意思是：为了国家和人民不停地工作，甘愿竭尽全力尽此生。

【觉解镜鉴】

精卫衔石填海的故事来源于《山海经》，相传太阳神炎帝的小女儿女娃有一天下到人间驾船去东海玩，不小心溺水而死，她的精灵化作一只鸟，取名"精卫"。她每天都衔石块或树枝投入东海，发誓要把东海填平。大海嘲笑她说："你就是干上一百万年也休想把大海填平。"精卫回答说："哪怕干上一千万年、一万万年我也要把你填平。"韩愈根据这个故事写了《学诸进士作精卫衔石填海》一诗，其中，"岂计休无日，惟应尽此生"彰显的是一种意志力和勇于吃苦的精神。吃苦耐劳是中华民族积极进取的内在动力，闲散懒惰是干不成事的。党员干部应学习精卫填海的精神，以此来激励自己在干事创业中发扬持之以恒、百折不挠的精神，在前进道路上，不管遇到什么艰难挫折都不退缩、不放弃。

199. 春蚕到死丝方尽，蜡炬成灰泪始干

【原典出处】

（唐）李商隐《无题》

【名句释义】

"春蚕到死丝方尽，蜡炬成灰泪始干"的意思是：春蚕到死才停止吐丝，蜡烛直到烧尽才流干泪滴。现常用来形容人们的无私奉献精神。

【觉解镜鉴】

李商隐写过多首《无题》诗，这一首是他在玉阳山学道期间与玉阳

山灵都观女道士宋华阳恋爱相思而作。二人感情深笃，但又不能为外人明知，只能以诗抒情。据说李商隐所写的二十多首《无题》诗，大多是抒写他们两人之间恋情的，这是其中最著名的一篇。该诗中的"春蚕到死丝方尽，蜡炬成灰泪始干"是千古名句，后人多从赞颂无私奉献精神角度引用，非常生动形象地赞美那些公而忘私、勇于奉献、受人民爱戴的人。这种"春蚕精神""蜡烛精神"是永远值得人们学习的，特别是广大党员干部应将这种精神作为一面镜子，以不断提升自己的精神境界。

200. 出师一表真名世，千载谁堪伯仲间

【原典出处】

（南宋）陆游《书愤》

【名句释义】

"出师一表真名世，千载谁堪伯仲间"的意思是：诸葛亮的《出师表》名垂青史，千年以来有谁能与其相比呢？

【觉解镜鉴】

《书愤》一诗，是陆游借诸葛亮《出师表》典故，追慕先贤的业绩，表明自己的爱国热情至老不移，渴望效法诸葛亮施展抱负。其中"出师一表真名世，千载谁堪伯仲间"，称颂了诸葛亮一生忠心耿耿的精神。纵观中国历史，在勤政廉洁方面，首推诸葛亮，他事先主，佐后主，倾尽全力辅佐蜀汉基业，始终把勤政廉洁作为立身之本，鞠躬尽瘁，死而后已。他的做人原则是"先理身，后理人"，以达到"理身则人敬"的崇高境界，成为后世学习效法的楷模。党员干部应该好好学习这种精神，不辜负党和人民的培养，竭尽全力为人民服务，不要做只想当官不想干事、只想揽权不想担责、只想出彩不想出力的无所作为的懒官庸官。

201. 位卑未敢忘忧国

【原典出处】

（南宋）陆游《病起书怀》

【名句释义】

"位卑未敢忘忧国"的意思是：虽然自己地位不高，但从没忘记过忧国忧民的责任。

【觉解镜鉴】

《病起书怀》这首诗是 1176 年陆游被免去参议官后写下的。自此他移居成都西南的浣花村，但仍挑灯夜读《出师表》，体现了坚韧不拔的精神和永不磨灭的意志。诗中"位卑未敢忘忧国"是诗眼，体现了诗人忧国忧民的爱国情怀，这也是历代爱国仁人志士的写真。这一句成了激励后人忠心报国的名言。在新的历史条件下，继承爱国主义优良传统，弘扬民族精神和时代精神，以热爱祖国为荣，以危害祖国为耻，做一个忠诚的爱国者，这是对每一个公民的基本要求，也是全体人民肩负的一种责任。特别是党员干部应当有更高的境界，任何时候都要把国家利益置于第一位，不能把爱国只停留在口号上，而应该体现在本职工作中，且人人都有责任尽自己的一份力量，如果每一个人都这样深深爱国，为国分忧、为国增砖添瓦，那么我们伟大的祖国将会变得更加繁荣昌盛。

202. 当官避事平生耻

【原典出处】

（元）元好问《四哀诗·李钦叔》

【名句释义】

"为官避事平生耻"的意思是：做官如果没有担当精神，遇到问题就回避，则是平生最大的耻辱。

【觉解镜鉴】

元好问（1190—1257），字裕之，太原秀容（今山西忻州）人，元代著名文学家和历史学家、文坛盟主，是金元之际在文学上承前启后的桥梁，诗、文、词、曲各体皆工。著述宏富，传世作品有《遗山集》《元遗山先生全集》等。元好问《四哀诗·李钦叔》中的"当官避事平生耻"，歌颂了他的挚友李钦叔终生以社稷为重、事不避难、视死如归、甘当大任的可贵品质。如今看一个干部有没有责任感，也是要看其有没有担当精神。担当是一种责任、一种境界、一种修养。各级领导干部肩负组织的重托、人民的期望，必须做到主动作为、乐于担当，在其位谋其政，在其职负其责，把为党和人民干出一番事业作为最大的价值追求，将担当精神体现在思想境界、工作态度、良好作风上，落实到日常行动中，贯穿于方方面面。

203.衙斋卧听萧萧竹，疑是民间疾苦声

【原典出处】

（清）郑板桥《潍县署中画竹呈年伯包大中丞括》

【名句释义】

"衙斋卧听萧萧竹，疑是民间疾苦声"的意思是：躺在县衙的书斋里听见风吹竹叶发出萧萧之声，好像听到了民间百姓的疾苦声。

【觉解镜鉴】

郑板桥（1693—1765），字克柔，名燮，号板桥，祖籍苏州，清代著名画家、书法家、诗人，"扬州八怪"之一。其诗、书、画均旷世独立，作品辑为《板桥全集》。康熙年间秀才、雍正年间举人、乾隆元年（1736年）进士。曾历任范县（今属河南）、潍县知县。因为民请命得罪高官，称疾归隐，一生主要客居扬州。《潍县署中画竹呈年伯包大中丞括》一诗，是他在担任山东潍县知县时所作，其中"衙斋卧听萧萧竹，疑是民间疾苦声"，充分体现了作者爱国爱民心系百姓的情怀。古往今来，

凡是有作为的官员都以关心百姓疾苦为己任。我们的干部按照马克思的说法是"人民公仆",作为人民公仆就应该把人民利益放在首位,全心全意为人民服务,时刻把群众安危冷暖放在心中的最高位置,诚心诚意为群众办实事,使人民群众真正感受到党和政府的关怀和温暖。

204. 咬定青山不放松

【原典出处】

(清)郑板桥《题竹石》

【名句释义】

"咬定青山不放松"的意思是:以竹根深深扎在岩石缝隙中形容人们不怕千难万险、坚韧不拔的意志力。

【觉解镜鉴】

郑板桥的《题竹石》"咬定青山不放松,立根原在破岩中。千磨万击还坚韧,任尔东西南北风"一诗是一首在竹石图上的题画诗,蕴含了作者深刻的思想感情。其中的"咬定青山不放松",暗喻刚毅坚卓、执着追求精神给人们以激励和鼓舞。这种精神正是我们为了实现中华民族伟大复兴的中国梦而奋斗所需要的精神。实现中国梦不能靠空谈,而要靠实干。党员干部要把坚定的共产主义理想和中国特色社会主义信念融入到血液里,转化成坚定不移干事创业的强大动力,在复杂的环境中锤炼"咬定青山不放松"的韧性,不论情况多么复杂、矛盾多么尖锐,一定要在干扰面前不动摇、困难面前不低头、考验面前不妥协,以不屈不挠的顽强拼搏精神,撸起袖子加油干,为实现"两个一百年"奋斗目标、实现中华民族伟大复兴的中国梦而努力奋斗!

205. 一勤天下无难事

【原典出处】

(清)钱德苍《解人颐·勤懒歌》

【名句释义】

"一勤天下无难事"的意思是：只要勤奋刻苦，天底下没有克服不了的困难。

【觉解镜鉴】

钱德苍，字沛恩，江苏长洲（今江苏苏州）人，曾应科举不第，常流连于酒旗歌扇之场。他的《解人颐》一书，共计8卷24集，以"解颐"为宗旨，围绕修身养性、陶冶情操、齐家治国布局，集箴言、格言、诗词、歌赋、俚语、俗谚于一体，劝人要安分守己、怡养天真、淡泊名利、勿纵物欲。今天读来仍然能起到育人警世的作用。《解人颐·勤懒歌》中的"一勤天下无难事"，揭示了一条颠扑不破的真理，即"勤"字为人生第一要义。成功和辛勤的劳动是成正比的，成功是勤奋的结果，而勤奋则是成功的必备条件。无论是居家还是居官，都应该以勤字为根本。"业精于勤荒于嬉""天道酬勤""勤能补拙"等古训，都是劝人勤奋向上的。我们要建成富强民主文明和谐的社会主义现代化国家，实现中华民族伟大复兴的中国梦，需要和依靠的正是这种"一勤天下无难事"的辛勤劳动、实干加巧干的精神。

206. 苟利国家生死以，岂因祸福避趋之

【原典出处】

（清）林则徐《赴戍登程口占示家人》

【名句释义】

"苟利国家生死以，岂因祸福避趋之"的意思是：如果所做的一切事情对国家对人民有利，就要毫不犹豫地去做，怎能考虑和计较自己的生死福祸呢？

【觉解镜鉴】

林则徐《赴戍登程口占示家人》这首诗作于1842年8月。诗中"苟利国家生死以，岂因祸福避趋之"经常被用来形容为了国家和人民的利

益而不顾个人生死安危的自我牺牲精神。古代文天祥和现代夏明翰、方志敏、刘胡兰、董存瑞、黄继光等先烈的英雄事迹就是对这种精神的最好诠释。今天的和平年代，并没有抛头颅、洒热血的事了，但在抗洪抢险、抗震救灾等关键时刻，不怕牺牲、挺身而出的英勇事迹并不少。这种自我牺牲精神并不是一时内心激动的产物，它是全心全意为人民服务的思想观念的深厚积淀，来自于正确的世界观、人生观、价值观。这种精神并不只是对共产党员的要求，它对所有热爱祖国的人来说都是需要的。如果勇于自我牺牲精神成为全体人民的自觉意识、自觉行为，那么，中华民族伟大复兴的中国梦就一定会顺利实现。

207. 我以我血荐轩辕

【原典出处】

鲁迅《自题小像》

【名句释义】

"我以我血荐轩辕"的意思是：我甘愿把我的热血献给伟大的中华民族。

【党解镜鉴】

鲁迅（1881—1936），原名周樟寿，后改名周树人，1918年开始以鲁迅为笔名发表作品。浙江绍兴人，近代文学家、思想家和革命家。《自题小像》这首诗收入鲁迅《集外集拾遗》一书。"我以我血荐轩辕"彰显了鲁迅的革命思想和为祖国献出一腔热血的爱国情怀。鲁迅从青年时代起就立下了"我以我血荐轩辕"的宏伟志向，自觉地把自己的一切献给中国革命和民族解放事业。1937年10月19日，毛泽东在延安陕北公学举行的纪念鲁迅逝世周年大会上发表的演讲中称赞鲁迅是"民族解放的急先锋，给革命以很大的助力。他并不是共产党组织中的一人，然而他的思想、行动、著作，都是马克思主义的"。今天，我们仍需要鲁迅这种精神，特别是党员干部要对党忠诚、为党分忧、为党担责、为党尽责，竭尽全力完成党交给的职责和任务。在新的长征路上，人人要爱岗敬业，恪尽职守，续写新的篇章，创造新的辉煌！

208. 我好像一只牛，吃的是草，挤出的是牛奶，血

【原典出处】

许广平《欣慰的纪念》

【名句释义】

"我好像一只牛，吃的是草，挤出的是牛奶，血"的意思是：过最简朴的生活，将最有价值的东西奉献给人民。

【觉解镜鉴】

许广平（1898—1968），广东番禺人，鲁迅的妻子。1923年考入北京女子高等师范学校国文系，成为鲁迅的学生。1927年鲁迅到中山大学任教，她任鲁迅的助教和广州话翻译，尔后与鲁迅结为生活伴侣。1949年后历任政务院副秘书长、全国人大常委、全国政协常委、全国妇联副主席、民主促进会副主席、全国文联主席团委员等职。1936年10月19日鲁迅与世长辞，10月22日许广平写下了给鲁迅的献词："鲁迅夫子：悲哀的氛围笼罩了一切，我们对你的死，有什么话说！你曾对我说：'我好像一只牛，吃的是草，挤出的是牛奶，血。'你'不晓得，什么是休息，什么是娱乐。'工作，工作！死的前一日还在执笔。如今……希望我们大众锲而不舍，跟着你的足迹！"这段献词后来收入许广平纪念鲁迅的文章汇编《欣慰的纪念》一书。不是共产党员的鲁迅都能如此为祖国奉献，那么我们作为以全心全意为人民服务为宗旨的党员更应该具有老黄牛精神，永远做一个"吃的是草，挤出的是牛奶，血"的奉献者。

（三）哲理思维

209. 他山之石，可以攻玉

【原典出处】

春秋《诗经·小雅·鹤鸣》

【名句释义】

"他山之石，可以攻玉"的意思是：借用他山之石来磨玉器。比喻借外力发展自己。

【觉解镜鉴】

《诗经·小雅·鹤鸣》中的"他山之石，可以攻玉"说明了一个哲理，即参照外部的事物及方法来帮助自己取得成功。毛泽东在《矛盾论》中指出："唯物辩证法认为外因是变化的条件，内因是变化的根据，外因通过内因而起作用。"事物的产生、发展和灭亡都是内因和外因共同作用的结果，但二者在事物发展中的地位和作用是不同的。内因既是事物存在和发展的根据，又是一事物区别于其他事物的内在本质，它决定着事物发展的方向，是事物发展的根本原因。外因对于事物变化发展起加速或延缓的作用，是事物发展的必要条件，有时甚至起非常重大的作用，但它不能撇开内因独立地起作用。一个国家、一个地区、一个单位、一个家庭的发展，一方面靠自己的努力，但同时也需要外部力量的支持。一个人的成长也是如此，个人主观努力是内因，机遇是外因，要想抓住机遇，必须具备捕捉和利用机遇的素质与能力，而机遇往往是给有准备的人准备的。

210. 人生代代无穷已，江月年年只相似

【原典出处】

（唐）张若虚《春江花月夜》

【名句释义】

"人生代代无穷已，江月年年只相似"的意思是：人生代代相传是无穷无尽的，但江中的月亮年复一年地重复出现，却看不出有什么变化。蕴含宇宙无限、人生苦短的哲理。

【觉解镜鉴】

张若虚（约647—约730），江苏扬州人，唐代著名诗人，曾任兖州兵曹。与贺知章、张旭、包融并称"吴中四士"，文词俊秀。仅存诗二首于《全唐诗》，尤以《春江花月夜》著名，奠定了他在唐诗史上的地位，后人评价称"孤篇横绝，竟为大家"，闻一多誉之为"诗中的诗，顶峰中的顶峰"。诗人神思飞扬，用拟人化的手法，从哲学与美学的角度阐释诗境，通过描写春天江边月夜下的美景，生发出对人生价值与宇宙奥秘的理性思索，使人产生"哀吾生之须臾，羡长江之无穷"的感悟。全诗的基调哀而不伤，能够激发起人们积极向上的浩然之气，其中的"人生代代无穷已，江月年年只相似"是对人生有限与宇宙无限辩证关系的深刻觉解。辩证唯物主义的时空观认为，宇宙是无限性与有限性的统一体，一切具体事物在空间和时间上都是有限的，宇宙的无限存在于无数有限之中，无限的时空是由特定的有限时空构成的。懂得有限与无限的辩证原理，就会明白个人在宇宙中只是一粒微尘，在人类历史长河中是短暂的一瞬。因此，不要狂妄自大，也不要虚度光阴，而是要把有限的生命投入到无限的为人民服务中去，为党和人民多作贡献。

211. 人事有代谢，往来成古今

【原典出处】

（唐）孟浩然《与诸子登岘山》

【名句释义】

"人事有代谢，往来成古今"的意思是：世间一切人和事都在不停地新陈代谢，斗转星移，沧海桑田，人生苦短，应抓紧时间建功立业才是。

【觉解镜鉴】

孟浩然（689—740），名浩，字浩然，襄州襄阳（今湖北襄阳）人，唐代著名山水田园派诗人，著有《孟浩然集》三卷传世。他的《与诸子登岘山》诗中"人事有代谢，往来成古今"蕴含着新事物代替旧事物是一个永恒发展过程的哲理，发展不是同一事物的简单重复，也不是下降的运动，发展的实质就是新事物不断产生、旧事物不断灭亡的过程。这一哲学原理的方法论意义在于：要坚持发展的观点，破除和反对一成不变、僵化死板、因循守旧、墨守成规的旧观念。大至国家，小到地区、单位，都必须进行思想和实践的创新，只有这样，才能把党和人民的事业不断推向前进。

212. 持谢邻家子，效颦安可希

【原典出处】

（唐）王维《西施咏》

【名句释义】

"持谢邻家子，效颦安可希"的意思是：任何事情都不能简单盲目地去效仿，而要根据自身具体情况加以创新创造。

【觉解镜鉴】

王维（701—761，一说699—761），河东蒲州（今山西运城）人，唐代著名诗人、画家，精通诗、书、画、音乐等。存诗四百余首。他的《西施咏》一诗中讲了"东施效颦"的故事。据传西施犯心绞痛病时会捂住胸口紧蹙眉头，同村的一个丑女东施见其神态很美，也如此捂住胸口皱眉模仿，但人们见后便远远地躲开。其实丑女只看到了西施的外表，却不知西施的真正美来自于内在。王维《西施咏》的最后两句"持谢邻家子，效颦安可希"告诉人们，学习别人不能简单机械地盲目模仿，而要学习其本质。现象和本质是对立统一的关系，现象是事物的表面特征和外部联系，暴露于事物外部，可以被人们的感官直接感知；本质则是事物的根本性质和内在联系，深藏于事物内部，是不能直接被感知的，只有通过实践活动不断研究探索才能认知。所以，在认识和实践中，要透过现象抓本质，不要被事物的表象或假象所蒙蔽，要善于对事物进行全面、深入、细致地研究，以对其形成科学正确的认识，防止犯经验主义和教条主义的错误。

213. 寿陵失本步，笑杀邯郸人

【原典出处】

（唐）李白《古风》

【名句释义】

"寿陵失本步，笑杀邯郸人"的意思是：教条机械地模仿别人走路的姿势，不但效仿不成，反而丧失了固有的走路技能。比喻学习别人经验要与本地实际相结合，才能收到较好效果。

【觉解镜鉴】

李白《古风》（三十五）中的"寿陵失本步，笑杀邯郸人"，是根据《庄子·秋水》中的一则故事而来的，即一个燕国人不辞辛苦来到赵国邯郸学习走路，不仅没有学会，反而把自己原来走路的姿势也忘记了，最后只好爬着回去。这则故事极大地讽刺了那些机械教条主义者，说明一切要从实际出发，实事求是，具体问题具体分析。一切从实际出发，就是把客观存在的实际事物作为根本出发点。实事求是，就是从实际对象出发，探求事物的内部联系及其发展规律。具体问题具体分析，就是在矛盾普遍性原理指导下，具体分析矛盾的特殊性，从而正确地认识事物，找出解决问题的正确方法，避免犯主观性、片面性和表面性的错误。不能像"邯郸学步"那样，看到表象就生搬硬套、亦步亦趋。向别人学习一定要根据自身条件，将外部经验与具体实际相结合，取人之长补己之短，从中找出规律性的东西，以指导实践。

214. 无边落木萧萧下，不尽长江滚滚来

【原典出处】

（唐）杜甫《登高》

【名句释义】

"无边落木萧萧下，不尽长江滚滚来"的意思是：无边无际的树木萧萧地飘下落叶，望不到头的长江水滚滚奔腾而来。隐喻客观规律不可抗拒。

【觉解镜鉴】

杜甫的《登高》一诗作于 767 年秋天。一天，他独自登上夔州（今重庆奉节）白帝城外的高台，登高远眺，百感交集。眼中所见，激起意中所触，萧瑟的秋江景色，引发了他身世飘零的感慨，渗入了自己老病孤愁的悲哀。于是，就有了这首被誉为"七律之冠"的《登高》。其中"无边落木萧萧下，不尽长江滚滚来"，蕴含着时间永恒、韶光易逝、客观规律不可抗拒的哲理。客观规律虽然不可抗拒，但人们可以在尊重规律的基础上充分发挥主观能动性，认识规律，利用规律。尊重客观规律和发挥主观能动性是辩证统一的。尊重客观规律是正确发挥主观能动性的前提，认识和利用规律又须充分发挥人的主观能动性。这样的相互融合，是高度的革命热情与科学求实态度的有机结合，是一切从实际出发、实事求是、解放思想、与时俱进的辩证统一。

215. 试玉要烧三日满，辨材须待七年期

【原典出处】

（唐）白居易《放言》

【名句释义】

"试玉要烧三日满，辨材须待七年期"的意思是：事物的真伪优劣，只有经过一定时间的观察、比较、考验，才能呈现其本质。

【觉解镜鉴】

白居易的《放言》诗："赠君一法决狐疑，不用钻龟与祝蓍。试玉要烧三日满，辨材须待七年期。周公恐惧流言日，王莽谦恭未篡时。向使当初身便死，一生真伪复谁知。"诗中以"试玉"和"辨材"自然现象和周公与王莽两个典故说明一个哲理，即在自然界中，辨材要经历较长时间的观察和比较，真伪优劣才见分晓。在社会中，人的辨别、人才选拔亦是同理。辩证唯物主义认为，作为检验真理的标准，不能在主观、理论领域内寻找，思想、理论自身不能成为检验自身是否符合客观实际的标准。唯有实践才具有把人的思想和客观世界联系起来的特性，才能够完成检验真理的任务，这是马克思主义认识论的一个基本原理。客观世界和具体实践是不断发展的，新事物新问题也会层出不穷，这就需要在马克思主义基本原理指导下不断研究新情况、新问题，从而作出新的提炼概括，把理论推向前进，并在实践中检验这些新的理论。

216. 野火烧不尽，春风吹又生

【原典出处】

（唐）白居易《赋得古原草送别》

【名句释义】

"野火烧不尽，春风吹又生"的意思是：不管烈火怎样无情地焚烧，只要春风一吹，又是遍地青青的野草。象征新生事物具有顽强的生命力。

【觉解镜鉴】

白居易《赋得古原草送别》中的"野火烧不尽，春风吹又生"名句，通过对野草不怕被烈火摧残，隐喻客观规律是不可改变的，新生事物是不可战胜的。新陈代谢是宇宙间普遍的不可抗拒的规律，新事物必然要战胜旧事物。但新事物的成长并不是一帆风顺的，而是一个曲折的过程。在这一过程中，由于旧事物和各种不利条件的影响，新生事物也可能遭到失败。但新生事物的本质和发展趋势决定了失败只是暂时的，它终究会取代旧事物。所以，要提高对新生事物的正确认识，认识了新生事物的不可战胜性，就要坚定地站在新生事物一边，热情关怀、精心呵护、积极扶植新生事物，勇于同各种攻击、破坏、扼杀新生事物的行为作坚决地斗争。

217. 此时无声胜有声

【原典出处】

（唐）白居易《琵琶行》

【名句释义】

"此时无声胜有声"的意思是：无声中孕育着有声，无与有是相互转化、辩证统一的。

【觉解镜鉴】

白居易的《琵琶行》创作于 816 年，其中"此时无声胜有声"经常被后人引用，蕴含着无声比有声效果更佳的哲理。"无"与"有"的辩证法体现在中国传统哲学思想特别是道家思想中。老子在《道德经》中提出了"道"和"无"两个十分重要的概念。他认为"无"是形而上之空无，是虚无飘渺，不容易把握的；"有"则是指形而下之实有，是实实在在的。魏晋时期大哲学家王弼为老子《道德经》关于"道"作的注解中说："听之不可得而闻，视之不可得而彰，体之不可得而知，味之不可得而尝。"说明这种"无"与"有"是本质与现象的辩证关系，具有相互联系、相互渗透、相互转化、相得益彰的特性，譬如音乐中的暂歇、书法中的飞白等，都是用表象的"无"来强化本质的"有"，这就是所要达到的最佳的效果。"有"与"无"的辩证法对于指导各方面的实践均具有重要的方法论意义。

218. 旧时王谢堂前燕，飞入寻常百姓家

【原典出处】

（唐）刘禹锡《乌衣巷》

【名句释义】

"旧时王谢堂前燕，飞入寻常百姓家"的意思是：东晋时名臣王导和谢安的家已破落荒芜，原来在两家筑巢的燕子已飞入寻常百姓家筑巢。喻世道沧桑，变化无常。

【觉解镜鉴】

刘禹锡《乌衣巷》中的"旧时王谢堂前燕，飞入寻常百姓家"是说东晋时王导、谢安两大家族入唐后皆衰落，旧居荡然无存，原来堂前的燕子已飞入了普通百姓家筑巢。它暗示曾经的繁华鼎盛，而今却野草丛生，荒凉残照，诠释了世事发生沧海桑田变迁的深刻哲理。运动、变化、发展，既有联系又有区别。运动是指宇宙中一切事物的变化和过程；变化是指事物在运动过程中所发生的状态乃至性质的改变，包括量变和质变；发展侧重指事物上升的、前进的运动和变化，反映着事物由低级向高级、由简单到复杂的不断更替和生成的过程。一切事物都处在永不停息的运动、变化和发展之中，整个世界就是一个无限变化和永恒发展着的物质世界。掌握唯物辩证法的这一原理，在实际工作和生活中具有重要的方法论意义，它告诉人们要坚持用发展的眼光看问题，把事物看成是一个运动变化发展的过程，在实践中必须坚持解放思想、与时俱进、改革创新的精神。

219. 流水淘沙不暂停，前波未灭后波生

【原典出处】

（唐）刘禹锡《浪淘沙》

【名句释义】

"流水淘沙不暂停，前波未灭后波生"的意思是：事物的新陈代谢是由低级到高级的运动和变化，且新生事物层出不穷。

【觉解镜鉴】

刘禹锡《浪淘沙》中的"流水淘沙不暂停，前波未灭后波生"形象地描绘出新生事物层出不穷，事物发展永不停息的客观规律。唯物辩证法认为，发展是比运动、变化更为深刻的范畴，是指事物的上升、前进的运动变化过程。任何事物，从当时的历史条件来看，都有其存在的根据和理由，但随着条件的改变，又会丧失其存在的根据和理由，从而转化为其他事物。一个事物的结束，意味着另一个事物的开始，如此循环不已，构成了整个世界永恒发展的过程。恩格斯认为，世界不是既成事物的集合体，而是过程的集合体。所以，我们一要用发展的观点观察和处理问题，反对用静止的观点看问题；二要弄清事物在其发展过程中所处的阶段和地位；三要有创新精神，促进新事物的成长。

220. 沉舟侧畔千帆过，病树前头万木春

【原典出处】

（唐）刘禹锡《酬乐天扬州初逢席上见赠》

【名句释义】

"沉舟侧畔千帆过，病树前头万木春"的意思是：新事物必然战胜旧事物。不论遇到什么样的困难或挫折，永远保持一种积极乐观向上的心态。

【觉解镜鉴】

刘禹锡《酬乐天扬州初逢席上见赠》一诗中的"沉舟侧畔千帆过，病树前头万木春"蕴含着新事物必定战胜旧事物的哲理。把握新生事物不可战胜的原理，对于理解社会生活，认识社会历史的发展规律，增强人们为美好事业而奋斗的必胜信念，树立正确的历史观和人生观具有重

要指导作用。认识了新生事物的不可战胜性，就要坚定地站在新生事物一边，勇于同各种攻击、破坏、扼杀新生事物的行为作坚决的斗争，做新生事物的勇敢捍卫者。对于新生事物既不横加指责，也不无原则吹捧；既不泼冷水，也不揠苗助长。不论遇到什么样的困难或挫折，永远保持蓬勃向上的乐观心态。

221. 泾溪石险人兢慎，终岁不闻倾覆人

【原典出处】

（唐）杜荀鹤《泾溪》

【名句释义】

"泾溪石险人兢慎，终岁不闻倾覆人"的意思是：人们在明知浪急礁石多的情况下行船就十分小心，故终年没有发生过任何翻船事故。比喻不管什么情况都要保持谨慎的态度。

【觉解镜鉴】

杜荀鹤《泾溪》诗："泾溪石险人兢慎，终岁不闻倾覆人。却是平流无石处，时时闻说有沉沦。"这是说人们在进入有暗礁的急流险滩时，往往谨慎小心，保持高度警惕，因此很少有人跌倒落水；而到了河床平坦、风平浪静之地，却往往有人忘乎所以，以致翻船落水，在坦途中沉沦。通过这两种相反现象的比较，说明矛盾双方在一定条件下互为转化的哲理。老子在《道德经》中所说的"祸兮，福之所倚；福兮，祸之所伏"，就是一个矛盾双方在一定条件下可以相互转化的辩证命题。这就告诉人们，无论在什么形势下，面对任何事情都不必悲观失望，要从中发现和捕捉转机，创造条件促成未来的成功；面对成功也不必得意忘形，要从成功中看到潜伏着的隐忧。要始终保持头脑清醒，谦虚谨慎，戒骄戒躁，为取得更大的成功创造更好的条件。

222. 不畏浮云遮望眼，自缘身在最高层

【原典出处】

（北宋）王安石《登飞来峰》

【名句释义】

"不畏浮云遮望眼，自缘身在最高层"的意思是：要透过现象看本质，不被事物的假象所迷惑，只要站得高看得远，存在的问题都不难解决。

【觉解镜鉴】

王安石的《登飞来峰》中"不畏浮云遮望眼，自缘身在最高层"是全诗的精华，蕴含着透过现象看本质，不被事物的假象所迷惑的哲理。此名句常被人们作为座右铭。由于事物自身的矛盾，本质有时以假象的形式表现出来，这是事物本质的表象。从人的认识方面来看，事物的现象可以为人的感官直接感知；隐藏在事物内部的本质由于它的间接性和抽象性，只有借助于理性思维才能把握。本质与现象辩证关系原理告诉人们，在实践中要注意把现象作为入门的向导，透过现象认识事物的本质。从现象进入本质是认识的深化，却不是认识的终止，要在已获得的认识指导下，继续深入研究，不断丰富和加深对事物本质的认识。这是一个由现象到本质又由本质到现象的循环往复的认识过程。

223. 大江东去，浪淘尽，千古风流人物

【原典出处】

（北宋）苏轼《念奴娇·赤壁怀古》

【名句释义】

"大江东去，浪淘尽，千古风流人物"的意思是：自然和社会的客观规律犹如滚滚东去的长江水，是不可抗拒的；无论多么优秀的风流人物在人类历史的长河中也只是短暂的一瞬，很快被历史长河的浪花淘洗而去。

【觉解镜鉴】

苏轼《念奴娇·赤壁怀古》词中的"大江东去，浪淘尽，千古风流人物"把人带入江山如画、奇伟雄壮的景色和深邃无比的历史沉思中，唤起人们对人生的无限感慨和思索，让人联想到时空无限、人生有限，做任何事情都应有只争朝夕的精神。时间和空间是运动着的物质的存在形式，时间特性是一维性。因此，广大党员干部要跳出一时一地的局限，用更长的时间跨度来考虑生命的质量，用更宽广的视野来观照人生的价值，把为党和人民事业而奋斗作为最高的价值追求，切实履行好自身职责，尤其要在敢于担当、奋发有为上下功夫，用责任铸就伟大。

224. 人有悲欢离合，月有阴晴圆缺，此事古难全

【原典出处】

（北宋）苏轼《水调歌头·丙辰中秋》

【名句释义】

"人有悲欢离合，月有阴晴圆缺，此事古难全"的意思是：人有悲欢离合的变迁，月有阴晴圆缺的转换，这种事情自古以来就很难完美无憾。

【觉解镜鉴】

苏轼《水调歌头·丙辰中秋》词中的"人有悲欢离合，月有阴晴圆缺，此事古难全"表达了对永恒的宇宙和复杂多变的人类社会的综合理解与认识。作者俯仰古今变迁，感慨宇宙流转，厌薄宦海浮沉，在皓月当空、孤高旷远的意境氛围中，渗入浓厚的哲学意味，揭示了睿智的人生理念，达到了人与宇宙、自然与社会的高度契合。人有高兴也有难过的时候，月有满也有缺的时候，自然界和人类社会的万事万物都不是尽善尽美的，也不会尽如人意。满是理想的境界，缺是现实生活的反映。人生道路不可能一帆风顺，世事往往有缺憾，恰恰正是这些缺憾成就了无数的美。因此，应保持积极乐观的人生态度，以高昂的斗志来面对有

缺陷的现实，用一颗平和的心开朗地对待"悲欢离合"与"阴晴圆缺"。

225. 不识庐山真面目，只缘身在此山中

【原典出处】

（北宋）苏轼《题西林壁》

【名句释义】

"不识庐山真面目，只缘身在此山中"的意思是：观察世间事物，认识真相、把握全面，就必须摒弃片面性，超越狭小范围，摆脱主观成见。

【党解镜鉴】

《题西林壁》是苏轼游览庐山后的总结："横看成岭侧成峰，远近高低各不同。不识庐山真面目，只缘身在此山中。"此诗因物寓理，阐明了观察问题应客观全面、认识事物的真相和全貌必须超越狭小范围的哲理。实事求是、客观全面地看问题是唯物辩证法最基本的要求。影响人们客观全面看问题的因素众多，最重要的则是主观性、表面性、片面性。所谓主观性，就是不从客观实际出发，而是从主观愿望、主观臆断、主观经验出发。所谓表面性，就是不对事物的本质进行深入精细地分析和研究，仅靠表面现象就下结论作决策。所谓片面性，就是一叶障目不见泰山、只见树木不见森林。这样只会给党和人民的事业及个人成长进步造成巨大的危害。列宁曾指出："要真正地认识对象，就必须把握和研究它的一切方面、一切联系和'媒介'。我们决不会完全地做到这一点，可是要求全面性，将使我们防止错误，防止僵化。"所以，人们应学会立体思维，跳出点、线、面的限制，从上下左右、四面八方去思考问题。这样就可以极大地克服思想上的主观性和片面性，从而全面深刻地认识事物的本来面目。

226. 太山秋毫两无穷，巨细本出相形中

【原典出处】

（北宋）苏轼《轼在颍州与赵德麟同治西湖，未成，改扬州。三月十六日湖成，德麟有诗见怀，次其韵》

【名句释义】

"太山秋毫两无穷，巨细本出相形中"的意思是：从绝对与相对辩证统一的观点来看，太（泰）山和秋毫两者都是无穷的，没有大小之别，因为大小巨细只是在相互对比中才能分辨出来。

【觉解镜鉴】

苏轼《轼在颍州与赵德麟同治西湖，未成，改扬州。三月十六日湖成，德麟有诗见怀，次其韵》一诗中的"太山秋毫两无穷，巨细本出相形中"蕴含着相对与绝对、大与小的辩证关系。绝对与相对是辩证的统一。绝对存在于相对之中，并通过无数相对体现出来；在相对中又有绝对，离开绝对的相对也是没有的。形而上学则否认绝对和相对的辩证统一，把绝对和相对割裂开来，从而陷入绝对主义或相对主义的泥潭。绝对主义和相对主义二者都是片面地各执一端，不及其余，是对客观事物的歪曲反映，阉割了认识中绝对和相对的辩证法。在古汉语中，把两个相对应的、有比较关系的事物叫做相对；无比较关系的叫做绝对。所以，在一定范围内和一定条件下，大就是大，小就是小。但是，如果这个大与比它更大的事物相比，它就成为小；如果这个小与比它更小的事物相比，它就成为大。在工作、生活实践中要防止绝对主义和相对主义两种错误倾向的出现。

227. 竹外桃花三两枝，春江水暖鸭先知

【原典出处】

（北宋）苏轼《惠崇春江晚景》

【名句释义】

"竹外桃花三两枝，春江水暖鸭先知"的意思是：竹林外三两枝桃花初放，只有鸭子最先察觉到了初春江水的回暖，迫不及待地沉醉于江水中。蕴含实践出真知的哲理。

【觉解镜鉴】

苏轼《惠崇春江晚景》中的"竹外桃花三两枝，春江水暖鸭先知"以其细致、敏锐的感受，捕捉住季节转换时的景物特征，用江水冷暖变化最先被鸭子感知到来说明实践出真知的哲理。辩证唯物主义认识论认为，在实践和认识的关系中，实践具有决定作用，这种决定性的作用表现为实践是认识的来源，是认识发展的动力，是检验认识正确与否的唯一标准，是认识的目的和归宿。而认识来源于实践，并不否认学习间接经验的必要性和重要性，由于认识主体的生命和能力是有限的，不可能事事亲身实践，而且理论和认识本身也具有历史的继承性，认识主体可以通过读书或传授等方式来获取间接经验，这是发展人类认识的必要途径。所以，人们不但要积极参加社会实践，还应通过读书等途经学习间接经验。只有把直接经验和间接经验结合起来，才能对客观世界有比较完全的认知。

228. 若言琴上有琴声，放在匣中何不鸣

【原典出处】

（北宋）苏轼《琴诗》

【名句释义】

"若言琴上有琴声，放在匣中何不鸣"的意思是：如果说悠扬的琴声只是琴的功劳，那么放在匣子中的琴为什么不发出声音呢？

【觉解镜鉴】

苏轼的《琴诗》："若言琴上有琴声，放在匣中何不鸣？若言声在指头上，何不于君指上听？"此诗强调了弹琴几大要素的关系问题，说明

一支优美乐曲的产生单靠琴不行，单靠人的手指也不行，它靠的是琴和弹琴的人注入真挚的思想情感以及弹琴者的娴熟技术等要素的有机结合。诗中以琴为喻，提出了一个哲学上的主客观关系问题，说明一切高超艺术的产生、发展，都是作为主体的人与作为客体的物相互作用的结果。"巧妇难为无米之炊"，没有客观现实的物质条件，人的意识再"巧"也创造不出任何物质的东西来。如果夸大人的主观能动性，就会导致"精神万能论"；如果否认人的主观能动性，就会陷入形而上学唯物主义。所以，既要反对不尊重客观规律的唯心主义精神万能论，又要反对否认发挥人的主观能动性的形而上学唯物主义，把尊重客观规律和发挥人的主观能动性有机统一起来，才能收到最佳效果。

229. 山重水复疑无路，柳暗花明又一村

【原典出处】

（南宋）陆游《游山西村》

【名句释义】

"山重水复疑无路，柳暗花明又一村"的意思是：一座座山、一道道水重重叠叠，正疑惑无路可走时，忽见不远处出现一个柳绿花红的小山村。隐喻前途光明而道路曲折的哲理。

【觉解镜鉴】

陆游的《游山西村》中"山重水复疑无路，柳暗花明又一村"寓含事物发展前进性和曲折性相统一的哲理，几百年来被人们广泛引用。事物发展的总趋势是前进的，新事物必然战胜旧事物，前途是光明的，道路是曲折的。任何事物的发展都是前进性与曲折性的统一，前进中有曲折、在曲折中向前，这是一切新事物发展的规律。坚持事物发展前进性和曲折性相统一的原理具有重要意义。首先，要坚信前途是光明的，对党和人民的事业要充满必胜的信心，任何时候都不要因暂时的挫折而动摇。其次，要充分认识前进中的艰难性和复杂性，保持清醒头脑，准备

走曲折的路，随时准备克服各种困难。

230. 纸上得来终觉浅，绝知此事要躬行

【原典出处】

（南宋）陆游《冬夜读书示子聿》

【名句释义】

"纸上得来终觉浅，绝知此事要躬行"的意思是：书本上的知识只是一方面，要透彻地认识事物还必须要亲身实践才行。

【觉解镜鉴】

陆游《冬夜读书示子聿》一诗中的"纸上得来终觉浅，绝知此事要躬行"蕴含着认识依赖于实践的哲理。战国时期荀子曾说："不闻不若闻之，闻之不若见之，见之不若知之，知之不若行之……故闻之而不见，虽博必谬；见之而不知，虽失必妄；知之而不行，虽敦必困。"毛泽东在《实践论》中也指出："实践的观点是辩证唯物论的认识论之第一的和基本的观点。"这些都阐明了要想认识某种事物，就必须同那个事物进行接触，亲身参与那个事物的实践，这样才能认清事物的本质。人们对客观世界的认识和改造、人生价值和理想的实现等，都离不开社会实践。所以，一定要牢记实践的观点是辩证唯物主义认识论的首要的基本的观点，并努力践行之。

231. 问渠那得清如许，为有源头活水来

【原典出处】

（南宋）朱熹《观书有感》

【名句释义】

"问渠那得清如许，为有源头活水来"的意思是：池塘里的水为何像明镜一样清澈见底，因为有源源不断的活水注入。暗喻人要达到新境

界，就得认真读书和实践，不断获取新知识。

【觉解镜鉴】

朱熹的《观书有感》："半亩方塘一鉴开，天光云影共徘徊。问渠那得清如许，为有源头活水来"一诗，以池塘水为喻，说明学习和实践必须不断吸收新的营养，才能不断达到新境界和永葆活力。马克思主义认识论认为，认识是主体在实践基础上对客体能动的反映。人的认识不能只限于消极被动地反映客观世界，而要在实践活动中主动地认识客观事物的本质，把握客观世界的规律性，进而能动地改造客观世界。德国大诗人歌德说："理论是灰色的，而生活之树常青。"其意也是告诉人们，思想理论的活力源头在于实践，必须经常实践，才能获得真知新识。

232. 青山遮不住，毕竟东流去

【原典出处】

（南宋）辛弃疾《菩萨蛮·书江西造口壁》

【名句释义】

"青山遮不住，毕竟东流去"的意思是：青山也无法阻挡奔腾向前的江水，最终都会冲破一切阻拦汹涌东去。比喻历史潮流不可阻挡。

【觉解镜鉴】

辛弃疾《菩萨蛮·书江西造口壁》中的"青山遮不住，毕竟东流去"两句，以山川之景来说明历史发展的客观规律是不以人的意志为转移的。辩证唯物主义认为，一切物质运动、变化、发展的过程都具有某种确定不移的基本秩序和趋势，这就是物质本身所固有的本质的、必然的联系，就是物质运动的规律性。规律不能由人的意志加以创造和改变，也不会被消灭。在自然界中起作用的是受客观规律支配的自发的力量，在社会中起作用的则是有人的意志、愿望参与其中的活动，表面上看似乎人们的意志和愿望起着决定作用，没有客观规律的存在。但是，人们的愿望和动机的产生都是由社会一定发展阶段的客观状况所决定的，这也是不以人的意志为转移的。事物发展的规律虽不以人的意志为转移，但人们能够认识和利用规律来指导自己的行动，以达到改造自然和社会、造福人民的目的。如果按照客观规律行动，就能达到预期目的；如果违背客观规律，就一定会受到惩罚。

233. 黄金无足色，白璧有微瑕

【原典出处】

（南宋）戴复古《寄兴》

【名句释义】

"黄金无足色，白璧有微瑕"的意思是：黄金没有百分之百的足纯，白璧也有微小的斑点瑕疵。

【觉解镜鉴】

戴复古（1167—1248），字式之，天台黄岩（今浙江台州）人，南宋著名江湖派诗人。一生不仕，曾从陆游学诗，部分作品抒发爱国思想，反映人民疾苦。他的《寄兴》中"黄金无足色，白璧有微瑕"两句，蕴含着看问题必须坚持两分法、两点论的哲学观点。天地万物，都不可能完美无缺，无所不能。特别是在用人上，切勿因求全责备而错失良才，给工作造成损失。战国时期思想家列子说："天有所短，地有所长，圣有可否，物有所通。"唐代翰林学士陆贽也曾说："人之才行，自昔罕全，苟有所长，必有所短。若录长补短，则天下无不用之人；责短舍长，则天下无不弃之士。"鲁迅也说过："倘要完全的书，天下可读的书怕要绝无，倘要完全的人，天下配活的人也有限。"这些都告诉我们，任何人都是有所短有所长的。"水至清则无鱼，人至察则无徒。"看人要看主流、看本质、看发展，用人要用其所长，避其所短，不宜求全责备，这样才能使人才在全面深化改革中各显神通，齐放异彩！

234. 不如意事常八九，可与语人无二三

【原典出处】

（南宋）方岳《别子才司令》

【名句释义】

"不如意事常八九，可与语人无二三"的意思是：在现实生活中不如意的事占十之八九，能在人前说说道道的如意的事连十分之二三都不到。

【觉解镜鉴】

方岳（1199—1262），字巨山，祁门（今安徽祁门）人，南宋诗人，曾任吏部侍郎等职，著有《秋崖集》40卷。南宋后期，他受杨万里、范成大的影响，诗名很大，他有把典故、成语组织为新巧对偶的习惯，《别子才司令》中的"不如意事常八九，可与语人无二三"，是他对人生感悟的著名哲理诗联。表达这种思想的最早出自《晋书·羊祜传》："天下不如意，恒十居七八。"南宋词人辛弃疾《贺新郎·用前韵再赋》中也有"叹人生，不如意事，十常八九"之语。唯物辩证法认为，世界是由矛盾组成的，不如意也是人生的组成部分。每个人都面临着各种各样的矛盾，因而也就经常有各种各样的烦恼、不如意。人生不可能都那么完美，也不可能事事都顺畅、成功，周围的人和事更不可能都以你的主观意志为转移。所以，应该像印度伟大诗人泰戈尔那样，把麻烦看作是生命中赖以表现自己韵律的一部分，豁达从容，泰然处之。

235. 梅须逊雪三分白，雪却输梅一段香

【原典出处】

（南宋）卢梅坡《雪梅》

【名句释义】

"梅须逊雪三分白，雪却输梅一段香"的意思是：从晶莹洁白角度

来讲，梅花逊雪三分，从芳香醉人角度来讲，雪却远远不如梅花。

【觉解镜鉴】

卢梅坡，南宋诗人，他以两首雪梅诗留名千古。他的《雪梅》诗："梅雪争春未肯降，骚人阁笔费平章。梅须逊雪三分白，雪却输梅一段香。"诗人通过对"梅"与"雪"的比较，巧妙地说出各自的特点，并暗喻要一分为二地看问题的哲理。在中国古典文献中，"一分为二"最早是指物质的可分性。《庄子·天下》篇有云："一尺之棰，日取其半，万世不竭。"屈原在《楚辞·卜居》中有另一种解读："夫尺有所短，寸有所长；物有所不足，智有所不明。"隋朝杨上善用"一分为二"解释老子的"道生一，一生二"。宋代的张载、朱熹用"一分为二"来解释与《易》学相关的气分阴阳、一物两体的理论。在现代，毛泽东把矛盾既对立又统一的两个方面概括为"一分为二"。1957 年 11 月 18 日，毛泽东在《党内团结的辩证法》一文中指出："一分为二，这是个普遍的现象，这就是辩证法。"所以，在现实生活中要善于运用一分为二的观点，全面分析矛盾，解决实际问题，防止犯片面性的错误。

236. 滚滚长江东逝水，浪花淘尽英雄

【原典出处】

（明）杨慎《临江仙·滚滚长江东逝水》

【名句释义】

"滚滚长江东逝水，浪花淘尽英雄"的意思是：长江裹挟着浪花奔腾而去，英雄人物随着流逝的江水消失得不见踪影。隐喻是非成败等都是短暂的。

【觉解镜鉴】

杨慎（1488—1559），字用修，四川新都（今成都新都区）人，明代著名文学家，曾任翰林修撰、经筵讲官等职。著作颇丰，有四百余种，存诗约两千三百首，位居"明代三才子"之首。1524 年，他得罪了明世

宗朱厚熜，被发配到云南充军，途经湖北江陵时，看见一个渔夫和一个樵夫两位老者在江边煮鱼喝酒，谈笑风生，突发感慨，便请军士找来纸笔，写下了《临江仙·滚滚长江东逝水》："滚滚长江东逝水，浪花淘尽英雄。是非成败转头空。青山依旧在，几度夕阳红。白发渔樵江渚上，惯看秋月春风。一壶浊酒喜相逢。古今多少事，都付笑谈中。"清初文学批评家毛宗岗评刻《三国演义》时将其放在卷首而流传极广。这是一首咏史词，借叙述历史兴亡，抒发人生感慨，豪放中有含蓄，高亢中有深沉，表达了一种大彻大悟的历史观和人生观，体现出一种高洁的情操和旷达的胸怀。宇宙永恒，人生有限，江水不息，青山常在。品读这首词，就要看清历史发展的必然趋势，看清自己在历史中的位置和可能起到的作用，积极自觉地为国为民建功立业。

237．一发不可牵，牵之动全身

【原典出处】

（清）龚自珍《自春徂秋，偶有所触，拉杂书之，漫不诠次，得十五首》（其一）

【名句释义】

"一发不可牵，牵之动全身"的意思是：扯一根头发就会牵动全身，比喻动一个极小的部分就影响全局。

【觉解镜鉴】

龚自珍（1792—1841），字璱人，仁和（今浙江杭州）人，清代思想家、文学家、诗人。曾任内阁中书、礼部主事等职。主张革除弊政，抵御外国侵略，曾全力支持林则徐禁除鸦片。其诗文多揭露清朝统治者的腐朽，充满爱国热情，被柳亚子誉为"三百年来第一流"。著有《定庵文集》，留存文章三百余篇、诗词近八百首，今人辑为《龚自珍全集》。著名诗作《己亥杂诗》350 首。他的《自春徂秋，偶有所触，拉杂书之，漫不诠次，得十五首》（其一）中的"一发不可牵，牵之动全身"蕴含着部分与整体的辩证关系原理。整体和部分是辩证统一的。整体居于主导地位，整体统率部分，具有部分所不具备的功能。部分在事物的存在和发展过程中处于被支配的地位，部分服从和服务于整体。离开了整体，部分就不成其为部分。整体的功能状态及其变化也会影响到部分。这就要求人们树立全局观念，立足整体，选择最佳方案，实现整体的最优目标，从而达到整体功能大于部分功能之和的理想效果。但整体是由部分构成，离开了部分，整体就不复存在。部分的功能及其变化会影响整体的功能，关键部分的功能及其变化甚至对整体的功能起决定作用。这就要求我们在顾全大局、重视整体的同时，也必须重视部分，善于用局部的发展来推动全局的发展。

二 经典赋文名句镜鉴

（一）法德相辅

238. 德薄而位尊，知小而谋大，力小而任重，鲜不及矣

【原典出处】

西周《周易·系辞下》

【名句释义】

"德薄而位尊，知小而谋大，力小而任重，鲜不及矣"的意思是：如果一个人德行很差但地位很高，智慧很少谋虑很大，能力很小却担负着重任，那就很少有办成大事的。

【觉解镜鉴】

《周易·系辞下》中的"德薄而位尊，知小而谋大，力小而任重，鲜不及矣"，阐明了德、智、力不相称，而做事很少能成功的道理，这实际上就是现代领导科学所讲的职与能相称的原理。人要有自知之明，

德、智、体、能等自身综合素质要与岗位职责相称，否则就会不胜任。遇事要掂量一下自己，能不能挑起这副担子，能不能担负起这个责任，必须要量力而行。《周易·坤》曰："地势坤，君子以厚德载物。"意指只有道德高尚者才能承担重大任务。德不配位，必有灾殃！东汉思想家王符在《潜夫论·忠贵》中说："德不称其任，其祸必酷；能不称其位，其殃必大。"现代领导科学理论中有一条"职能相称，量才任职"原则，是说组织在用人时，首先要作岗位分析，把单位、机构各项工作的性质、责任、权限及任职者应具备什么条件等分析清楚，根据职能相称原则，授予职权，做到大德大才大用，小德小才小用，无德无才不用。

239. 君子以自昭明德

【原典出处】

西周《周易·晋》

【名句释义】

"君子以自昭明德"的意思是：君子要以修身为本，不断积累自身优良品德，并在进步过程中充分展示出来，就像太阳升起向大地昭示光明一样。

【觉解镜鉴】

《周易·晋》中的"君子以自昭明德"，强调了君子要在顺应天地客观规律的前提下展示自身的智慧和力量，要诚意正心地提高自身修养，以弘扬美好的品德来不断提升自己，在社会群体中力争上游，与日月合其明。东汉末年经学大师郑玄说，地虽生万物，日出于上，其功乃著。故君子法之，而以明自照其德。北宋理学家程颐说，明明德于天下，昭明德于外也。明明德在己，故云"自昭"。从个人修养来说，"明"就是美好的品德，升进的过程就是自我修养的过程。修行道德可以分为两个方面：一方面叫"修"，是向内的；一方面叫"行"，是向外的。对于修行道德来说，就是向内修"道"和向外行"德"的有机结合。人能不能不断取得进步以及能取得多大的进步，关键看顺应客观规律修行道德的程度。如果道德修行好，进步就快；如果道德修行不好，就会进步慢或者不进步，甚至会滑向犯罪的深渊。

240. 文明以健，中正而应，君子正也

【原典出处】

西周《周易·同人》

【名句释义】

"文明以健，中正而应，君子正也"的意思是：行为文明健康、秉持中正的中庸之道，这便是君子要行的正道。

【觉解镜鉴】

《周易·同人》中的"文明以健，中正而应，君子正也"，充分体现了《周易》中的"尚中"思想，这一思想被置于最高位置。无论事物如何变易不息，每一状态皆有"中"在。"中"的本意不是折中，而是"无过无不及"。过或不及的标准，就是天地万物自然的法则，就是天道，遵循天道，尚中守中，便是人道。中则无不正，故中又称为中正、正中、中行、中道。中正，便是无过无不及、无偏无邪的恰好状态。这里的"中"并非是抽象的、固定不变的，而是具体的、处于流变状态之中。每个人都处于宇宙生生不息的流转、社会人生无穷变迁的背景之下，宇宙及社会的时、空、物三要素结合起来对人构成了"度"的意义。因此，人们必须做到行止不失其时，既要契合于每一时段，又要偕时不断向前推进，随时通权达变，时刻持守中正之道，彰显光明伟岸之中正人格。这样的品质需要在长期的教育与修炼中涵养而成。

241. 凡治国之道，必先富民

【原典出处】

（春秋）管子《管子·治国》

【名句释义】

"凡治国之道，必先富民"的意思是：治国之道千万条，最首要的是必须使人民富裕起来。

【觉解镜鉴】

管子（约公元前723—前645），名夷吾，字仲，颍上（今安徽阜阳颍上）人，周穆王的后代，辅佐齐桓公创立霸业，春秋时期思想家、政治家、军事家，博通坟典，淹贯古今，有经天纬地之才、济世匡时之略，被誉为"华夏第一相"，著有《管子》24卷85篇，今存76篇，涉及政治、经济、法律、军事、哲学、伦理道德等各个方面。在《管子·治国》中有这样一段论述："凡治国之道，必先富民。民富则易治也，民贫则难治也。奚以知其然也？民富则安乡重家，安乡重家则敬上畏罪，敬上畏罪则易治也。民贫则危乡轻家，危乡轻家则敢陵上犯禁，凌上犯禁则难治也。故治国常富，而乱国必贫。是以善为国者，必先富民，然后治之。"这段话从贫富两方面作了鲜明的对比，进而得出"善为国者，必先富民，然后治之"的道理。管子的"富民论"体现了经济基础决定上层建筑的朴素唯物主义观点，他系统的经济管理和治国理政思想即使在今天也有重要的借鉴意义。

242. 政之所兴，在顺民心；政之所废，在逆民心

【原典出处】

（春秋）管子《管子·牧民》

【名句释义】

"政之所兴，在顺民心；政之所废，在逆民心"的意思是：政治所以兴盛，在于顺应民心；政治所以衰废，在于违背民心。

【觉解镜鉴】

《管子·牧民》中有这样一段话："政之所兴，在顺民心；政之所废，在逆民心。民恶忧劳，我佚乐之；民恶贫贱，我富贵之；民恶危坠，我

存安之；民恶灭绝，我生育之。能佚乐之，则民为之忧劳；能富贵之，则民为之贫贱；能存安之，则民为之危坠；能生育之，则民为之灭绝。故刑罚不足以畏其意，杀戮不足以服其心。故刑罚繁而意不恐，则令不行矣；杀戮众而心不服，则上位危矣！故从其四欲，则远者自亲；行其四恶，则近者叛之。故知予之为取者，政之宝也。"管子从正反两方面论述了政令之所兴在于顺应民心，政令之所废在于违逆民心。人心向背是决定一个政党、一个政权兴衰的根本因素。因此，要把全心全意为人民服务作为一切行动的根本出发点和落脚点，以是否让人民群众满意作为衡量工作好坏的根本标准，要时刻想人民所想，急人民所急，忧人民所忧，着力解决人民群众最关心、最直接、最现实的利益问题，满足人民的需要，提高人民的生活水平，让老百姓过上安心、舒心、顺心的好日子。这是最基本的治国理政之道。

243. 威不两错，政不二门。以法治国则举错而已

【原典出处】

（春秋）管子《管子·明法》

【名句释义】

"威不两错，政不二门。以法治国则举错而已"的意思是：政令不能出多门。以法治国就是一切都按法度来推行。古代"错"与"措"通用，即施行、推行之意。

【觉解镜鉴】

管子在《管子·明法》中提出："威不两错，政不二门。以法治国则举错而已。"是说治国一切都按法度来推行，使各类事情有法可依，最高权威不能设置两个，政令不能出自多门，只有这样才能治理好一个国家。《管子·七法》中还提出"不为爱亲危其社稷"，是说社稷重于亲戚，不能为爱其亲属而违犯法律、危害国家。管子认为，最高领导要以身作则，带头执法，依法办事，这样群臣就服从政令，百官就断事严明，谁

也不敢徇私。他还注重依法治国与以德治国相结合，提出了"仓廪实则知礼节，衣食足则知荣辱"和"守国之度，在饬四维""四维不张，国乃灭亡"的理论。"四维"即礼、义、廉、耻，他把"四维"张与不张提到关系国家生死存亡的高度来认识，即一维绝则倾，二维绝则危，三维绝则覆，四维绝则灭。倾可正也，危可安也，覆可起也，灭不可复错也。我们今天坚持依法治国与以德治国相结合，要以史为鉴，取其精华，去其糟粕，加以扬弃，经过科学分析，予以继承和改造，以加快推进国家治理体系和治理能力的现代化。

244. 德莫高于爱民，行莫贱于害民

【原典出处】

（春秋）晏婴《晏子春秋·内篇问下》

【名句释义】

"德莫高于爱民，行莫贱于害民"的意思是：爱护百姓是最高尚的品德，祸害百姓是最卑鄙的行为。

【觉解镜鉴】

晏婴（公元前578—前500），字仲，又称晏子，夷维（今山东高密）人，春秋时期政治家、思想家、外交家，以有政治远见、外交才能和作风朴素闻名诸侯。孔子曾称赞他："救民之姓而不夸，行补三君而不有，晏子果君子也。"传世有《晏子春秋》。此书记载了许多晏婴劝告君主勤政，不要贪图享乐，以及爱护百姓、任用贤能和虚心纳谏的事例，为后人树立了榜样。《晏子春秋·内篇问下》中的"德莫高于爱民，行莫厚于乐民"深刻反映出他的爱民思想和情怀。老子在《道德经》第四十九章中指出："圣人无常心，以百姓之心为心。"俗话说"当官不为民作主，不如回家卖红薯"。所以，今天各级领导干部应该牢记全心全意为人民服务的根本宗旨，一切从人民的根本利益出发，同人民群众打成一片，时刻把人民冷暖放在心中，把解决民生问题放在一切工作的首位，及时

准确了解群众所思、所盼、所忧、所急，把工作做扎实、做深入、做细致、做精准。

245. 治大国，若烹小鲜

【原典出处】

（春秋）老子《道德经》

【名句释义】

"治大国，若烹小鲜"的意思是：烹调小鱼胡乱翻动就会碎烂，治理国家也是一样，不能频繁地扰民，否则就会遭到人民群众的反感、反对，社会就不会和谐稳定。

【觉解镜鉴】

老子《道德经》第六十章中曰："治大国，若烹小鲜。以道莅天下，其鬼不神。非其鬼不神，其神不伤人；非其神不伤人，圣人亦不伤人。夫两不相伤，故德交归焉。"其大意是治理国家就像烹调小鱼，经不起乱翻动，否则就散乱不堪了。相反，若用符合客观规律的道来治理天下，那些害人的妖魔鬼怪、歪风邪气就无法兴风作浪了。不是它们不想祸害人民，而是明智的统治者所制定的制度、法律使它们无法荼毒人民。正是因为人民不受鬼邪和不正之风的伤害，所以就天下万民归心了。《韩非子·解老》也有"烹小鲜而数挠之，则贼其宰；治大国而数变法，则民苦之"之语。唐玄宗也曾说："烹小鲜者，不可挠，治大国者，不可烦，烦则伤人，挠则鱼烂矣。"这些都是提醒执政者做任何事情和决策都需要把握好原则，不能朝令夕改、随意搅动、胡乱折腾，而要遵从社会发展的客观规律。秦统一天下后百般干扰人民的正常生活，结果爆发农民战争，导致秦朝迅速灭亡。历史的教训一定要牢牢记住。

246. 树德务滋，除恶务本

【原典出处】

春秋《尚书·泰誓下》

【名句释义】

"树德务滋，除恶务本"的意思是：向人民群众施行德惠务须力求普遍，消除邪恶一定要连根铲除，越彻底越好。

【觉解镜鉴】

《尚书·泰誓下》曰："树德务滋，除恶务本。"《尚书》之后的《左传》中也有"树德莫如滋，去疾莫如尽"的提法。古人的这种思想包括两个方面：一方面，从政者要把经济社会发展的成果广泛地惠及人民群众；另一方面，对邪恶势力不能心慈手软，要穷追猛打，除恶务尽。这种思想对于当今依然具有借鉴意义。一方面，要抓好民生工作，让改革的成果更多地惠及人民，让群众过上更高水平的生活；另一方面，要坚决把反腐败斗争进行到底。纵观中国历史，因为吏治腐败而导致国家衰败、朝代更迭的前车之鉴不在少数。以清朝嘉庆年间为例，由于嘉庆宽仁有余而严厉不足，在反腐败稍见起色之后便不再严厉惩贪，一些贪赃枉法的官吏因种种理由受到恩免，即便是惩办巨贪和珅也为了不大规模地牵连百官而草草结案，致使清王朝由此走上日益衰败之路。前事不忘，后事之师。反腐败关系人心向背，关系党和国家生死存亡。如果任由腐败横行，不对腐败采取断然措施，就有可能亡党亡国。所以，反腐败永远在路上，不能半途而废。

247. 必有忍，其乃有济；有容，德乃大

【原典出处】

春秋《尚书·君陈》

【名句释义】

"必有忍，其乃有济；有容，德乃大"的意思是：学会忍耐才能有成功；有宽广的胸怀才算具备了大德。

【觉解镜鉴】

《尚书·君陈》曰："必有忍，其乃有济；有容，德乃大。"其中的忍德有以下几方面的含义：一是面对逆境恶缘、不如意的人与事要忍，不可轻易发生冲突；二是面对顺境好事、喜欢的人与物同样要忍耐，不能过分贪恋执迷；三是面对自然界风霜雨雪的侵袭要有坚强的忍耐性，不能轻易被自然外力摧垮；四是面对事情发展中节点的转换也要忍耐随顺，不能急躁鲁莽。总之"小不忍则乱大谋"。同时还要明白，有忍与有容是相辅相成的。容包括的范围很广，在原则范围内，对人的过失要宽容；不同的民族、文化要兼容并蓄；还要涵容自然界的万物。"量大福大""宰相肚里能撑船，将军额上能跑马"等，都是非常有道理的。做人能包容一切，方能接受一切；忍耐一切，然后才能改变一切、克服一切。这与一个人的文化内涵、人生历练、思想品质息息相关，是人生修养的至高境界。

248.为政以德，譬如北辰，居其所而众星共之

【原典出处】

春秋《论语·为政》

【名句释义】

"为政以德，譬如北辰，居其所而众星共之"的意思是：当政者运用道德来治国理家，有德于民，就会得到人民的拥护，犹如众星围绕着北极星一样。

【觉解镜鉴】

《论语·为政》中的"为政以德，譬如北辰，居其所而众星共之"，代表了孔子的德治思想，这是儒家德治论的主张，儒家继承和发展了西

周的"明德慎罚"，并进行了改造。儒家突出了"德"的政治意义，主要包括宽惠使民和实行仁政，认为"德"是治理国家、赢得民心民力的主要方法。这一思想对于今天的治国理政仍具有重要的借鉴意义。从政者在治理国家的过程中要注意修养官德，不断提升自身道德修养。以德治国重在提升官德，以官德的提升带动民德的提高。"官"为民之表率，"官风"决定着民风。领导干部的道德行为应成为群众的楷模和标杆，以自己的榜样和模范行动来影响广大人民群众。"上梁不正下梁歪，中梁不正倒下来"。如果领导干部不以身作则，起不到道德表率作用，对人民群众的道德教育就会空洞乏力，就会出现"官德毁而民德降"的现象，给党和人民事业带来巨大危害。对这一点应该有清醒认识。

249. 奉法者强则国强，奉法者弱则国弱

【原典出处】

（战国）韩非子《韩非子·有度》

【名句释义】

"奉法者强则国强，奉法者弱则国弱"的意思是：贯彻执行法律的人强大且执法坚决，那么国家就会由弱变强；反之，国家就会由强变弱。

【觉解镜鉴】

韩非（约公元前 280—前 233），人称韩非子，新郑（今河南新郑）人，战国著名政治家、思想家、哲学家、法学家。他从"观往者得失之变"中探索变弱为强的道路，写了十余万言的著作，全面系统地阐述了他的法治思想，辑为《韩非子》55 篇。书中的思想理论备受秦王嬴政赏识，在指导秦统一六国过程中起了重要作用。但韩非遭到同窗李斯等人的嫉妒而被下狱毒死。他在《韩非子·有度》中指出："奉法者强则国强，奉法者弱则国弱。"这说明国家的强弱富贫不是一成不变的，强国在一定条件下会变弱，弱国奋发图强则会变强，这就是国家强弱转变的历史辩证法。转化是在一定条件下发生的，而重要条件之一就是当政者

能否实行法治和执法的态度是否坚决。今天作为立法和执法者，一定要做到执法必严、违法必究、铁面无私，让人民群众在每一个司法案件中都能感受到公平正义。人民群众的法治信仰在于守法者得利、违法者受罚。在执法过程中，任何组织或者个人都必须在宪法和法律范围内活动，这样才能保障我们的国家越来越强大。

250. 法不阿贵，绳不挠曲

【原典出处】

（战国）韩非子《韩非子·有度》

【名句释义】

"法不阿贵，绳不挠曲"的意思是：法不偏袒权贵，法律的准绳决不能屈从于邪恶，就像木匠用的墨线不会迁就弯曲的木料一样。

【觉解镜鉴】

韩非子在《韩非子·有度》中指出："故以法治国，举措而已矣。法不阿贵，绳不挠曲。法之所加，智者弗能辞，勇者弗敢争。刑过不避大臣，赏善不遗匹夫。"这是说法律面前人人平等，只要触犯法律，都应该受到法律的制裁。韩非的法律观彻底否定了所谓"刑不上大夫"的宗法等级制传统，把法律作为衡量、裁决所有功过曲直的准绳，凡犯法者皆受惩罚。这种思想体现了积极进步的历史意义，是对中国法制思想的重大贡献。今天在全面依法治国的过程中，党员干部要带头尊崇法治、敬畏法律，转换思维方式和行为方式，做学法、守法、用法的模范。尤其要抓住领导干部这个"关键少数"，必须牢牢把握法律红线不可越、法律底线不可碰，带头营造办事依法、遇事找法、解决问题用法、化解矛盾靠法的法治环境。不管是谁违纪违法都要受到追究严惩。

251. 闻之于政也，民无不为本也

【原典出处】

（西汉）贾谊《新书·大政上》

【名句释义】

"闻之于政也，民无不为本也"的意思是：历代统治者治国理政，没有不以人民为根本的。

【觉解镜鉴】

贾谊（公元前200—前168），河南洛阳人，西汉著名政治家、思想家、文学家。他在《新书·大政上》中提出的"闻之于政也，民无不为本也"意指人民是国家的"本和命"。"本"就是以人民群众为出发点；"命"就是把老百姓看作是命根子。贾谊充分吸取了秦王朝从"席卷天下""威镇海内"到迅速败亡的历史教训，也看到了人民在其中所起的巨大作用。历史唯物主义认为，人民群众是历史的创造者，离开人民群众就寸步难行，一事无成。我们党最大的政治优势是密切联系群众，最大的危险是脱离群众，最容易犯的错误是以权谋私，最容易失去民心的是腐败堕落。党和国家的前途与命运最终取决于人心向背，如果不能赢得最广大人民群众的支持和拥护，就必然会垮台。古人云："为官之道，先存百姓；执政之要，顺乎民心""政之所兴，在顺民心；政之所废，在逆民心。"所以，要树立以人民为中心的工作导向，把服务群众同教育引导结合起来，把满足需求同提高素养结合起来，同心共圆中国梦。

252. 仁谊（义）礼知（智）信五常之道，
王者所当脩饬也

【原典出处】

（西汉）董仲舒《举贤良对策·第一次对策》

【名句释义】

"仁谊（义）礼知（智）信五常之道，王者所当脩饬也"的意思是：儒家把仁、义、礼、智、信列为五常之道，统治者应当用这些来约束自己和教育人民。

【觉解镜鉴】

董仲舒（公元前179—104)，广川（今河北景县）人，西汉著名思想家、哲学家、政治家、教育家。孔子曾将"智仁勇"称为"三达德"，又将"仁义礼"组成一个系统。孟子在仁义礼之外加入"智"，构成四德。董仲舒在《举贤良对策·第一次对策》中又加入"信"，并将仁义礼智信说成是与天地长久的"常道"，称为"五常"。两千多年来，这"五常"贯穿于中华伦理的发展中，成为中国传统价值体系中的核心因素。我们所践行的社会主义核心价值观就是以中国优秀传统文化的历史积淀为基础的。"仁义礼智信"是社会主义核心价值观的文化基因和精神内核。在治国层面，富强民主文明和谐有着仁、义、礼的深刻内涵；在社会层面，"义"和"礼"与自由、平等、公正、法治有着相互贯通、相互渗透的文化内涵；在个人层面，"智"和"信"是爱国、敬业、诚信、友善的精神基因。我们要充分汲取"五常"的合理内核，同践行社会主义核心价值观有机结合起来，以达到最佳治国理政效果。

253. 法立，有犯而必施；令出，唯行而不返

【原典出处】

（唐）王勃《上刘右相书》

【名句释义】

"法立，有犯而必施；令出，唯行而不返"的意思是：法律一经制定，只要触犯就必须按法律处理；政令一经颁布，就要坚决执行。

【党解镜鉴】

王勃（650—676），字子安，绛州龙门（今山西河津）人，与杨炯、卢照邻、骆宾王并称"初唐四杰"，擅长五律和五绝，主要文学成就是骈文，代表作有《滕王阁序》等。他在《上刘右相书》中的"法立，有犯而必施；令出，唯行而不返"，强调了法律的严肃性及建立法律权威的重要性。法律、政令一旦制定、颁布，就必须坚决照办、执行。《旧唐书·戴胄传》中也说："法者，国家所以布大信于天下也。"这些都充分说明法律是国家向天下公布的大信用以及法律的严肃性和权威性。法律的权威性和生命力在于实施，只有建立健全依法办事、依法维权、违法必究的规则和机制，才能树立法治权威，维护正常的社会秩序。"天下之事，不难于立法，而难于法之必行"，任何法律，如果没有严格执行，就会形成"破窗效应"，损害法律尊严，动摇法律根基。只有惩治执法腐败现象，才能确保法律的有效实施和法治权威。古人云"法令既行，纪律自正，则无不治之国，无不化之民"。因此，要加强法制教育，形成守法光荣、违法可耻的社会氛围，使全体人民都成为社会主义法治的忠实崇尚者、自觉遵守者、坚定捍卫者。

254. 法，国之权衡也，时之准绳也

【原典出处】

（唐）吴兢《贞观政要·公平》

【名句释义】

"法，国之权衡也，时之准绳也"的意思是：法律是治理国家的度量衡，是约束社会中一切事物的准绳。度量衡是用来确定轻重的，准绳是用来校正弯曲的。

【党解镜鉴】

吴兢（670—749），汴州浚仪（今河南开封）人，唐代著名史学家，居史馆任职三十余年，著作颇丰，主要有《贞观政要》《太宗勋史》《唐

春秋》《唐书备阙记》等，一部《贞观政要》使他留名千古。此书总结了唐太宗时代的政治得失，记述了贞观年间唐太宗与魏徵等大臣的问答、皇帝的诏书、大臣的谏议奏疏等，内容广泛，涉及政治、经济、军事、文化、社会、思想、生活等方方面面，是中国开明封建统治的战略和策略、理论和实践的集大成者，为后世提供了宝贵的史料。《贞观政要·公平》中"法，国之权衡也，时之准绳也"阐明了法律是国家的秤、社会的准绳，强调秤是用来判定轻重的，准绳是用来纠正弯曲的，形象地说明了法律是规范人们行动的准则。今天依法治国事关党和国家的长治久安，全面依法治国是协调推进"四个全面"战略布局的基础和法治保障。党员干部必须带头尊法学法守法用法，切实提高运用法治思维和法治方式解决问题的能力，以更加有效地推进全面依法治国。

255. 石以砥焉，化钝为利。法以砥焉，化愚为智

【原典出处】

（唐）刘禹锡《砥石赋》

【名句释义】

"石以砥焉，化钝为利。法以砥焉，化愚为智"的意思是：用砥石磨砺可以使刀化钝为利，以法制治理天下就能化愚为智。

【觉解镜鉴】

《砥石赋》是刘禹锡被贬任朗州司马期间而写的。文中的"石以砥焉，化钝为利。法以砥焉，化愚为智"是他对治国之道的理性思考。他认为砥石因为磨砺而使刀化钝为利，用法制治理天下就能化愚为智。法律的砥砺作用是由它的几个特征所决定的。一是法律具有强制性，既表现为国家依法对违法行为的否定和制裁，也表现为国家依法对合法行为的肯定和保护。二是法律具有明示作用，告诉人们哪些事情能做，哪些事情不能做。三是法律具有校正作用，即它能把误入歧途的人拉回到正道上来。四是法律具有预防作用，它能使人们对法令、制度、规矩、纪

律等产生敬畏之心，能净化人的心灵，辅助管理教育和思想道德的培养，促使人们辨别是非、分清黑白。总之，法律能帮助扭转党风、政风和社会风气，从而改善政治生态和社会环境。由此可见，法律的"砥石"作用和"化愚"作用是十分明显的。

256. 立善法于天下，则天下治

【原典出处】

（北宋）王安石《周公》

【名句释义】

"立善法于天下，则天下治"的意思是：为天下制定好法制，天下就会太平。

【党解镜鉴】

王安石在《周公》一文中提出："立善法于天下，则天下治；立善法于一国，则一国治。"这说明不仅要立法，而且必须立"善法"。法律是社会的基本规则，只有对国家发展有益、对社会治理有益的法才是善法。善法，首先，要符合国情，不可原样照搬其他国家的。其次，应以人为本，能正确反映和统筹兼顾不同方面群众的利益，切实维护公民合法权益。只有这样，才能有利于国家的发展和社会的稳定。所以，要不断从新的历史起点出发，完善法律制度、健全实施机制、丰富法治文化，让特权思想、人治观念和官本位思维无从作祟，真正体现立法、守法、执法、用法的有机统一，让人民群众感受到真正的公平正义，达到"天下太平"。

257. 法令既行，纪律自正，则无不治之国，无不化之民

【原典出处】

（北宋）包拯《包拯集·上殿札子》

【名句释义】

"法令既行，纪律自正，则无不治之国，无不化之民"的意思是：法令既然实行，就必须严格纪律，打铁先要自身硬，从上层做起，从点滴做起，那就没有治理不好的国家，没有教化不好的百姓。

【觉解镜鉴】

《包拯集·上殿札子》是包拯针对有法不依、执法不严的弊端，写给宋仁宗的奏折，提出要治理好国家、法令要彰明必须先从皇帝做起。指出治国理政的关键是"法令既行，纪律自正"，做到这一点，就"无不治之国，无不化之民"。千年传美名的"包青天"，以法律"提衡天下"的法治主张以及执法如山的实践，对我们今天的治国理政仍有重要的借鉴意义。严格执法要求在执行法规或掌握标准时，从上至下不放松、不走样，做到严格、公平、公正。这就要求执法人员必须做到：一是秉公执法、严肃执法，严格按照法律规定和程序办案，真正做到以事实为依据，以法律为准绳；二是尽职尽责，对发生的违法行为敢于纠正并依法处罚，不搞"态度执法""关系执法""人情执法"。对于一个法治国家，只有依法行政，体现国家意志，代表人民利益，才能创造良好的政治生态环境。

258. 致理之要，惟在于安民，安民之道，在察其疾苦

【原典出处】

（明）张居正《请蠲积逋以安民生疏》

【名句释义】

"致理之要，惟在于安民，安民之道，在察其疾苦"的意思是：治理国家的重点，在于安民，安民的原则，在于体察百姓的疾苦。

【觉解镜鉴】

张居正（1525—1582），字叔大，湖广江陵（今湖北荆州）人，明代著名政治家、改革家，官至内阁首辅，辅佐万历皇帝开创了"万历新

政"。在任 10 年中，实行了一系列改革措施，也是明代唯一生前就被授予太傅、太师的大臣。他在《请蠲积逋以安民生疏》中说的"致理之要，惟在于安民，安民之道，在察其疾苦"，所体现的民本思想与其以前的古代思想家所主张的民本思想是一脉相承的。西汉政治家、思想家贾谊在总结以往历史教训特别是秦朝灭亡的历史教训后，在他所著《新书·大政》中指出："夫民者，乃世之本也。"他认为，国家的治乱兴衰取决于民心的向背，只有赢得民心，才能保住江山社稷。因此，安民是国家稳定、社会发展的核心，只要民众安居乐业，国家就不会发生动乱，社会就稳定发展。他还在《新书·过秦论》中指出："牧民之道，务在安之而已矣。下虽有逆行之臣，必无响应之助，故曰：'安民可与为义，而危民易与为非'，此之谓也。"这些都告诉我们，安民是治国理政的极其重要的问题。那么，怎样才能安民呢？张居正认为"安民之道，在察其疾苦"。从张居正与历史上诸多政治家、思想家关于安民之道的论述来看，要想真正安民，主要应做到这样几点：一是富民是安民的坚实基础，人民只有富裕了才能安居乐业。二是安民必须帮助人民群众解决突出矛盾和重点难点问题，消除他们的后顾之忧，让他们心情舒畅地工作和生活。三是实行法治，使整个社会和谐有序地运转。四是进行道德教化，建立风清气正的精神家园。

259. 惧法朝朝乐，欺公日日忧

【原典出处】

明《增广贤文》

【名句释义】

"惧法朝朝乐，欺公日日忧"的意思是：敬畏和遵守国家法律法规就会坦然无忧；反之，则会日日寝食难安。

【觉解镜鉴】

明代编写的《增广贤文》中的"惧法朝朝乐，欺公日日忧"说明了守法常乐、犯法常忧的道理。《增广贤文》中有："为人莫做亏心事，半夜敲门心不惊。"明代大臣万钢也曾说："畏法度者最快活。"这些都在告诫人们要严格慎独自律，坚守道德底线，不做违纪违法的事情，心里才会踏实。否则便会整日提心吊胆，魂不守舍。党员干部应当算好一旦堕落为腐败分子的几笔账：政治上断送前途；经济上人财两空；名誉上身败名裂；家庭会众叛亲离；身陷牢狱不自由；疾病也会找上门。所以，要想明白、算清账，切实管住心、管住嘴、管住腿、管住手，筑起拒腐防变的坚固防线，永葆共产党人的先进性和纯洁性，坦坦然然过一生。

（二）反腐倡廉

260. 善不积不足以成名，恶不积不足以灭身

【原典出处】

西周《周易·系辞下》

【名句释义】

"善不积不足以成名，恶不积不足以灭身"的意思是：不积累德善就不能成为一个有名望的人；不做坏事就不会自我毁灭。

【觉解镜鉴】

《周易·系辞下》中的"善不积不足以成名，恶不积不足以灭身"，是说善与恶积累到一定程度都会发生质变，成名、灭身各有相应的量变前提。善恶无论大小，都不可轻视。积小善成大善，可使平凡变为伟大。日积月累，由少成多，就能办大事情。恶也一样，积小恶可酿大祸。病菌遇到适合的环境就会快速繁殖。但恶的倍增更加厉害，千里之堤溃于蚁穴。常言道：学坏容易，学好难。人如不付出艰苦的劳动，不脚踏实地地工作，不作点点滴滴地积累，是难以有所成就的。如没有平时的为

非作歹，怙恶不悛，也不至于导致身败名裂或招来杀身之祸。清楚正反两方面的利害，何去何从，就不言自明了。

261. 祸兮，福之所倚；福兮，祸之所伏

【原典出处】

（春秋）老子《道德经》

【名句释义】

"祸兮，福之所倚；福兮，祸之所伏"的意思是：祸是造成福的前提，而福又含有祸的因素。在一定的条件下，福就会变成祸，祸也能变成福。也就是说，好事和坏事是可以互为变换的。

【觉解镜鉴】

老子《道德经》第五十八章中的"祸兮，福之所倚；福兮，祸之所伏"，精辟地说明了矛盾对立的双方可以相互转化的辩证法。这是老子在哲学上的重大贡献。现实世界中，的确是祸中有福、福中有祸。坏事在一定条件下可变为好事，好事在一定条件下也可变为坏事。任何事情都存在着相互转化、变换的可能性。中国民间流传了千百年的"塞翁失马"的故事，也说明了福祸相伴相生之理。无论是福还是祸，要调整好自己的心态，超越时间和空间去观察问题，充分考虑到事物有可能在一定条件下转变为它的反面。这样，无论福事变祸事，还是祸事变福事，都有足够的心理准备，从容应对。

262. 甚爱必大费，多藏必厚亡

【原典出处】

（春秋）老子《道德经》

【名句释义】

"甚爱必大费，多藏必厚亡"的意思是：过分爱惜必付出代价，丰

厚贮藏必招致灭亡。

【觉解镜鉴】

老子《道德经》第四十四章中的"甚爱必大费，多藏必厚亡"，暗喻腐败必然会付出惨痛的代价。一个贪爱物欲的人，必定会想尽一切办法来满足自己的贪欲，以至于利令智昏、不择手段，甚至会以身试法，最后自掘坟墓。所以，凡事不可太贪婪，否则聚敛的财富越多，失去的其他东西也就越多，担负的风险也就越大。损失不仅是指物质财富，还包括人的精神、人格、品质等方面，这种损失是无法估量的。春秋时的宋国大夫子罕清正廉洁，受人爱戴，曾有人得到一块宝玉，请人鉴定后拿去献给他，子罕拒不接受，说："您以宝玉为宝，而我以不贪为宝。如果我接受了您的玉，那我们俩就都失去了自己的宝物。倒不如我们各有其宝。"德国古典哲学家康德提出了"二律背反"的理论，认为相互联系的两种力量之间存在此消彼长的的作用。当你追求钱财、名利的时候，你就会失去一些别的东西，如健康、家人、良心等。凡事都要有一个度，杯子太满了，水就会溢出来。"金玉满堂，莫之能守"，对名利、财富的追求不应太过，以免"甚爱必大费，多藏必厚亡"。

263. 祸莫大于不知足，咎莫大于欲得

【原典出处】

（春秋）老子《道德经》

【名句释义】

"祸莫大于不知足，咎莫大于欲得"的意思是：不知足是最大的祸害，放纵私欲是莫大的凶险。

【觉解镜鉴】

"祸莫大于不知足，咎莫大于欲得"是老子《道德经》第四十六章中的一句警语，高度概括了贪欲与招祸的关系。司马迁在《史记·范雎蔡泽列传》中强调："欲而不知足，失其所以欲；有而不知止，失其所

有。"古往今来，多少贪夫徇财，常常由贪得无厌不知足、不知止开始，最后自取其祸，栽入罪恶的泥潭。历史上臭名昭著的贪腐之王和珅，他所聚敛的财富竟超过了清朝政府 15 到 20 年的财政收入。最后也只是过眼烟云，可他永远被钉在了历史的耻辱柱上。可见，不知足、不满足是枷锁，贪求私欲是牢笼。特别是党员、干部，一定要看透一切，彻悟人生，明白知足不辱的道理。要珍爱自己，把律己贯穿于做人做事为官的各个方面，时刻保持一颗平常心，作遵纪守法的表率，走好人生路。

264. 多行不义必自毙

【原典出处】

（春秋）左丘明《左传·隐公元年》

【名句释义】

"多行不义必自毙"的意思是：不义的事情干多了必然会自取灭亡。

【觉解镜鉴】

左丘明（约公元前 556—约前 451），春秋末期鲁国（今山东肥城）人，知识渊博，品德高尚。他撰写的《左传》在历史、文学、科技、军事等方面具有重要价值。"多行不义必自毙"出自《左传·隐公元年》，讲述的是春秋时期，郑武公死，长子庄公继位，其弟共叔段图谋篡位，在封地内招兵买马，修整军备。这时郑大夫祭仲深表不安，谏庄公早除共叔段，以绝后患。庄公答曰："多行不义必自毙，之姑待之。"不久，果如其言，共叔段狂妄自大，蚕食边邑，且欲攻郑都。庄公见时机成熟，便出兵攻共叔段，将其逐出郑国。这个故事还阐释了一条普遍真理，即"得道者多助，失道者寡助"。几乎可以说，古往今来，凡是违法乱纪、作恶多端、搞阴谋诡计的人，都没有好下场，最终都会落得个搬起石头砸自己的脚，甚至砸自己头的下场。

265. 千丈之堤，以蝼蚁之穴溃

【原典出处】

（战国）韩非子《韩非子·喻老》

【名句释义】

"千丈之堤，以蝼蚁之穴溃"的意思是：即使是极小的蚂蚁洞也应立即填补，不让它漏水，以免小洞逐渐扩大决口，造成大灾害。

【觉解镜鉴】

《韩非子·喻老》中的"千丈之堤，以蝼蚁之穴溃"深刻揭示了因小失大的道理。就像一个人腐败堕落，往往是从贪占"小便宜"开始的。韩非在此文中讲了白圭巡视长堤时堵塞小洞，老人谨防烟囱跑火而涂封缝隙。因此，白圭没有水灾，老人没有火灾。这是警示人们，越是细小的漏洞越要更加谨慎对待，以免造成大祸。要因势利导，防患于未然。千万不要轻视这一点一滴的小错，事情的发展就是一个由小到大的过程。当存在微小的安全隐患时，如果不给予足够的重视和及时处理，就会留下无穷的后患。一个领导干部如果在小事小节上失守，就很难在大事大节上守得住，这是被无数事实证明了的一条定律。因此，要认真对待小事，绝对不能放纵自己，莫让所谓的"人情往来"成为"温水煮青蛙"，否则必将酿成大错，悔恨终生。

266. 乘理虽死而非亡，违义虽生而匪存

【原典出处】

（东汉）赵壹《刺世疾邪赋》

【名句释义】

"乘理虽死而非亡，违义虽生而匪存"的意思是：坚持真理即使死了精神也不灭，违背正义即使活着也犹如死了一样。

【党解镜鉴】

赵壹（122—196），字元叔，汉阳西郡（今甘肃陇南礼县）人，东汉辞赋家，著赋、颂、箴、诔、书、论及杂文等十六篇，今存五篇，其中《刺世疾邪赋》是他的代表赋作。这是一篇讽刺不合理的世事、憎恨邪恶势力的作品，仅四百余字，深刻揭露了当时社会从执政宦官的阿谀谄佞到昏庸皇帝的极端腐败政局。东汉后期，政治极端黑暗，宦官集团把持朝政，买官卖官，贿赂公行。当时有一歌谣："举秀才，不知书。察孝廉，父别居。寒素清白浊如泥，高第良将怯如鸡。"一切清浊贤愚混淆不清，黑白忠奸颠倒不分。赵壹生活在这样的时代，但他不趋炎附势，不愿与邪恶势力同流合污，面对世道黑暗、争权夺利、法纪颓败、民不聊生的时局，他慷慨奋笔，写成千古名篇《刺世疾邪赋》。此赋中的"乘理虽死而非亡，违义虽生而匪存"，是他对当时一些社会现象的深刻揭露和总结。臧克家在《有的人——纪念鲁迅有感》中的"有的人活着，他已经死了；有的人死了，他还活着"与此意思相近。这对于党员干部尤其是领导干部廉洁从政具有重要的现实教育意义。

267. 慎则祸之不及，贪则灾之所起

【原典出处】

（唐）姚崇《辞金戒并序》

【名句释义】

"慎则祸之不及，贪则灾之所起"的意思是：小心谨慎可远离祸害，贪得无厌是诱发灾祸的根源。

【党解镜鉴】

唐代名相姚崇《辞金戒并序》中"慎则祸之不及，贪则灾之所起"，是说为人谨慎廉洁，就能远离灾祸；而贪得无厌、腐败泛滥，灾祸就由此而起。这一人生哲理对今天正党风、树民风有着重要的警示作用。古人云：无欲是圣人，寡欲是凡人，纵欲是狂人。也就是说，欲望人皆有

之，掌控有度不会带来灾害；如果贪欲无度则是开启牢狱之门的钥匙。所以，党员干部要常以理智约束欲望，防止欲望像脱缰的野马随便狂奔。不论什么时候都一定要慎思、慎行，多做有利于人民的事，不做祸害人民的事；多做让人民满意的事，不做使人民愤恨的事；多做为党旗添光彩的事，不做给党旗抹黑的事。

268. 物必先腐也，而后虫生之

【原典出处】

（北宋）苏轼《范增论》

【名句释义】

"物必先腐也，而后虫生之"的意思是：东西一定是自身先腐烂，蛀虫才会生出来。

【党解镜鉴】

苏轼《范增论》中的"物必先腐也，而后虫生之"是一个具有深刻哲理的结论。它告诉人们要加强自身道德修养，防止腐败隐患的产生，以免酿生更大祸端。党的性质与腐败是水火不相容的，若对腐败任其泛滥，不加以遏制和铲除，将会导致亡党亡国。因此，党员干部必须增强拒腐防变的能力。2017年2月13日，习近平在中央党校省部级主要领导干部学习贯彻十八届六中全会精神专题研讨班开班式讲话中提出要"增强政治定力、纪律定力、道德定力、抵腐定力"的要求，落实这一要求对于增强拒腐防变能力具有重要意义。党员干部一定要加强"四个定力"的修炼，逐渐炼就拒腐防变的"金钟罩""铁布衫"，铸成拒腐防变的"金刚不坏之身"，这样才能使自己不腐败变质，才能避免自生蛀虫。

269. 当官之法，唯有三事，曰清、曰慎、曰勤

【原典出处】

（南宋）吕本中《官箴》

【名句释义】

"当官之法，唯有三事，曰清、曰慎、曰勤"的意思是：为官的法则，必有三项，即清廉、谨慎、勤恳。

【觉解镜鉴】

吕本中（1084—1145），字居仁，寿州（今安徽寿县）人，南宋诗人、道学家，宋仁宗朝宰相吕夷简玄孙，宋哲宗元祐年间宰相吕公著曾孙。存诗数量较大，约1270首，早年效法陈师道、黄庭坚，诗风轻松流美、清新可爱，后期推崇李白、苏轼，诗风更为浑厚。曾任济阴主簿、中书舍人。一生著述甚丰，有《春秋集解》《五州录》等。《官箴》是他所撰居官格言之类的著作，以"当官之法，唯有三事，曰清、曰慎、曰勤"为引领统率全书，揭示了历朝历代当官的法则都不能离开"清廉、谨慎、勤勉"三要素。今天的党员干部理应努力践行党的全心全意为人民服务的根本宗旨，做清廉、谨慎、勤恳的带头人，这样才能受到人民的信赖和拥戴。

270. 公生明，廉生威

【原典出处】

（明）年富《官箴》

【名句释义】

"公生明，廉生威"的意思是：公道才能严明，廉洁才能有威可畏。

【觉解镜鉴】

年富（1395—1464），字大有，安徽怀远梅桥乡（今安徽蚌埠淮上区）人，历仕明成祖、明仁宗、明宣宗、明英宗、景泰帝和明宪宗六朝，先后在地方和中央部门任职，曾任兵部右侍郎兼山东巡抚、户部尚书等多种职务。不论在哪里为官，年富都能清廉刚正，从而成为一代名臣。据考证，"吏不畏吾严而畏吾廉，民不服吾能而服吾公；公则民不敢慢，廉则吏不敢欺"之言，最早出自明初学者曹端之口，后年富对其稍作改动，并增了"公生明，廉生威"，用楷书恭写，作为自己为官的座右铭。1501 年，泰安知州顾景祥将其刻碑立于泰安府衙，以儆官员。1524 年，郭允礼任无极知县时将其镌刻于石，被后人誉为"官箴石"。由此可见，这 36 字"官箴"，是中国几百年积淀下来的廉政文化精髓，可谓字字警策，句句药石，点明了"公"和"廉"是为官之本。为官者只要公正无私、清正廉洁，自然就会拥有较高的威信，群众也会心生敬畏之意，从而形成令行禁止、政通人和的可喜局面。

271. 余因尽瘁国事，不治家产

【原典出处】

孙中山　家事遗嘱

【名句释义】

"余因尽瘁国事，不治家产"的意思是：我一生精力都投入到救中国的事业中，无心考虑积蓄置办家产之事。

【觉解镜鉴】

孙中山一生清正廉洁、克己奉公，以振兴中华为己任，鞠躬尽瘁，死而后已。他在制定实施新制度新政策等方面，处处以身作则，严格要求自己，曾对来访者说："总统在职一天，就是国民的公仆，是为全国人民服务的。总统离职以后，又回到人民队伍里去，和老百姓一样。"他临终前的最后一句话是："和平、奋斗、救中国。"他在家事遗嘱中这样写道："余因尽瘁国事，不治家产，其所遗衣物书籍住宅等，一切均付吾妻宋庆龄，以为纪念。余之儿女，已成长，能自立，望各自爱，以继余志。此嘱。"他所说的住宅，即是南美华侨赠送给他的上海住宅，除此之外什么都没有，唯一有的就是把毕生精力全部奉献给国家和人民事业的一颗赤胆忠心。这一切人民是不会忘记的，将永垂青史，万古流芳。

（三）帅正垂范

272. 笃实辉光，日新其德

【原典出处】

西周《周易·大畜》

【名句释义】

"笃实辉光，日新其德"的意思是：刚健笃实光彩辉映，就能日长品德。

【觉解镜鉴】

《周易·大畜》中的"刚健笃实辉光，日新其德"，是说刚健和诚实，两者交相辉映，就能天天有进步。阳刚在上，自强不息而不妄为，这是立德的标准，是在艰难困苦中进行的道德修炼。笃实修德是人生的重要课题，人能笃实修德，自有辉光映照于世。中国历史上，君子之泽五世而斩的比比皆是，而修德之家绵延数代的也屡见不鲜。权力、金钱的嬗递往往凭借无据，而人文道德的传承才是历久弥新的永恒。笃实修德是培育和践行社会主义核心价值观中应有之义，人生发展很重要的一点，就是要不断加强自身道德修养。道德历来是人们修身养性、完善自我乃至治国安邦的重要途径。就个人而言，"德者，才之帅也"；就群体而言，"德者，民之性也"；就国家而言，"德者，国之基也"。如果没有道德自律和精神升华，人将会失去最珍贵的方面，社会将失去和谐美好的基础性支撑。所以，每个人都要把笃实修德作为毕生的追求，争取使自己的德操逐渐臻于至善，成为一个高尚的人。

273. 政者，正也。子帅以正，孰敢不正

【原典出处】

春秋《论语·颜渊》

【名句释义】

"政者，正也。子帅以正，孰敢不正"的意思是：为政，就是要端正。领导者如果带头走正路，那么还有谁敢不走正道呢？

【觉解镜鉴】

《论语·颜渊》中记载：鲁国位高权重的正卿季康子问政于孔子，孔子回答："政者，正也。子帅以正，孰敢不正？"政就是端正的意思，你自己带头端正，谁还敢不端正？孔子用一个"正"字概括了政治的核心涵义，同时也说明了为政者自身行为端正的重要性。身正民行，上感下化，才能施不言之教，产生潜移默化的影响。在我国历史上，注重立身、为官端正，是许多思想家倡导的政治主张，也是一些正直的从政者终身恪守的准则。如今，对于中国共产党来说，基于她的先锋队性质，也必须要求党员干部把以身作则、身体力行、率先垂范作为为政之德、为政之道、为政之要，有正能量的引领，那么还有谁敢不走正道呢？

274. 其身正，不令而行；其身不正，虽令不从

【原典出处】

春秋《论语·子路》

【名句释义】

"其身正，不令而行；其身不正，虽令不从"的意思是：领导者本身言行正当，即使不下命令，百姓也会跟着行动；领导者本身言行不正当，即使三令五申，百姓也不会听从。

【觉解镜鉴】

《论语·子路》中的"其身正，不令而行；其身不正，虽令不从"，

强调领导者自身要行得正，办一切事情都合乎规矩，自然就能得到人民群众的拥护，不用下命令人们也会照着样子去做。《礼记·子张问入官》中也有类似的说法："（君子）欲政之速行也者，莫若以身先之也；欲民之速服也者，莫若以道御之也。"《群书治要·政要论》中也曾说："故君子为政，以正己为先，教禁为次。"这都要求领导者以身作则、率先垂范。新形势下，党员干部应当经常自觉地考问自己在身体力行、率先垂范方面做得如何。打铁还需自身硬。领导干部的表率作用是一种无声的命令、无形的力量。上有所率，下有所进；上有所行，下有所仿。"喊破嗓子，不如做出样子"，"说一千道一万，不如领导亲自干"。要求别人做到的，领导干部首先做到；要求别人不做的，领导干部坚决不做。只有这样，才能成为人民群众拥护的好干部。

275. 桃李不言，下自成蹊

【原典出处】

（西汉）司马迁《史记·李将军列传》

【名句释义】

"桃李不言，下自成蹊"的意思是：桃树和李子树花香果甜，虽然不会说话，但仍然能吸引许多人到树下赏花尝果，以至于树下走出一条小路来。比喻一个人做了好事，不用张扬、夸耀，人们也会记住他。

【觉解镜鉴】

西汉名将李广英勇善战，历经汉文帝、景帝、武帝，一生跟匈奴打过七十多次仗，战功卓著，深受官兵和百姓的爱戴。他身先士卒，只要他一声令下，大家个个奋勇杀敌，不怕牺牲。他去世时，全军上下连同百姓无不痛哭流涕。司马迁在《史记·李将军列传》中说："余睹李将军悛悛如鄙人，口不能道辞。及死之日，天下知与不知，皆为尽哀。彼其忠实心诚信于士大夫也！谚曰：'桃李不言，下自成蹊。'此言虽小，可以谕大也。"李将军是个诚恳忠厚极普通的人，很少说话，但他死的时候，天下不管是认识他的还是不认识他的，都为他哀痛。这和那些夸夸其谈只说不做的人相比，可谓天地之别。党员、干部应从"桃李不言，下自成蹊"的谚语中悟出做人做事为政的道理，要注重身教的作用，用实际行动去感化人心，这样人民自然会爱戴你。

276. 欲影正者端其表，欲下廉者先之身

【原典出处】

（西汉）桓宽《盐铁论·疾贪》

【名句释义】

"欲影正者端其表，欲下廉者先之身"的意思是：要想影子正首先人要正，要求下属廉洁首先自身要清廉。

【觉解镜鉴】

桓宽，汝南（今河南上蔡）人，西汉散文家。汉宣帝时被举为郎，后任庐江太守丞。著有《盐铁论》10卷60篇。此书以对话形式，生动地记载了关于盐铁官营和酒类专卖等问题的辩论情况。全书体例统一，风格一致，结构严密，通晓畅达，在经济思想史和文学史上都具有重要价值。其中，第33篇《疾贪》中的一句话"欲影正者端其表，欲下廉者先之身"，寓含正人先正己的哲理意蕴。在今天，党员干部要严于律己，身体力行，以身作则，要求别人做得好，首先自己要行得端，要求别人廉洁首先自身要清廉。尤其是领导干部，要求别人做的，首先自己要做，要求别人做好的，自己首先要做得更好。这就需要领导干部时常照镜子、正衣冠，对症下药解决好自身问题，真正体现新时代的新要求，彰显共产党人的优秀品质。

277. 不受虚言，不听浮术，不采华名，不兴伪事

【原典出处】

（东汉）荀悦《申鉴·俗嫌》

【名句释义】

"不受虚言，不听浮术，不采华名，不兴伪事"的意思是：不接受虚妄的言论，不信从虚浮的技艺，不采用华而不实的名称，不做伪诈的事情。

【党解镜鉴】

荀悦（148—209），颍川颍阴（今河南许昌）人，东汉史学家、政论家、思想家。有作品《申鉴》五篇，是对现实政治的评论，对谶纬符瑞的讥刺，意在重申历史经验，供皇帝借鉴。《俗嫌》是《申鉴》中的第三篇，主要批评世俗盛行的卜筮、禁忌、祈请、神仙方术、谶纬等迷信。其中，"在上者不受虚言，不听浮术，不采华名，不兴伪事"的箴言，铿锵有力，表明了一个正直的人所持的立场、观点、态度等。荀悦认为，说话必须产生实际效果，方法必须要有标准和法则，名声必须与事实相符，做事情必须有结果来证实，以此杜绝虚言、浮术、华名和伪事。可以说，这是求真务实的一个基本要求。我们党历来重视实事求是，所开展的一系列教育实践活动，就是针对虚、浮、伪的。注重落实是我们共产党人的政治本色，社会主义也是干出来的，不干，半点马列主义也没有。所以，党员干部要在实现中华民族伟大复兴的征程中，务必要真抓实干，打基础，利长远，既要锐意创新，又要防止急功近利，杜绝花拳绣腿，严禁作表面文章，要经得起历史和人民的检验。

278. 善禁者，先禁其身而后人

【原典出处】

（东汉）荀悦《申鉴·政体》

【名句释义】

"善禁者，先禁其身而后人"的意思是：善于用禁令治理社会的人，首先按禁令要求自己，然后再去要求别人。

【觉解镜鉴】

荀悦《申鉴·政体》中"善禁者，先禁其身而后人"的名言，按现在来说就是领导干部要带头用纪律和法律约束自己，作遵纪守法的表率，也就是正人先正己之意。《韩非子·外储说左上》中记载：齐桓公好服紫，一国尽服紫，当时五素换不了一紫。又比如，邹君好服长缨，左右皆服长缨，缨甚贵。晋国流行一种讲排场、摆阔气的坏习气，晋文公便带头用朴实节俭的作风来纠正它，他不穿价格高的丝织品衣服，每次吃饭也不吃两种以上的肉。不久晋国人就都穿起粗布农服，吃起糙米饭来。东汉班固在《白虎通·三教》中说的"教者，效也，上为之，下效之"，正是对这种现象的诠释。所以，作为领导干部，决不能把日常生活及工作作风看成小事。"上梁不正下梁歪，中梁不正倒下来"，如果上梁不正，任其发展，就会像一座无形的墙把党和人民隔开。党的工作作风，要以人民满意度为标准，广泛听取群众意见和建议，自觉接受群众评议和监督。率先垂范，工作做好，才能取得好的工作成效。

279. 修其心，治其身，而后可以为政于天下

【原典出处】

（北宋）王安石《洪范传》

【名句释义】

"修其心，治其身，而后可以为政于天下"的意思是：要先修心治身，充实德行，然后才能理政治国平天下。

【觉解镜鉴】

王安石《洪范传》中的"修其心，治其身，而后可以为政于天下"，寓意"修齐治平"，既是进行道德教育和践履的理论体系，也是提高道德修养的最高境界和根本目的，这在《礼记·大学》中有非常完整的论述。先有修心治身的美德，才有经世治国的政德。人是一切的出发点，也是最终的目的，这是中国人本主义的政治观。任何设计再精妙、再严

密的政治体系，最终还是要落实到具体个人。所以，应把"做官"与"做人"、"立言"与"立行"统一起来，做官先做人，做人先修身立德。古往今来，为官者"不患无位而患德之不修""不患位之不尊，而患德之不崇"。帝国的崩溃、王朝的覆灭、执政党的下台，无不与其当政者不慎独、不修德、不践德有关，无不与其当权者作风不正、腐败盛行、丧失人心有关。只有修身养德，自觉陶冶道德情操，才会有强大的人格魅力和道德感召力。所以，为政者应将"修其心，治其身，而后可以为政于天下"作为座右铭，不断提高自身的修养。这是为政者的基本素养，也是其长期要做的功课。

280. 圣人以劳为福，以逸为祸也

【原典出处】
（清）爱新觉罗·玄烨《庭训格言》

【名句释义】
"圣人以劳为福，以逸为祸也"的意思是：圣人把劳动看作幸福，把贪图安逸看作祸害。

【觉解镜鉴】
爱新觉罗·玄烨一生兢兢业业，修身、齐家、治国、平天下都十分认真，可谓耗尽心血和精力。他在位治国理政 61 年，建树甚多，其守成、创业之功绩举世公认。他十分尽心自己的事业，渴望能传之千秋万代，自信生命中的每一次体会对后人都有益处。他不由自主地产生一种写出来、传下去的愿望，于是便写成《庭训格言》这本书，用以教诲督促、严格训饬子孙后代。其中的"圣人以劳为福，以逸为祸也"，彰显了劳动幸福光荣的理念，揭示了贪图安逸的危害和祸端。康熙认为，只有经常劳动才是真正的安逸，如果习惯于享乐，人就不会懂得什么是真正的安逸了。当遇到需要辛勤劳作时，也不能承受压力了。宇宙万事万物的运动日夜不停，周而复始，却没有一丝懈怠。有才德的君子也应效法于天，自立自强，像宇宙中的星球一样在运行轨道上永不停息，奋进不止。如果领导干部都追求安逸，国家必然会陷入怠惰之中，最终受害的必定是老百姓。相反，如果领导干部人人都甘愿吃苦在前、享受在后，勤勉敬业、恪尽职守，那将是国家之幸、人民之福。

第四编

平天下——固本安邦

一 经典诗词曲名句镜鉴

（一）民本至上

281. 民亦劳止，汔可小康

【原典出处】

春秋《诗经·大雅·民劳》

【名句释义】

"民亦劳止，汔可小康"的意思是：老百姓这么辛苦，怎么才能过上小康生活呢？表达了先民们对宽裕、安康生活的向往。

【觉解镜鉴】

《诗经·大雅·民劳》中的"民亦劳止，汔可小康"名句，表达了当时华夏百姓对宽裕、安康生活的向往。儒家把比"大同"社会较低阶段的一种理想社会称为小康社会。《礼记·礼运》中说："今大道既隐，天下为家。各亲其亲，各子其子，货力为己。大人世及以为礼，城郭沟池以为固。礼义以为纪，以正君臣，以笃父子，以睦兄弟，以和夫妇，以设制度，以立田里……是谓小康。"这描绘的是在夏禹、商汤、周代的文王、武王、成王、周公治理下出现的盛世。在中华民族积淀五千年的基础上，党中央在 20 世纪 70 年代末 80 年代初提出了建设小康社会的战略构想。随着中国特色社会主义建设事业的深入发展，小康社会的内涵不断地得到丰富和发展。2012 年党的十八大明确提出了"全面建成小康社会"的宏伟目标。"建设"与"建成"一字之差，但意义深远。全面建成小康社会是一个涵盖经济领域、政治领域、文化领域、社会领域、生态文明领域的"五位一体"总目标，全面建成小康社会关键在"全面"二字。这五方面的目标要求，是一个系统，一个整体，离开任何一个方面，都不是全面小康。"兴天下同利，除天下同害，天下归之。"

全面建成小康社会任务艰巨，挑战严峻，需要有智慧、有魄力、有担当的一代中国共产党人带领和团结全国各族人民一起努力奋斗来实现。

282. 民惟邦本，本固邦宁

【原典出处】

春秋《尚书·夏书·五子之歌》

【名句释义】

"民惟邦本，本固邦宁"的意思是：人民才是国家的根基，根基牢固，国家才能安定。

【觉解镜鉴】

《五子之歌》中的五子，是大禹的五个孙子，夏启的五个儿子。《五子之歌》就是这兄弟五人所作的以政治为主题的五首诗歌。他们通过作诗这种形式来追念他们的祖父大禹留下的训诫。《五子之歌》中的第一首讲民众与邦国的关系："皇祖有训，民可近，不可下，民为邦本，本固邦宁。"由此奠定了中国古代民本思想的基石。此后历代思想家、政治家均把以民为本作为治国理政的首要战略思想。春秋《管子》一书中也说："政之所兴，在顺民心；政之所废，在逆民心。"战国孟子则进一步指出："桀纣之失天下也，失其民也；失其民者，失其心也。得天下有道：得其民，斯得天下矣；得其民有道：得其心，斯得民矣。"西汉贾谊指出："闻之于政也，民无不为本也。"唐太宗李世民鉴于隋亡的历史教训，认为"为君之道，必须先存百姓"，并说："朕每日坐朝，欲出一言，即思此一言于百姓有利益否，所以不敢多言。"由此可见，中国古代的民本思想是何等丰富。中国共产党"以人为本"思想的提出，提升和超越了中国古代的民本思想。全心全意为人民服务是党的根本宗旨，以人为本、执政为民是检验党一切执政理念的最高标准。党要赢得人民群众的真心拥戴，就必须把"以人为本、执政为民"作为第一追求，始终把一切为了人民幸福作为最大的执政责任和追求。

283. 安得广厦千万间，大庇天下寒士俱欢颜

【原典出处】

（唐）杜甫《茅屋为秋风所破歌》

【名句释义】

"安得广厦千万间，大庇天下寒士俱欢颜"的意思是：怎么才能建设千万间大厦，让天下的穷苦人都能笑逐颜开。

【觉解镜鉴】

《茅屋为秋风所破歌》是杜甫旅居四川成都期间创作的一首古体诗，其中"安得广厦千万间，大庇天下寒士俱欢颜"，寓意让天下穷苦人都有像样的房子住，彰显了诗人及人民对幸福生活的一种美好向往。品读此诗，就应该明白，我们党的性质和宗旨决定了要把人民的根本利益放在高于一切的地位，人民对美好生活的向往，就是我们党的奋斗目标。全面建成小康社会是人民的美好向往，是党的历史责任。古人云"国之兴也，视民如赤子；其亡也，以民为草芥"。党员干部要自觉把脱贫攻坚的责任扛在肩上，把精准扶贫的任务抓在手上，坚定信心、勇于担当、攻坚克难、乘势前进。必须有"遇民如父母之爱子，兄之爱弟，闻其饥寒为之哀，见其劳苦为之悲"的为民造福情怀，倾注自己的心血、精力和情感，把脱贫攻坚战进行到底。

284. 圣人不利己，忧济在元元

【原典出处】

（唐）陈子昂《感遇》

【名句释义】

"圣人不利己，忧济在元元"的意思是：高尚的人不追求一己之利，他所忧虑关心的是普天下的老百姓。

【觉解镜鉴】

陈子昂（约 659—700），字伯玉，梓州射洪（今四川射洪）人，初唐著名诗人，官至右拾遗，后世称陈拾遗。他论诗标榜汉魏风骨，反对齐梁绮靡文风，所作 38 首《感遇》诗最为杰出，诗风质朴浑厚，受到杜甫、韩愈、元好问等后代诗人的高度评价，有《陈伯玉集》传世。《感遇》中的"圣人不利己，忧济在元元"，是诗人不追求私利，关心和救助普天下老百姓的崇高思想的体现。他认为，统治者不能极尽奢华，清宁淳朴才能永葆太平安定；追逐浮华会增添负累，是愚蠢的行为，会导致社会不安定。这种思想对今天的党员干部仍具有重要的教育意义。我们应当牢固树立群众观点，坚持群众路线，始终与人民群众心连心，想群众之所想，急群众之所急，办群众之所需，这样才能使我们党不断焕发生机与活力，开拓中国特色社会主义事业更加广阔的发展前景。

285. 但愿苍生俱饱暖，不辞辛苦出山林

【原典出处】

（明）于谦《咏煤炭》

【名句释义】

"但愿苍生俱饱暖，不辞辛苦出山林"的意思是：为了天下百姓都能吃饱穿暖，至死也要为国家出力。

【觉解镜鉴】

《咏煤炭》诗是于谦以煤炭自喻，托物明志，抒发情怀，展现自己为国为民的抱负。其中"但愿苍生俱饱暖，不辞辛苦出山林"两句，表现了作者为民造福而甘愿历尽千辛万苦的初心不改及真情释放。古往今来，无数官员、文人，都以关心百姓疾苦为己任，从范仲淹的"先天下之忧而忧，后天下之乐而乐"，到郑板桥的"些小吾曹州县吏，一枝一叶总关情"；从杜甫的"安得广厦千万间，大庇天下寒士俱欢颜"，到于谦的"但愿苍生俱饱暖，不辞辛苦出深林"。这种高尚境界、价值取向

及责任追求，都是非常宝贵和值得后人学习的。今天广大党员干部更应该把为国为民造福、实现"两个一百年"奋斗目标的责任勇敢地扛在肩上，写在心间，化担当为实践，变责任为行动，以实干精神为党尽忠、为民解忧。

286. 不愧苍天不负民

【原典出处】

（明）胡守安《任满谒城隍》

【名句释义】

"不愧苍天不负民"的意思是：只有廉政勤政，一心为民，才能上不愧苍天，下不负民望。

【觉解镜鉴】

明代信阳知州胡守安，任满离职时曾写了《任满谒城隍》诗："一官来此几经春，不愧苍天不负民。神道有灵应识我，去时还似来时贫。"作者通过对自己在信阳为官的廉洁情况的总结，看似向城隍倾诉衷肠，实则是向民众表明心迹。诗中的"不愧苍天不负民"是作者从政的真实写照，也是一种宣言，以表明自己淡泊名利的人生态度。坦荡为官，来去轻松，是一种清正廉洁充满正能量的传递。而"去时还似来时贫"一句，也足以让贪官汗颜。"神道有灵"四字也是在告诫为官者"万事劝人休瞒昧，举头三尺有神明"。政在去私，私不去则公道亡。中国共产党从成立的那天起就把代表最广大人民的根本利益写在自己的旗帜上，不谋求任何私利和特权。在新形势下，党员干部更需要牢记党的根本宗旨，甘当人民公仆，甘愿无私奉献，当公私发生冲突时，要舍己为公，特别是领导干部要常修从政之德，常怀律己之心，常思贪欲之害，勤政为民，公正廉明。只有这样，才能"不愧苍天不负民""来时还似去时穷"。

287. 精卫无穷填海心

【原典出处】

（清）黄遵宪《赠梁任父同年》

【名句释义】

"精卫无穷填海心"的意思是：用自己微薄之力来挽救国家民族危亡的心永远也不会变。

【觉解镜鉴】

黄遵宪（1848—1905），广东嘉应（今广东梅州）人，诗人，外交家、政治家、教育家，有"诗界革新导师"之称。《赠梁任父同年》是黄遵宪 1896 年邀请梁启超到上海办《时务报》时写给梁的一首诗。面对腐败的清政府一味地割地赔款，他悲愤无比，但他相信中华民族拥有精卫填海般的恒心，一定会有收复国土的那一天。诗中的"精卫无穷填海心"是借精卫填海的精神，表达誓为挽救国家民族危亡而不屈不挠抗争的坚定决心。晋代诗人陶渊明也曾有诗道："精卫衔微木，将以填沧海"，高度赞扬精卫小鸟敢于向大海抗争的战斗精神，后人常以"精卫填海"来比喻那些仁人志士为事业不惧艰苦卓绝的奋斗精神。此诗给人们的启示是：我们要学习"精卫鸟"永不放弃的精神，只要明确了远大的目标，就要坚持不懈地奋进，哪怕每天迈进一步，尽管微不足道，可是只要一步步地干下去，就能够到达成功的彼岸！犹如愚公移山一样，只要坚持挖山不止，终究能够把大山移走。

288. 横眉冷对千夫指，俯首甘为孺子牛

【原典出处】

鲁迅《自嘲》

【名句释义】

"横眉冷对千夫指，俯首甘为孺子牛"的意思是：对敌人决不屈服，

对人民甘愿像牛一样俯首听命。

【觉解镜鉴】

鲁迅《自嘲》一诗作于 1932 年，此诗被选入人教版小学语文课本。其中"横眉冷对千夫指，俯首甘为孺子牛"，是人们经常吟诵和引用的名句。"孺子牛"一说源自《左传》记载的一个典故：春秋时期齐景公跟儿子嬉戏，装牛趴在地上，让儿子骑在背上，儿子不小心跌倒时，把齐景公的牙齿挂折了。因而鲍子曰："汝忘君之为孺子牛而折其齿乎？"称齐景公为"孺子牛"。鲁迅在这里将"孺子牛"比喻为人民大众的牛。后来毛泽东在《在延安文艺座谈会上的讲话》中说："鲁迅的两句诗：'横眉冷对千夫指，俯首甘为孺子牛'，应该成为我们的座右铭。"毛泽东画龙点睛地揭示了全诗的主题。今天，我们践行全心全意为人民服务的宗旨，需要继续发扬"俯首甘为孺子牛"的精神。这需要达到两种境界：一是"俯首"，即俯下身去，坚持从群众中来、到群众中去，真正和群众打成一片，听民声、访民意、察民情、排民忧、解民难；二是"甘为孺子牛"，充分发扬人民公仆精神，在群众面前决不能趾高气扬，当官做老爷，颠倒主仆关系。

（二）革故鼎新

289. 新松恨不高千尺，恶竹应须斩万竿

【原典出处】

（唐）杜甫《将赴成都草堂途中有作，先寄严郑公》

【名句释义】

"新松恨不高千尺，恶竹应须斩万竿"的意思是：恨不得新栽的小松能迅速长成千尺高树，而对到处侵蔓的恶竹纵有万竿也须芟除。暗喻

要爱憎分明，对好的事物要无比热爱和积极扶持，对腐朽、不好的东西要坚决反对。

【觉解镜鉴】

杜甫《将赴成都草堂途中有作，先寄严郑公》中的"新松恨不高千尺，恶竹应须斩万竿"两句，深深交织着诗人对世事的爱憎，外意全在"恨不""应须"四字上。清代杨伦在《杜诗镜铨》旁注中称这两句为"兼寓扶善疾恶意"。清代沈德潜在《唐诗别裁集》中说这两句"言外有扶君子、抑小人意"。后人多用这两句表达对客观事物的爱憎之情，也常用以表示对新人新事应大力扶持，望其茁壮成长，迅速成材，而对坏人坏事则应疾恶如仇，除恶务尽，决不心慈手软。这两句诗所表现的感情十分鲜明、强烈而又分寸恰当。这两句名言对于今天领导干部工作的选贤任能以及反腐败斗争仍有重要借鉴意义。为了党和国家的兴旺发达，对优秀年轻干部要积极扶持，把他们培养成为继往开来的接班人。对干部队伍中的腐败分子，要坚决清除，绝不姑息迁就。

290. 请君莫奏前朝曲，听唱新翻杨柳枝

【原典出处】

（唐）刘禹锡《杨柳枝词》

【名句释义】

"请君莫奏前朝曲，听唱新翻杨柳枝"的意思是：请你不要再奏前朝陈旧的曲子了，现在还是听我改旧翻新的《杨柳枝词》吧。

【觉解镜鉴】

刘禹锡《杨柳枝词》中的"请君莫奏前朝曲，听唱新翻杨柳枝"，表明了作者一贯持有的发展创新观念，体现了事物是发展的、要用发展的观点看问题的哲理，是作者政治思想与文化传承上历史发展观的展示，也体现了诗人与时俱进的人生观。在他看来，人不能总是一味地固守旧时期的老观念，应该随着时代的发展进步不断更新自己，用新思想、新

标准、新尺度来观察世界、研究世界、看待世界。刘禹锡的这种理念，是后人不可须臾丢掉的思想武器，这对于我们观察分析今天的中国和世界，仍然有着重要的借鉴意义。在全面深化改革的今天，历史车轮必将所有陈腐的东西碾得粉碎而赋予新的时代内容。我们要站在历史的巅峰上高瞻远瞩，高奏时代的主旋律，适应新形势、新情况、新常态，在观念、内容、方法等方面努力开拓创新，为统筹推进"五位一体"总体布局和协调推进"四个全面"战略布局，推动党和国家各项工作取得新的重大进展作出应有贡献。

291. 芳林新叶催陈叶，流水前波让后波

【原典出处】

（唐）刘禹锡《乐天见示伤微之敦诗晦叔三君子皆有深分因成是诗以寄》

【名句释义】

"芳林新叶催陈叶，流水前波让后波"的意思是：树林里新叶催换着旧叶，流水中前面的波浪让位给后面的波浪。暗喻新事物战胜旧事物。

【觉解镜鉴】

刘禹锡《乐天见示伤微之敦诗晦叔三君子皆有深分因成是诗以寄》中的"芳林新叶催陈叶，流水前波让后波"名句，本义指春天里茂盛的树林新长出的叶子，催换着老叶子；江河中奔腾的流水前面的波浪退让给后起的波浪。这里"陈叶""前波"指旧事物，"新叶""后波"指新事物。这两句诗最能体现刘禹锡的哲学思想和对人生的豁达乐观态度，折射出新事物战胜旧事物的哲理。明末清初戏剧理论家李笠翁有言："今日之世界，非十年前之世界；十年前之世界，又非二十年前之世界。如三月之花，九秋之蟹，今美于昨，明日复胜于今矣。"康有为也曾说过："夫物新则壮，旧则老；新则鲜，旧则腐；新则活，旧则板；新则通，旧则滞，物之理也。"新与旧是一对历史的、发展的、辩证的概念，正

是由于不断地新陈代谢，才成就今天如此丰富多彩的世界。这说明改革创新是创造奇迹的法宝，也是开创美好未来的关键。当前，我们的发展面对很多新情况、新问题，解决这些问题书本上没有现成的答案，必须从实际出发，解放思想，实事求是，敢于创新、勇于担当。"惟改革者进，惟创新者强，惟改革创新者胜""事之当革，若畏惧而不为，则失时为害"。必须以时不我待的紧迫感，锐意改革、大胆创新，努力从固步自封、按部就班的思维定势中解放出来，从萎靡不振、无所事事的颓废状态中挣脱出来，从视野狭隘、坐井观天的落后状态中跳将出来，撸起袖子，甩开膀子，迈开步子，在改革和创新的路上披荆斩棘，奋勇向前。

292. 总把新桃换旧符

【原典出处】

（北宋）王安石《元日》

【名句释义】

"总把新桃换旧符"的意思是：家家户户都取下了旧桃符，换上新桃符迎接新春。有"除旧布新"之意。

【觉解镜鉴】

王安石的《元日》诗作于他初拜相始行新政时，诗中"总把新桃换旧符"，描写了宋代人过春节的场面：春风送暖，旭日初升，家家户户点燃爆竹，阖家喝着屠苏酒，忙着摘下门上的旧桃符，换上贴有门神的新桃符。作者择取了这些过年时最典型的喜庆场景，展现了一幅富有浓厚生活气息的民间风俗画卷，并通过诗歌来表达自己的政治抱负及哲学观点，寓意新生事物总是要取代旧事物的这一规律。王安石此时身为宰相，正在大刀阔斧地进行改革，此诗字里行间都洋溢着他对革除时弊、推行新法的坚定信念及乐观情绪，抒发了踌躇满志的心情，体现出他的执政态度；赞美新事物的诞生如同春风送暖那样充满生机，"曈曈日"

预示着变法将给百姓带来一片光明。这与《礼记·大学》中的"苟日新，日日新，又日新"精神是一致的，启示人们要以一种革新的姿态，不断地弃旧图新，实现新跨越，创造新辉煌。

293.须教自我胸中出，切忌随人脚后行

【原典出处】

（南宋）戴复古《论诗十绝》

【名句释义】

"须教自我胸中出，切忌随人脚后行"的意思是：应该有自己的主见，不要盲目地随着别人做什么你就做什么。

【觉解镜鉴】

戴复古《论诗十绝》中的"须教自我胸中出，切忌随人脚后行"名句，强调作诗不要盲目地随大流，要有自己的主见，要有创新创造，善于标新立异。这首诗启示人们：创新必成，守旧必亡。没有创新，事业就会停滞不前；没有创新，工作就像一潭死水。要想不被时代所淘汰，就必须求创新、求突破。中国近现代集历史学家、古典文学研究家、语言学家、诗人于一身的文化大师陈寅恪，讲课时有"四个不讲"，即"前人讲过的我不讲，近人讲过的我不讲，外国人讲过的我不讲，我自己过去讲过的也不讲"。这充分体现了他的创新精神，所以陈寅恪被誉为"教授的教授"。我们都应学习这种创新精神，打破迷信经验、迷信书本、迷信权威的惯性思维，摒弃不合时宜的旧观念，以思想认识的新飞跃打开工作的新局面。

294.纵横正有凌云笔，俯仰随人亦可怜

【原典出处】

（元）元好问《论诗》

【名句释义】

"纵横正有凌云笔，俯仰随人亦可怜"的意思是：任何人都可以手握凌云大笔纵横挥洒，但如果跟随别人亦步亦趋，那就太可怜了。寓意劝人要有创新精神，不能一味模仿他人。

【觉解镜鉴】

元好问《论诗》第二十一首中的"纵横正有凌云笔，俯仰随人亦可怜"，明着是批评诗歌酬唱中窠步相仍、俯仰随人的现象，暗喻则要有创新精神。对于这种诗风，元好问给予了守旧者以辛辣讽刺，认为诗人应该像庾信那样"纵横正有凌云笔"，大胆自由抒发自己的真性情，不要跟随在别人后面亦步亦趋。这首诗给人的启示是：全面深化改革必须弘扬创新精神。改革，最本质的要求就是创新。勇于创新，就需要进一步解放思想，增强改革创新意识和自我革新的勇气，克服因循守旧、畏葸不前的思想障碍，以更大的决心冲破思想观念的障碍、突破利益固化的藩篱。要鼓励人们大胆地试、大胆地闯，从实践中找思路、创新路，为实现中华民族伟大复兴的中国梦提供强大动力和旺盛活力。

295. 预支五百年新意，到了千年又觉陈

【原典出处】

（清）赵翼《论诗》

【名句释义】

"预支五百年新意，到了千年又觉陈"的意思是：即使能够预先借来五百年之后的新意，而到了一千年之后又会觉得陈旧了。

【觉解镜鉴】

赵翼（1727—1814），江苏阳湖（今江苏常州）人，清代著名的文学家、史学家，曾任翰林院编修等职。他高才博物，通达朝章国典，尤长于史学，存诗近五千首，以五言古诗最有特色，与袁枚、张问陶合称

"乾嘉性灵派三大家"。他《论诗》中"预支五百年新意，到了千年又觉陈"的名句，说明诗文创作贵在不断求新，虽然难以预料将来，但肯定要比现在新颖；强调了推陈出新的内涵，即继承文化遗产，要去其糟粕，取其精华，使它向新的方向发展。创新是一个民族进步的灵魂，是一个国家兴旺发达的不竭动力，也是中华民族最深沉的民族禀赋。人类文明的发展史就是不断创新的历史，中华民族的发展史同样是不断创新的历史。创新不是抛弃人类文明发展的一切成果从头做起，而是充分借鉴古今中外的一切有益的经验，结合自身实际，走出适合自己的发展道路。因此，要把创新的基因注入人们的头脑中，鼓励人们敢于打破思维定势，勇于跳出条条框框，坚决摒弃过时的东西，积极研究新情况、解决新问题。

296. 删繁就简三秋树，领异标新二月花

【原典出处】

（清）郑板桥　与韩生镐论文诗联

【名句释义】

"删繁就简三秋树，领异标新二月花"的意思是：以创造性的思维自辟新路，就像引领春天百花盛开的二月花一样。

【觉解镜鉴】

"删繁就简三秋树，领异标新二月花"是郑板桥书斋里挂着的一副对联，是他艺术创作的一种心得，体现出他的创造性思维和与众不同的风格。"删繁就简""领异标新"均蕴含辩证哲理，也是在实践中需要掌握的两大方法论。古人云："大道至简，衍化至繁。"大道就是事物的本质和事物发展的规律，本质和规律的来源虽错综复杂，但被揭示概括出来以后是很简单的。《周易》中所说的"易"有三层意思，即"简易、变易、不易"。易简而天下之理得，此为"大道至简"之理。大道至简是一种哲学，也是一种境界，无论是做人还是做事都会给人以指导。做

人做事其实很简单，知道自己的目标在哪里，坚持不懈地走下去，总有一天会到达胜利的彼岸。很多人的不成功往往是自己的意志不坚定和化简为繁造成的。在纷繁复杂的大千世界中，我们要学会把复杂变成简单，用智慧赢得成功，既要善于总结经验，探索规律，即"删繁就简"；又要善于领异标新，创新创造，这样成功的概率就会大大提高。

（三）豪情壮志

297. 老骥伏枥，志在千里

【原典出处】

（东汉）曹操《龟虽寿》

【名句释义】

"老骥伏枥，志在千里"的意思是：人虽已年老，但依然志在千里。比喻为国为民的豪情壮志不会减。

【觉解镜鉴】

《龟虽寿》是曹操晚年一首既富哲理、又能催人奋进的佳作，孕育着一种真挚而浓烈的感情力量。其中的"老骥伏枥，志在千里"，蕴含着一种坚忍不拔、自强不息的豪迈气概，深刻地表达了曹操老当益壮、锐意进取的精神面貌。同时，表现出曹操对天命持否定态度，有一种事在人为的乐观主义精神，对伟大理想的追求永不会停止。人们既要尊重自然规律，又要在有限的生命里充分发挥主观能动性，积极进取，建功立业。毛泽东在第一届全国人民代表大会第一次会议上曾说："我们有充分的信心，克服一切艰难困苦，将我国建设成为一个伟大的社会主义共和国。我们正在前进。我们正在做我们的前人从来没有做过的极其光荣伟大的事业。我们的目的一定要达到。我们的目的一定能够达到。"这与当今我们为实现"两个一百年"奋斗目标是契合的。所以，只要全国人民胸怀理想、坚定信念、志在千里，不动摇、不懈怠，顽强拼搏、艰苦奋斗，就一定能在中国共产党成立一百年时全面建成小康社会，在新中国成立一百年时建成富强民主文明和谐的社会主义现代化国家。

298. 欲穷千里目，更上一层楼

【原典出处】

（唐）王之涣《登鹳雀楼》

【名句释义】

"欲穷千里目，更上一层楼"的意思是：要想进一步开阔视野，应当再登上一层楼。比喻要想取得更大的成功，就要付出更多的努力，还蕴含一种无止境探求的愿望。

【觉解镜鉴】

王之涣（688—742），绛州（今山西新绛）人，盛唐时期的著名诗人，曾任古冀州衡水主簿、文安县尉。早年精于文章，尤善五言诗，其作品现仅存六首绝句，以《登鹳雀楼》《凉州词》最为有名。《登鹳雀楼》中的"欲穷千里目，更上一层楼"是千古绝唱，气势磅礴、意境深远，它形象地揭示了一个哲理：登高，才能望远；望远，必须登高。要想有高远之见，就必须站在更高的层面上去审视。孟子曰："孔子登东山而小鲁，登泰山而小天下，故观于海者难为水，游于圣人之门者难为言。"这说明人的视点越高，视野就越宽广。随着视野的转换，人们对人生也会有新的领悟。站在某个时空的高度来看，整个人类也不过是地球演变过程中的匆匆过客，更何况具体的人和事呢？这一方法论启示我们，在实现中华民族伟大复兴的中国梦这一宏伟目标的进程中，必须看清中国大势和世界大势，要具有战略思维和战略眼光。战略思维是高瞻远瞩、统揽全局、把握事物发展总体趋势和方向的思维方法，展示的是看问题的高度和深度。古人讲："不谋万世者，不足谋一时；不谋全局者，不足谋一域。"具体来说，就是各级领导干部有没有战略思维、有什么样的战略思维，在一定程度上决定着全面深化改革能登多高、能走多远、将抵达何处。战略思维能力的强弱，取决于知识视野的广度、时间跨度和思考问题的高度和深度。所以，各级领导干部应在实际工作中培养和运用战略思维，只要有以身托天下的担当，将个人的名利置之度外，就能培养出战略思维和战略眼光。个人的格局大，关注的问题就大，就能站得高看得远，到达所想要达到的地方。

299. 长风破浪会有时，直挂云帆济沧海

【原典出处】

（唐）李白《行路难》

【名句释义】

"长风破浪会有时，直挂云帆济沧海"的意思是：尽管前进的道路上障碍重重，但相信总有一天会实现理想抱负的。寓意不管遇到什么困难，都不要气馁，不要放弃，而要大显身手。

【觉解镜鉴】

742 年，李白奉诏入京，担任翰林供奉，本想像管子、张良、诸葛亮等杰出人物一样干一番大事业，可是入京后，却没被唐玄宗重用，还受到权臣的谗毁排挤，两年后被"赐金放还"，变相撵出了长安。此时，朋友们都来为他饯行，他深感仕途艰难，满怀愤慨地写下了三首《行路难》诗。第一首中的"长风破浪会有时，直挂云帆济沧海"，唱出了李白充满自信而豪迈的最强音，彰显了他对理想的执着追求。2012 年 11 月 29 日，习近平在参观完国家博物馆《复兴之路》展览后发表的重要讲话中指出"中华民族的明天，可以说是'长风破浪会有时'"，这一富有诗意的概括，把中华民族百余年奋斗的光明前景，生动地呈现在世人面前，使人们清晰地看到，现在比历史上任何时期都更接近中华民族伟大复兴的中国梦的目标，比历史上任何时期都更有信心、有能力去实现

中国梦。只要全国人民站在民族复兴的历史新方位，展望前所未有的复兴曙光，勿忘昨天的苦难与辉煌，无愧今天的责任与使命，不负明天的梦想与追求，更加美好的中国，就会在亿万中华儿女的共同努力中、在一代又一代接力奋斗中变为现实。

300. 大鹏一日同风起，扶摇直上九万里

【原典出处】

（唐）李白《上李邕》

【名句释义】

"大鹏一日同风起，扶摇直上九万里"的意思是：大鹏总有一天会和风飞起，凭借风力直上九天云外。

【觉解镜鉴】

李白在《上李邕》中通过对大鹏形象的刻画与颂扬，表达了自己勇于追求、自信、不畏流俗的精神。720年，李白25岁，怀着"四方之志"，想通过时任渝州（今重庆）刺史李邕引荐，谋求政治出路，却没能如愿，故写《上李邕》一诗，以明胸襟。诗中的"大鹏一日同风起，扶摇直上九万里"，写出了诗人的胸怀大志和宏伟抱负，以及诗人对素负美名的李邕都瞧不起年轻人的态度的讥讽。那时年轻的李白敢想敢为，体现了他初生牛犊不怕虎的锐气。毛泽东特别喜欢李白的诗，也喜欢李白诗中大鹏的形象，曾于1965年5月作《念奴娇·鸟儿问答》一词，词中有"鲲鹏展翅，九万里，翻动扶摇羊角"的名句。习近平在庆祝中国共产党成立95周年大会上的讲话引用了毛泽东的"自信人生二百年，会当水击三千里"的诗句，其中"水击三千里"就是指大鹏鸟"其翼若垂天之云""水击三千里"。当今世界，中国像一只冲天而飞的大鹏鸟，是有理由自信的。因为中国有在五千多年文明发展中孕育的优秀传统文化，有党和人民在伟大斗争中孕育的革命文化和社会主义先进文化，积淀着中华民族最深层的精神追求，代表着中华民族独特的精神

标识。我们的自信不仅有传统的深厚根基，更是面向时代面向未来的。我们必须把这种自信内化于心、外化于行，渗透到道路、理论、制度和文化中，推动中国梦早日实现。

301. 两岸猿声啼不住，轻舟已过万重山

【原典出处】

（唐）李白《早发白帝城》

【名句释义】

"两岸猿声啼不住，轻舟已过万重山"的意思是：两岸猿猴的啼声还在耳边不停地回荡，不知不觉轻舟已穿过万重青山。蕴含历史规律不可抗拒的哲理。

【觉解镜鉴】

《早发白帝城》是李白诗作中流传最广的名篇之一。其中"两岸猿声啼不住，轻舟已过万重山"的千古名句，给读者留下了广阔的想象空间。"轻舟已过万重山"，这顺水行舟的畅快，无不洋溢着历经艰难岁月之后突然迸发的一种豪情壮志，自然天成；"两岸猿声啼不住"，暗喻历史车轮和时代潮流滚滚向前，不可阻挡。这首诗给人们的启示是：人类要发展，社会要进步，这是不可阻挡的历史潮流。伟大事业呼唤和指引伟大工程，伟大工程服务和保障伟大事业。党的十八大以来，新一届中央领导集体深刻把握治国必先治党、治党务必从严的理论和现实逻辑，身体力行、率先垂范，敢管敢严、真管真严、长管长严、善管善严，坚定不移推进全面从严治党，以思想建党凝心聚力，全党共同思想基础更加巩固，以把握规律指引实践，党的建设科学化水平不断提高。今天，一个永葆先进性和纯洁性、勇于自我完善、自我革新的政党，昂首阔步在中国特色社会主义伟大事业的征程中，领导着亿万华夏儿女扬帆奋进，中国这艘巨轮正乘风破浪，驶向最美丽的胜利彼岸！

302. 会当凌绝顶，一览众山小

【原典出处】

（唐）杜甫《望岳》

【名句释义】

"会当凌绝顶，一览众山小"的意思是：一定要登上山顶俯瞰其他群山，就会觉得群山都变得很矮小了。表现了不怕困难，敢于攀登，在战略上藐视一切的英雄气概。

【觉解镜鉴】

从《望岳》中的"会当凌绝顶，一览众山小"这富有启发性和象征意义的名句中，可以看到诗人杜甫不怕困难、敢于攀登绝顶、俯视一切的胸怀和卓然独立的豪情壮志。清代浦起龙在《读杜心解》中说："杜子心胸气魄，于斯可观。取为压卷，屹然作镇。"这正是杜甫成为一个伟大诗人的关键所在，是一切有作为的人们所不可缺少的，也是这两句诗千百年来一直为人们所传诵，至今仍能引起我们强烈共鸣的原因。我们在品读此诗时，除了感受到泰山之雄伟外，更多的是被诗中那种"会当凌绝顶，一览众山小"的气度所激励、感染，我们今天统筹推进"五位一体"总体布局和协调推进"四个全面"战略布局正需要这样一种豪迈气概。

303. 弄潮儿向涛头立，手把红旗旗不湿

【原典出处】

（北宋）潘阆《酒泉子·长忆观潮》

【名句释义】

"弄潮儿向涛头立，手把红旗旗不湿"的意思是：踏潮献技的人站在波涛上表演，他们手里拿着的红旗丝毫没有被水打湿。

【觉解镜鉴】

潘阆（？—1009），北宋著名隐士、文人，今仅存《酒泉子》十首。《酒泉子·长忆观潮》中的"弄潮儿向涛头立，手把红旗旗不湿"是描写钱塘江大潮的名句。钱塘江潮被誉为"天下第一潮"，是世界一大自然奇观，它是由于天体引力和地球自转的离心作用，加上杭州湾喇叭口的特殊地形所造成的特大涌潮。此诗描写了钱塘江大潮汹涌而至的壮观画面，仿佛大海都空了，潮声像万鼓齐鸣，声势震人，面对惊心动魄的大潮，弄潮儿在波涛滚滚的潮头站立，追潮逐浪，手里的红旗竟然没有被水打湿。在雷霆万钧、声势骇人的潮水中与巨浪搏击，这种勇气和魄力不是一般人能有的。2016 年 9 月 3 日，习近平在杭州出席 2016 年二十国集团工商峰会时说："这几天，正值钱塘江大潮，'弄潮儿向涛头立，手把红旗旗不湿。'我同各位一样，期待着二十国集团勇做世界经济的弄潮儿。""向涛头立"是勇敢，勇于冒险、敢于创新；"手把红旗旗不湿"则是从容，任凭风浪起，我自岿然不动。"弄潮儿"的精气神不仅蕴涵于习近平讲话的字里行间，更贯穿在中国对全球经济所做的贡献以及提振全球经济增长的担当态度中。中国在世界经济最困难的时刻，承担了拉动增长的重任。"创新、协调、绿色、开放、共享"五大发展理念，催生全新的经济形态，落实 2030 年可持续发展议程，最为需要的就是敢于创新、不断创新的"弄潮儿"。

304. 一心中国梦，万古下泉诗

【原典出处】

（南宋）郑思肖《德祐二年岁旦》

【名句释义】

"一心中国梦，万古下泉诗"意思是：我一心梦想着收复中原、统一祖国大业；那万古传诵的《下泉》诗中所表现出的思想和愿望，也正是今天人们所日夜盼望的。

【觉解镜鉴】

郑思肖（1241—1318），福建连江人，南宋末诗人、画家，曾任和靖书院山长。原名已不可考证，在宋朝灭亡后，他不肯事元，所以就改名思肖，字忆翁，号所南，意思是思念赵宋。"赵"繁体从"走"从"肖"，寓意义不忘赵。南宋灭亡后，郑思肖学习伯夷、叔齐不食周粟的精神，不臣服元朝的统治，自称"孤臣"。《心史》是其将一生奇气伟节之作合为一书的汇编，因当时形势无法刊行，所以他在晚年将《心史》重新缄封好，藏于苏州承天寺智井中，在枯井中沉埋达三百五十余年，直至 1638 年这部光照千古的奇书被人发现方见于世。郑思肖是宋元之际一位带有传奇色彩的诗人。郭沫若曾赞颂他是"民族意识浓烈的人"。他的诗多表现怀念故国的浓厚感情，真挚动人。流传最广的数《德祐二年岁旦》（两首），其一为："力不胜于胆，逢人空泪垂。一心中国梦，万古下泉诗。日近望犹见，天高问岂知？朝朝向南拜，愿睹汉旌旗。"此诗表现出作者忧国忧民的情怀和一心希望祖国统一的梦想，是一首令人感动、给人力量的正气歌。《下泉》诗是《诗经·曹风》中的一篇，描写了时值政治混乱，政令苛刻，人民痛苦不堪，因此渴望有一个圣明的君主来治理国家。郑思肖的"一心中国梦，万古下泉诗"借用了原作的诗意，表达了他希望有一个贤明的君主，顺应人民的意志，收复失地，统一全国，并把国家治理好。诗人巧妙地借用了《诗经》的典故，表现的思想是深刻而含蓄的。

今天我们要实现的中国梦，内涵和外延、高度和广度、价值和意义远超古人所说的中国梦。这是整个国家和民族奋斗目标与个人梦想的高度统一；是国家软实力与硬实力的高度统一；是中华民族复兴与世界和平发展的高度统一。中国梦把国家的追求、民族的向往、人民的期盼融为一体，体现了中华民族和中国人民的整体利益，表达了中华儿女的共同愿景，具有很强的利益包容性、诉求包容性、愿景包容性，得到了海内外炎黄子孙的热烈响应，成为当代中国发展进步、中华民族团结奋斗的最大公约数，成为激励中国人民奋进的时代最强音。中国梦不仅是中华民族和中国人民的奋斗目标，也是世界的福祉。中国人民实现中华民族伟大复兴的中国梦的进程，也是中国人民对人类发展与人类文明作出巨大贡献的过程。中国梦的实践与实现，将为实现"各美其美，美人之美，美美与共，天下大同"的人类愿景作出积极的贡献。

305. 好风凭借力，送我上青云

【原典出处】

（清）曹雪芹《红楼梦》

【名句释义】

"好风凭借力，送我上青云"的意思是：凭借风的外力，使自己青云直上。

【觉解镜鉴】

这一诗句取自曹雪芹《红楼梦》中的薛宝钗所作的《临江仙·柳絮》。"好风凭借力，送我上青云"表达了薛宝钗对命运的祈祷和希冀，对幸福的向往和憧憬。现多理解为凭借外力达到自己的目标；有时也理解为顺应客观规律的大趋势乘势而上，进入一种更高的境界。借用外力达到"四两拨千斤"的目的，这不仅是一种能力，也是一种勇气，更是一种智慧。三国时期诸葛亮"草船借箭"的故事就是对"好风凭借力，送我上青云"的最好诠释。在推进实现中华民族伟大复兴的中国梦的进程中，必须正确理解和处理坚持独立自主、自力更生和实行对外开放的辩证关系。独立自主、自力更生，无论过去、现在和将来都是我们的立足点，但是现在的世界是开放的世界，关起门来搞建设是不行的。如同马克思所说："由于开拓了世界市场，使一切国家的生产和消费都成为世界性的了……过去那种地方的和民族的自给自足和闭关自守状态，被各民族的各方面的互相往来和各方面的互相依赖所代替了。"独立自主、自力更生同对外开放是相辅相成的，在本质上是统一的。独立自主、自力更生发展本国经济，是实行对外开放的基础和前提，对外开放又可以增强独立自主、自力更生的能力，出发点和落脚点都是为了把我国建设成为富强民主文明和谐的社会主义现代化国家。所以，要把修炼内功与巧借外力有机结合起来才行。这是从宏观角度讲，从中观、微观角度即一个地区、一个部门、一个单位、一个家庭乃至一个人的发展来说，也是同理。

306. 心事浩茫连广宇

【原典出处】

鲁迅《无题》

【名句释义】

"心事浩茫连广宇"的意思是：心中所想和要做的大事连着国家和整个世界。表达了胸怀阔达的崇高境界。

【觉解镜鉴】

鲁迅《无题》中的"心事浩茫连广宇"，表现的是一种充满激情的浩然气质。鲁迅的宽广胸怀是值得党员干部认真学习的。眼界决定境界，境界决定水平。思想有多远就能走多远。"运筹帷幄、决胜千里"，靠的是眼界。领导干部必须具备马克思主义的宽阔胸怀和世界眼光，把握世界和中国发展大势，自觉地观察、了解和把握当今世界所发生的各种热点问题，在世界风云变幻中保持清醒的头脑和坚定的信念。要善于从当代世界发展的制高点上认识、思考和指导本地区、本部门的工作，并根据世界和中国大趋势的发展变化，及时调整发展战略和工作思路，从迷茫中找准方向，从错综复杂中把握关键，从千头万绪中理出重点，从困境中找到机遇。要多角度、全方位地审视复杂多变的大千世界，从战略的高度议大事、谋大计、抓根本、办大事。有人说：比大地宽阔的是海洋，比海洋宽阔的是天空，比天空宽阔的是人的眼光和胸怀。宽广的眼光和胸怀是成就事业的基础，所以广大党员干部特别是领导干部要不断提升自己的战略眼光和胸怀，站得要高，看得要远，这是事业成功的必要条件之一。

307. 数风流人物，还看今朝

【原典出处】

毛泽东《沁园春·雪》

【名句释义】

"数风流人物，还看今朝"的意思是：今朝的风流人物一定是不负历史重托并超越历史上一切英雄豪杰的。表达了坚定的自信和远大的理想抱负。

【觉解镜鉴】

《沁园春·雪》这首词是毛泽东于 1936 年 2 月所作，时值他和彭德怀率领红军长征部队胜利到达陕北清涧县袁家沟，准备渡河东征，开赴抗日前线。为了视察地形，毛泽东登上海拔千米白雪覆盖的高原上，当"千里冰封"的大好河山和这白雪皑皑的塬地展现在眼前时，不禁感慨万千，诗兴大发，欣然提笔，写下了这首豪放之词。其情感之真挚、寓意之深远、哲理之精辟，令人拍案叫绝，被柳亚子盛赞为千古绝唱。每每读来又仿佛看到了指点江山的伟人毛泽东，从而被那种豪放的风格、磅礴的气势、深远的意境、广阔的胸襟所感染沉醉。词尾的"俱往矣，数风流人物，还看今朝"是一句惊天之语，思接千载，洞悉未来，震撼千古，道出了改造世界的壮志豪情，展示了对革命事业的坚定信念，流露出对光明前途的无比信心。真可谓"横绝六合，扫空万古"，将永远激励着新时代的风流人物，不负历史使命，以更具卓越的才能，创造空前伟大的业绩。新时代的"风流人物"即中国共产党人和其他仁人志士，敢担重任，接力奋进，推动着内政、外交、国防各领域出现新局面，使中国梦构建起与世界合作共赢的新平台，一曲曲恢弘的改革乐章奏响新篇；一阵阵久违的清新之风横扫积弊；一幅幅亮丽的民生画卷徐徐展开；一股股强大的正能量喷薄而出；一串串精彩的外交舞步闪亮国际舞台；一道道坚固的国防长城巍然屹立。我们以中国智慧解题、以中国道理说事，从中国原典中引出小智大智的辩证法，向世界提供中国方案，树立共同、综合、合作、可持续的新安全观，共同维护和平稳定的发展环境，打造利益共同体和命运共同体，共同构建合作共赢的新型国际关系，构建以开放为导向、以合作为动力、以共享为目标的全球经济治理新格局，共同完善全球经济治理，造福于世界人民。这就是今朝风流人物的历史担当。

二 经典赋文名句镜鉴

（一）天下为公

308. 圣人无常心，以百姓心为心

【原典出处】

（春秋）老子《道德经》

【名句释义】

"圣人无常心，以百姓心为心"的意思是：圣人是没有私心的，是以天下老百姓的心为己心的。

【觉解镜鉴】

老子《道德经》第四十九章中的"圣人无常心，以百姓心为心"，是说要想成为受人拥戴的统治者，就不能有私心，要以天下老百姓的心为自己的心。老子在当时有这样的思想真不简单，这可以说是朴素的历史唯物主义群众观，与今天中国共产党的根本宗旨是相通的。马克思和恩格斯在《共产党宣言》中就明确提出，"共产党不是同其他工人政党相对立的特殊政党""他们没有任何同整个无产阶级的利益不同的利益""在无产者不同的民族的斗争中，共产党人强调和坚持整个无产阶级共同的不分民族的利益；另一方面，在无产阶级和资产阶级的斗争所经历的各个发展阶段上，共产党人始终代表整个运动的利益"。这从根

本上明确了共产党没有任何私利，是无产阶级利益的代表。《中国共产党章程》总纲规定："党除了工人阶级和最广大人民群众的利益，没有自己特殊的利益。党在任何时候都把群众利益放在第一位，同群众同甘共苦，保持最密切的联系，坚持权为民所用、情为民所系、利为民所谋，不允许任何党员脱离群众，凌驾于群众之上。党在自己的工作中实行群众路线，一切为了群众，一切依靠群众，从群众中来，到群众中去，把党的正确主张变为群众的自觉行动。我们党的最大政治优势是密切联系群众，党执政后的最大危险是脱离群众。"中国共产党没有自己的特殊利益，是由共产党特殊的阶级性决定的。政党的产生和发展是人类政治生活的一大进步。虽然政党都具有阶级性，但是共产党的阶级性区别于其他一切政党的阶级性。这个区别是由马克思、恩格斯最先揭示的："过去的一切运动都是少数人的，或者为少数人谋利益的运动。无产阶级的运动是绝大多数人的、为绝大多数人谋利益的独立的运动。"在这一史无前例的特殊运动中，无产阶级不可能有自己的特殊利益。因此，中国共产党把全心全意为人民服务作为党的根本宗旨是理所当然的事。作为党员干部，必须始终如一地践行全心全意为人民服务的宗旨，在这一点上任何时候都不能动摇。

309. 以公灭私，民其允怀

【原典出处】

春秋《尚书·周书·周官》

【名句释义】

"以公灭私，民其允怀"的意思是：以公心灭私情，民众才会心悦诚服。

【党解镜鉴】

"以公灭私，民其允怀"出自《尚书·周书·周官》，意思是说要以天下之公理，灭一己之私情，才会赢得人民的信任，人民才会心悦诚服。党员干部要有宽大胸怀和崇高境界，恪守严以用权的为官从政之道。权力姓公不姓私，权为公器，不可私用。要牢固树立权为民所有、权为民所赋、权为民所用的权力观，认清权力不是个人的私有物，而是由人民赋予的并且是为人民服务的工具。如果忘记权力的来源和属性，模糊权力的公私界限，权力观就会错位，权力就会腐化变质。西晋傅玄说过"有公心必有公道，有公道必有公制"。领导干部的权力是公权，是人民赋予的，把人民群众的利益放在个人利益之上，这是共产党员必须具有的党性和操守。所以，要公私分明、先公后私、公而忘私，正确处理情与法、利与法、权与法的关系，按法律、按规则、按制度行使权力，确保用权不任性、不妄为、不谋私，永葆共产党人的先进性和纯洁性。

310. 太上有立德，其次有立功，其次有立言。虽久不废，此之谓不朽

【原典出处】

（春秋）左丘明《左传·襄公二十四年》

【名句释义】

"太上有立德，其次有立功，其次有立言。虽久不废，此之谓不朽"的意思是：树立德行、建功立业并留下言论著作，做到这三点，人虽死了，但其精神永世长存，这就叫不朽。

【党解镜鉴】

《左传·襄公二十四年》中的"太上有立德，其次有立功，其次有立言，虽久不废，此之谓不朽"，这是春秋时期晋国范宣子与鲁国叔孙豹的一段对话，其大意是：人首先要"立德"，即追求崇高的道德理想，完善自己的道德人格，成为后世永远效法的道德榜样；其次要"立功"，即为社会为人民谋福利而尽己之能建功立业，为后世立下伟大的功勋，为后人所追念；第三是"立言"，即留下含有永恒精神价值的言论、著作等，以开后人之智，益后人之生。这三个方面都是极有益于人民和社

会的大事，故而能够昭垂永远，不因人生命肉体的腐朽而消失，具有超越生命实体的永恒精神价值，立意深邃、高远宏阔。这一人生价值理想的提出，对后世产生了极其深远的影响。孔子的第 31 世孙唐朝鸿儒孔颖达在《春秋左传正义》里高度凝练地概括了"三不朽"的意义和价值，即"立德谓创制垂法，博施济众；立功谓拯厄除难，功济于时；立言谓言得其要，理足可传"，可谓精辟至极。立德、立功、立言这"三立"的本质就是奉献。"三立"中"立德"是基础，无德其他两样便无从谈起；"立功"是核心，"立德""立言"最终都必须落实在"立功"上。"立言"是对前二者规律性的概括、总结、升华，以更好地指导"立德"和"立功"。自古以来，一代代仁人志士都把"三不朽"作为最高的精神追求和功业境界，在新的时代背景下，党员干部更应当把"三不朽"作为自己做人、做事、做官的最高精神追求，这也是我们党的根本宗旨的题中应有之义。

311. 大道之行也，天下为公

【原典出处】

《礼记·礼运》

【名句释义】

"大道之行也，天下为公"的意思是：在大道施行的时候，天下是人们所共有的，施行公平公正的大道治理社会，才能实现天下人都为公的境界。

【觉解镜鉴】

《礼记》是一部儒家思想的资料汇编。《礼记》的作者不止一人，写作时间也有先有后，其中多数篇章是孔子的七十二名弟子及其学生们的作品。汉代把孔子定的典籍称为"经"，弟子对"经"的解说是"传"或"记"。《礼运》是论述礼之源头和礼之实的专论，其中的"大道之行也，天下为公"，描述了一个和谐友善、无私无弊、"矜寡孤独废疾者皆有所养"的理想世界。"大道"和"大同"都是当时人们设想的理想境界，寄托着人们对未来生活的美好向往。我们现在所说的共产主义理想与古人的这种美好愿望是一脉相承的。共产主义是目标与过程的统一，它一定会在漫长的社会形态演进中逐步实现。共产主义理想作为一种社会形态是将来进行时；作为一种社会实践则是现在进行时。共产主义是规律性与主体性的统一，它必将在一代代共产党人和先进分子的接力奋斗中实现。将远大理想和坚定信念建立在实践基础之上，是我们党鲜明的政治品格，我们必须脚踏实地为实现共产主义坚持不懈地奋斗，无论时代、环境怎样变化，共产主义的理想信念永远不能变。

312. 立天下之正位，行天下之大道

【原典出处】

（战国）孟子《孟子·滕文公下》

【名句释义】

"立天下之正位，行天下之大道"的意思是：站在天下最正确的位置上，行为遵循天下之正道。

【觉解镜鉴】

"立天下之正位，行天下之大道"出自《孟子·滕文公下》，其背景是当年孟子与崇拜纵横家张仪、公孙衍的一位名叫景春的人讨论关于"大丈夫"标准的一个故事。据资料记载：山东冠县的景春，对公孙衍和张仪这两个非常有威望的纵横家十分崇拜，就想找孟子请教。碰巧，孟子路过此地便使他如愿以偿。"景春曰：'公孙衍、张仪，岂不诚大丈夫哉？一怒而诸侯惧，安居而天下熄。'孟子曰：'……以顺为正者，妾妇之道也。居天下之广居，立天下之正位，行天下之大道；得志，与民由之，不得志，独行其道。富贵不能淫，贫贱不能移，威武不能屈，此之谓大丈夫。'"孟子所阐述的大丈夫人格标准，一直传诵至今。但

当时的景春认为，大丈夫应是在政坛上有举足轻重的权柄，一旦发怒，人皆惧怕。孟子批判了这种错误观点，并为世人明确了"立天下之正位，行天下之大道"的大丈夫立身行事之标准。今天我们将"立天下之正位，行天下之大道"及"富贵不能淫，贫贱不能移，威武不能屈"的名言联系起来进行分析，才能全面准确地领悟它的深刻内涵。作为大丈夫，必须要有所为和有所不为，即应该站在天下最正确的位置上，行天下最正直的道路，任何外在的诱惑都无法使内心的信念产生动摇，这就是"大丈夫"的道德标准和行为风范。党员干部要以"大丈夫"的标准作为自己的道德底线，做人要正、办事要公，行大道，民为本，利国利民利天下。

313. 不患位之不尊，而患德之不崇

【原典出处】

（东汉）张衡《应间》

【名句释义】

"不患位之不尊，而患德之不崇"的意思是：不要在乎职位高不高，而应该想想自己的道德是不是完善。

【觉解镜鉴】

张衡（78—139），南阳西鄂（今河南南阳）人，东汉著名哲学家、科学家、天文学家，通五经，贯六艺，为中国天文学、机械技术、地震学的发展作出了不可磨灭的贡献；在数学、地理、绘画和文学等方面，也表现出了非凡的才能和广博的学识。著有《灵宪》《算罔论》等。他才高于世，官职低微，几次调动均未得到升迁，有人为他愤愤不平，而他写了一篇《应间》坦然作答："君子不患位之不尊，而患德之不崇；不耻禄之不夥，而耻智之不博。"意思是说君子担心的不是地位的不尊崇，而是品德的不高尚；耻辱的不是俸禄的多少，而是知识的狭隘。这反映了张衡淡泊名利、注重德操、尊重知识的人生观和价值观。这对于

今天的党员干部具有重要的启示意义。作为人民的公仆，应该牢记党的全心全意为人民服务的宗旨，努力践行社会主义核心价值观，重视道德修养和知识能力的提高，不应眼睛总是盯着地位的高低和收入的多少，不能失去共产党人应有的政治本色。

314. 鞠躬尽瘁，死而后已

【原典出处】

（三国蜀）诸葛亮《后出师表》

【名句释义】

"鞠躬尽瘁，死而后已"的意思是：勤勤恳恳，凤夜在公，殚精竭虑，至死方休。

【党解镜鉴】

诸葛亮《后出师表》中的"鞠躬尽瘁，死而后已"成为千古绝唱，意指一生勤勤恳恳，不辞劳苦，竭尽全力，直到逝世为止。此语成为中华民族描述敬业精神最高境界的代名词。自古以来，把毕生心血和才华都奉献给天下的仁人志士举不胜举。在近现代中国革命史和共产主义运动史上，周恩来堪称"鞠躬尽瘁，死而后已"的楷模之一。1998年2月，当代散文家梁衡为纪念周恩来诞辰一百周年写了一篇《大无大有周恩来》的散文，总结了周恩来六个方面的"大无"：一无，死不留灰；二无，生而无后；三无，官而不显；四无，党而不私；五无，劳而无怨；六无，去不留言。周恩来的六个"大无"，说到底就是无私。但他在真正实现"大无"的同时却得到了别人没有的"大有"，这就是人们永远的怀念，成为人们心中推崇的精神楷模。他的光辉形象这样感人至深、感人至久，正是这"大无大有"在人们心中的撞击和涌动。党员干部做人做官应当以周恩来为楷模，不刻意追求名利上的"大有"，老想着以权谋私，越这样失去得就越多；而应该牢记党的根本宗旨，大公无私、公而忘私，全心全意为人民服务，越是这样，人民越拥护你，社会给你的回馈就越多。

这就是"有"与"无"的辩证法。

315. 心苟至公，人将大同；心能执一，政乃无失

【原典出处】

（唐）姚崇《执秤诫并序》

【名句释义】

"心苟至公，人将大同；心能执一，政乃无失"的意思是：思想上如果能达到极公正的境界，人民将会进入大同世界；思想和政策能一以贯之，处理政事就能避免失误。

【觉解镜鉴】

姚崇与房玄龄、杜如晦、宋璟并称唐朝四大贤相。他于714年撰写了《持秤诫》《弹琴诫》《持镜诫》《辞金诫》《冰壶诫》，合称"五诫"。这"五诫"主要强调"为政以公"的吏治思想，主张为政者要像持秤一样，"志守公平，体兼正直""称物平施，为政以公，毫厘不差，轻重必得""存信去诈，以公灭私"。只有这样，才会"心苟至公，人将大同；心能执一，政乃无失"。今天当人们读到姚崇的"五诫"时，无不为其浩然正气、高风亮节、博大胸怀、精辟见解所折服。我们今天所倡导的"社会公平正义"与"五诫"中的思想是相契合的。公平正义是衡量社会进步的重要尺度，是和谐社会的重要前提。维护和实现公平正义是社会的发展方向，是社会主义本质的必然要求，是社会稳定和谐的基石，是立党为公、执政为民的最真实体现。只有采取有利措施和手段去维护和实现社会公平正义，才能最大限度地消除社会不安定不和谐因素。坚决维护社会公平正义已经成为我们党和国家的主流话语，人们期待能迅速扭转一些不公平现象，让公平正义成为整个社会崇尚的价值。面对未来，我们有理由畅想，公平正义的阳光，终将洒遍中国大地，让发展成果惠及全体人民。

316. 先天下之忧而忧，后天下之乐而乐

【原典出处】

（北宋）范仲淹《岳阳楼记》

【名句释义】

"先天下之忧而忧，后天下之乐而乐"的意思是：把国家和民族的利益放在首位，为祖国的前途和命运担忧，为天底下的人民谋幸福出力。

【觉解镜鉴】

范仲淹（989—1052），祖籍彬州（今陕西彬县），后迁江苏吴县（今江苏苏州）。北宋著名政治家、文学家，曾任副宰相等职，和包拯同朝。幼年丧父，少有大志，生活虽贫苦，却勤奋读书。据《宋史》记载，范仲淹从小就立下了"不能利泽生民，非丈夫平生之志"的誓言，著有《范文正公集》。王安石称他为"一世之师"，朱熹称他为"有史以来天地间第一流人物"。欧阳修为其撰写的墓碑碑文有言："公少有大节，于富贵贫贱毁誉欢戚，不一动其心，而慨然有志于天下。常自诵曰：'士当先天下之忧而忧，后天下之乐而乐也。'"可见，"先天下之忧而忧，后天下之乐而乐"这句话是范仲淹自幼的心语，而借《岳阳楼记》发出感叹，为天下人所知。它熔铸了丰富深刻的思想内涵，字字有千钧之力，表达了一种崇高的精神境界和人生追求，彰显出作者远大的政治抱负和博大的胸襟胆魄，极富哲理，读之能使人的心灵和思想境界得到净化和提升，千百年来激励着无数仁人志士胸怀天下，爱国为民。

"先忧后乐"思想究其渊源是儒家仁爱思想的延伸。《孟子·梁惠王下》中说："乐民之乐者，民亦乐其乐；忧民之忧者，民亦忧其忧。乐以天下，忧以天下，然而不王者，未之有也。"范仲淹把这一思想进一步发展为"先天下之忧而忧，后天下之乐而乐"。他仕途沉浮几十年，但忧国忧民之心始终未改。曾用自己的俸禄在家乡买"义田"千亩，救济贫穷的乡人，而自己却贫苦一生，以至于死时"身无以为殓，

子无以为丧"。我们党全心全意为人民服务的宗旨与这种"先忧后乐"思想是高度契合的，党员干部作为人民公仆，必须要树立正确的世界观、人生观、价值观、苦乐观，始终把党、国家和人民的利益放在至高无上的位置，为了祖国和人民，甘于吃苦在前，享受在后，把自己的幸福同人民的幸福连结在一起，把为人民谋幸福作为人生的最高价值追求。

317. 为天地立心，为生民立道，为去圣继绝学，为万世开太平

【原典出处】

（北宋）张载《张子语录》

【名句释义】

"为天地立心，为生民立道，为去圣继绝学，为万世开太平"的意思是：天下为公、担当道义，为社会重建精神价值，为民众确立生命意义，为万世开拓太平之基业。

【党解镜鉴】

张载（1020—1077），祖籍大梁（今河南开封）人，徙家凤翔郿县（今陕西眉县）横渠镇，北宋大儒，思想家、哲学家，理学创始人之一，曾任著作佐郎、崇文院校书、知太常礼院等职，终身清贫，死后无以为殓。著有《正蒙》《横渠易说》《经学理窟》《张子语录》等，后世编为《张载集》。其学术思想在中国思想文化发展史上占有重要地位，在思想界产生了较大的影响。他的著作一直被明清两代视为哲学的代表作之一，作为科举考试的必读书。《张子语录》中的"四为句"原文是"为天地立心，为生民立道，为去圣继绝学，为万世开太平"。清人黄百家在为其父黄宗羲整理的《宋元学案·横渠学案》所加的按语中引用时改为"为天地立心，为生民立命，为往圣继绝学，为万世开太平"，文字小有出入。此后人们引用时大都采用黄百家按语中的说法。"四为句"

简要之义就是：为社会建立一套以"仁""孝"等道德伦理为核心的精神价值系统；教育民众自觉地对自己的命运方向作出选择，以确立生活的精神价值和意义；把先圣快要中断的学术传统加以继承并发扬光大；为后世开创出千秋万代的太平基业。总之，"四为句"涉及社会和民众的精神价值、生活意义、学统传承、政治理想，是张载一生抱负和理想的概括，充分表达出儒者的襟怀、器识与宏愿，因而，也可以说是人类教育最高的追求。

2016 年 4 月 26 日，习近平在知识分子、劳动模范、青年代表座谈会上的讲话中引用了这四句话，指出："天下为公、担当道义，是广大知识分子应有的情怀。我国知识分子历来有浓厚的家国情怀，有强烈的社会责任感。'修身齐家治国平天下'，'为天地立心、为生民立命、为往圣继绝学、为万世开太平'，'先天下之忧而忧，后天下之乐而乐'，这些思想为一代又一代知识分子所尊崇。"现在，我们站在新的历史起点上，正在进行具有许多新的历史特点的伟大斗争，推进中国特色社会主义伟大事业，实现中华民族伟大复兴的中国梦，更加需要广大党员干部发扬这样的担当精神，把"立心"作为最高的精神追求，不忘初心，心中有党、心中有国，心中有民，坚持国家至上、民族至上、人民至上，始终胸怀大局、心有大爱，坚守正道、追求崇高，为推进党和人民事业的发展贡献自己的智慧和力量。

318. 一心可以丧邦，一心可以兴邦，只在公私之间尔

【原典出处】

（北宋）程颢、程颐《二程集》

【名句释义】

"一心可以丧邦，一心可以兴邦，只在公私之间尔"的意思是：当政者是否具有公心，关系到国家的兴衰存亡。有公心国家就兴盛；反之，一切为私，国家就会灭亡。国家兴亡，全在于当政者的公私一念之差而已。

【觉解镜鉴】

程颢（1032—1085），北宋哲学家、教育家、诗人，世代居住在中山府，曾祖父程希振任尚书虞部员外郎迁居开封府，祖父程遹迁居河南府（今河南洛阳）。曾任太子中允、监察御史、宗宁寺丞等职。撰有《定性书》《识仁篇》等。程颐（1033—1107），程颢之胞弟，曾任西京国子监教授、秘书省校书郎、崇政殿说书等职，著有《易传》《经说》等，后人将兄弟二人的著作合编为《二程集》。程颢和程颐同学于周敦颐，世称"二程"，同为北宋理学的奠基者，其学说在理学发展史上占有重要地位，后来为朱熹所继承和发展，世称"程朱学派"。《二程集》中的"一心可以丧邦，一心可以兴邦，只在公私之间尔"，是二程在《论语·子路》原文为关于"举贤才"问题一段对话后所下的评语，阐明当政者具有公心还是私心，关系到国家生死存亡的大事。

古今中外，一些政党或政治集团之所以人亡政息，一个重要原因在于，执政后利用手中权力谋取个人或小集团私利，从而与人民群众形成尖锐对立，最终被人民所抛弃。党员干部一定要深刻认识这一历史规律，做到公私分明，事事出于公心，坦荡做人、谨慎用权。作风问题，很多是因公私关系没有摆正产生的。比如，几顿饭、几杯酒、几张卡等，看起来好似问题不大，但都与公款、公权有关系。公款姓公，一分一厘都不能乱花；公权为民，一丝一毫都不能私用。党员干部必须时刻清楚这一点，任何时候都要克己奉公，严格自律。

319. 天下兴亡，匹夫有责

【原典出处】

梁启超《饮冰室合集》

【名句释义】

"天下兴亡，匹夫有责"的意思是：天下的兴亡与每一个人都息息相关，每个人都对国家的振兴有义不容辞的责任。

【觉解镜鉴】

梁启超（1873—1929），广东新会人，清朝光绪年间举人，"戊戌变法"领袖之一，政治家、思想家、史学家、文学家、教育家，在哲学、文学、史学、经学、法学、伦理学、宗教学等领域均有建树。著述宏富，各种著述达一千四百多万字，合编为《饮冰室合集》。1915 年 5 月，袁世凯与日本签订丧权辱国的"中日条约"（"二十一条"），梁启超作《痛定罪言》一文，最后说："今欲国耻之一洒，其在我辈之自新。我辈革面，然后国事始有所寄……我勿问他人，问我自己。斯乃顾亭林之所谓'天下兴亡，匹夫有责'也。"

梁启超提出的"天下兴亡，匹夫有责"源自于明末清初顾炎武的《日知录·正始》："有亡国，有亡天下，亡国与亡天下奚辨？曰：易姓改号，谓之亡国；仁义充塞，而至于率兽食人，人将相食，谓之亡天下……是故知保天下，然后知保其国。保国者，其君其臣，肉食者谋之；保天下者，匹夫之贱，与有责焉耳矣。"顾炎武在此提出了有关国民意识的问题，他认为，国家以百姓为本，也是以天下为本，保护国家，首先得捍卫天下，这是每个人应尽的责任。当天下兴亡面临挑战之际，每个人都必须对自己的行为作出抉择，不容回避。唯有责者方有耻，否则，就是无耻之徒。"天下兴亡，匹夫有责"这句名言，始终具有激发世人爱国热情的积极意义，因此被广泛传诵。

爱国主义是中华民族在历史发展过程中逐步形成和培育起来的群体意识，是全民族共同的思想品格、价值取向和道德规范的综合体现，是中华民族赖以生存和发展的精神支撑。"天下兴亡，匹夫有责"，正是对爱国主义精神的高度概括，成为中华民族精神的核心要素，铸就出时代的丰碑，是今天实现中华民族伟大复兴的重要精神力量，它必将推动全国各族人民在实现中国梦的征程中创造新的辉煌。

320. 有志之士，当立心做大事，不可立心做大官

【原典出处】

孙中山《〈新疆游记〉序》

【名句释义】

"有志之士，当立心做大事，不可立心做大官"的意思是：有志之士或从政的人，要立志做大事，不要老想着做大官。

【觉解镜鉴】

中国近代民主主义革命的伟大开拓者孙中山为了改造中国耗尽了毕生的精力，在历史上留下了不可磨灭的功勋，"有志之士，当立心做大事，不可立心做大官"是他多次强调的思想。1912 年 9 月，他视察山东时，第一次提出了"要立志做大事，不要做大官"这句名言。之后，在不同的时间和场合，他又不断地对"要立志做大事，不要做大官"这句话的意义进行补充和完善。1916 年 8 月 17 日，《在杭州督军署宴会上的演说》中，他指出："凡职业无论大小，官阶无论高卑，若不能立志，虽做皇帝，做总统，亦无事可做；若能立志，则虽做一小官，做一工人，亦足以成大事。"1920 年 7 月 26 日，他在《〈新疆游记〉序》中说："有志之士，当立心做大事，不可立心做大官。"1923 年 12 月 21 日，孙中山在岭南大学怀士堂发表演说，对"大事"下了一个确切的定义："无论哪一件事，只要从头至尾彻底做成功，便是大事。""古今人物之名望的高大，不是在他所做的官大，是在他所做的事业成功。如果一件事业能够成功，便能够享大名。所以我劝诸君立志，是要做大事，不可要做大官。"在演讲的最后他又强调："我贡献诸君的，就是要诸君立志，要有国民的大志气，专心做一件事，帮助国家变成富强。"至此，"要立志做大事，不要做大官"这句话得到了完整、准确的诠释，并由此闻名于世。这一思想也与他毕生追求的"天下为公"的至高境界是一致的。他曾在《对驻广州湘军的演说》中对"天下为公"进行了简要的诠释："提倡人民的权利，便是公天下的道理。公天下和家天下的道理是相反的。天下

为公，人人的权利都是很平的。"

"天下为公"理念也是中国共产党人的根本精神追求和价值取向。习近平曾强调："必须有天下为公的宽阔胸襟，摒弃任何私心杂念，把为全中国人民谋利益作为自己唯一的追求，为党的事业和人民利益鞠躬尽瘁。"广大党员干部应当牢记这一教诲，带头树立正确的权力观、地位观、利益观，坚持自重、自省、自警、自励，严格遵守党纪国法，爱党爱民，勤政敬业，廉洁奉公。今天我们在中国共产党的领导下，正一步步地把从孔子到孙中山都向往的"天下为公"图景变成现实。党中央提出的"共同享有人生出彩的机会，共同享有梦想成真的机会，共同享有同祖国和时代一起成长与进步的机会"，也正是"天下为公"的生动写照。

321. 各美其美，美人之美，美美与共，天下大同

【原典出处】

费孝通　在东亚社会研究国际研讨会上的演讲和他的《推己及人·卷首语》

【名句释义】

"各美其美，美人之美，美美与共，天下大同"的意思是：自己把自己的事情办好，同时也乐于成他人之美，你好我好大家都好，才是理想中的世界大同美。

【觉解镜鉴】

费孝通（1910—2005），江苏苏州人，著名社会学家、人类学家、民族学家、社会活动家，中国社会学和人类学的奠基人之一。曾先后任云南大学、西南联合大学、清华大学教授。著述数百万字，其作品《乡土中国》和《江村经济》是研究中国经济、社会和文化的必读之书，其主要论著收入《费孝通文集》，1988年获联合国大英百科全书奖；《乡土中国》让世界重新认识中国特殊的社会结构；《江村经济》让世界从不同

角度定义中国的生产方式；他提出的"中华民族多元一体格局"，已经成为政府和学术界定义中国民族关系史的核心理论框架；他倡导的"文化自觉"理念、对全球化时代中国国际地位的战略思考观点和"各美其美，美人之美，美美与共，天下大同"的和谐世界设想，都将指引着我们坚定地走向中华民族的伟大复兴。

　　"各美其美，美人之美，美美与共，天下大同"这十六字箴言并不是一次提出的，是人们根据1990年12月费孝通在在东亚社会研究国际研讨会上的演讲和他的《推己及人·卷首语》总结归纳的。1990年12月，日本著名社会学家中根千枝教授和乔健教授在东京组织召开"东亚社会研究国际研讨会"，为费孝通八十华诞贺寿，费孝通在就"人的研究在中国——个人的经历"为主题进行演讲时指出："我们不仅能相互容忍而且还能相互赞赏。我们不妨各美自美，还可以美人之美。这是人类学者的应有共识。"另外，他在所著《推己及人》卷首语中也说："在世界上生活的各个群体，在认为自己的传统价值标准是'美'的之外，各群体之间还应当求同存异，相互理解，承认别人的传统价值标准也是'美'的，做到'美人之美'。在这个基础上，全人类建立起一套大家愿意共同实行的价值标准，达到全人类和平共处、'美美与共'的境界，实现'天下大同'。"后来，人们根据他两处的内容归纳概括为"各美其美，美人之美，美美与共，天下大同"的十六字箴言。

　　这十六字箴言思想极为深刻，与马克思、恩格斯在《共产党宣言》中提出的实现共产主义理想的科学社会主义思想是一脉相承的。习近平曾在多个国际国内场合的讲话中引用。十六字箴言既是理想境界，也是价值追求，还是世界观和方法论，因此，这一思想也可以延伸运用到学习、生活、工作中的各个方面。

（二）安邦智慧

322. 安而不忘危，存而不忘亡，治而不忘乱

【原典出处】

西周《周易·系辞下》

【名句释义】

"安而不忘危，存而不忘亡，治而不忘乱"的意思是：国家安定的时候不要忽略潜伏着的危险，国家存在的时候不要忘记可能产生败亡的危险，国家大治的时候不要忘记可能会发生的动乱。

【觉解镜鉴】

《周易·系辞》是孔子诠释易理的文字，他在"系辞下"中引用否卦爻辞说："君子安而不忘危，存而不忘亡，治而不忘乱。"习近平曾数次引用这几句名言，警示大家要看到那些尚未出现而可能会出现的问题，未雨绸缪，防患于未然。特别是领导干部要居安思危，增强忧患意识，站在新的历史起点上，在全球化视野中审视我们面临的形势，对可能威胁国家前途命运的困难和危险时刻保持警惕，这样才能使国家长治久安。忧患意识，首先是一种理性思维，蕴含着安与危、喜与忧、祸与福的辩证统一关系；其次是一种责任意识，只有把忧国忧民作为爱国爱民的一种体现、把为国为民排忧解难作为自己的责任、以天下为己任的人才会深怀忧患意识；再次是一种行为指南、一种认识、一种情感与操守，也是一种驱动力。"不进则退，进慢亦退。"因此，党员干部特别是各级领导干部都要始终保持奋发有为、开拓进取的锐气，永远不满足于现状，坚持不懈地追求更高更新更好的目标，与时俱进，开拓创新。紧密结合本地区、本单位、本部门的实际，实事求是、创造性地开展工作，不断推动理论创新和实践创新，以永攀高峰的精神创造一流业绩。可见，增

强忧患意识，是一种危机感、责任感、使命感，务必要居安思危，这是我们党成功应对国际国内各种风险考验的重要保证。

323. 穷则变，变则通，通则久

【原典出处】

西周《周易·系辞下》

【名句释义】

"穷则变，变则通，通则久"的意思是：事物处于穷尽局面则必须变革，变革后才会通达，通达就能长久。

【党解镜鉴】

《周易·系辞下》中"穷则变，变则通，通则久"的观点，强调了"变通"的重要性。"变通"这一思想在《周易·系辞》中反反复复进行了阐述，如"变而通之以尽利，鼓之舞之以尽神""化而裁之谓之变，推而行之谓之通""阖户谓之坤，辟户谓之乾，一阖一辟谓之变，往来不穷谓之通"，等等。《系辞》上下两篇是《周易》的通论，以论述《周易》的意蕴与功用为主，阐述宇宙事物间的矛盾与发展，可以说，《周易》的核心思想简言之就是"变通"，体现了朴素的辩证法，在中国文化史上具有极为重要的意义，对哲学、医学、天文、政治、伦理、文学、艺术等都产生了极为深刻的影响。西汉著名史学家司马迁高度概括《周易》的核心思想就是"长于变"。外国的哲学家、科学家也纷纷在中国的《周易》中汲取精神营养。

党的十八大以后，习近平曾多次引用并强调："穷则变，变则通，通则久。"2014年9月3日，他在纪念中国人民抗日战争暨世界反法西斯战争胜利69周年座谈会上的讲话中指出："在前进的征程上，我们必须坚定不移全面深化改革。近代中国由盛到衰的一个重要原因，就是封建统治者夜郎自大、因循守旧、畏惧变革、抱残守缺，跟不上世界发展潮流。'穷则变，变则通，通则久。'改革开放是决定当代中国命运的关键一招，也是实现中华民族伟大复兴的关键一招。"2015 年 9 月 22 日，在接受美国《华尔街日报》书面采访时，他指出："'穷则变，变则通。'无论是一个国家，还是世界，都需要与时俱进，这样才能保持活力。"

变通而图存，今天的中国，正在全球治理体系变革中占据越来越重要的地位，全世界都在瞩目"中国智慧""中国方案"。而"穷则变，变则通，通则久"一语揭示了中华文化历久弥新、生生不息的内在动力，可以说是中华文明带给世界的重要精神财富。我们一定要以马克思主义辩证法为指导，用更大的政治勇气推进改革开放，敢于啃硬骨头，敢于涉险滩、闯难关，不断为推进实现中国梦注入强大的动力和活力。

324."修己以敬""修己以安人""修己以安百姓"

【原典出处】

春秋《论语·宪问》

【名句释义】

"修己以敬""修己以安人""修己以安百姓"的意思是：修养自己以保持严肃恭敬的态度；在修养好自己的基础上，还要帮助周围的人获得平安快乐；只有修炼好自己才能担当安抚百姓平天下的重任。

【觉解镜鉴】

《论语·宪问》记载："子路问君子。子曰：'修己以敬。'曰：'如斯而已乎？'曰：'修己以安人。'曰：'如斯而已乎？'曰：'修己以安百姓。修己以安百姓，尧舜其犹病诸？'"在这里，孔子提出了一个君子的标准问题。他认为，修养好自己是君子立身处世和齐家治国平天下的基础，只有先把自身修炼好，才能齐家治国平天下。孔子告诉我们：在"修己、安人、安百姓"三者中，"修己"是核心，"修己"是对家、对国、对社会负责任的前提和基础。2014 年 5 月 8 日，习近平在同中央办公厅各单位班子成员和干部职工代表座谈时强调："古人讲：'君子为政之道，以修身为本。'中国传统文化历来把自律看作做人做事做官的基础和根本。

《论语》中就说，要'修己以敬'、'修己以安人'、'修己以安百姓'。"所以，人人都应该先努力修养好自身，然后才能很好地安亲、安友、安百姓、平天下。党员干部更应该充分认识修身的极端重要性，先做最好的自己，强化自我修炼、自我约束、自我塑造，在廉洁自律上作出表率，履行好对家国、对社会的义务和责任。

325. 苟日新，日日新，又日新

【原典出处】

《礼记·大学》

【名句释义】

"苟日新，日日新，又日新"的意思是：如果能每天除旧布新，那就要天天除旧布新，只有不间断地革新再革新，事物才能不断地向前发展。寓意人类不断发展和积极创新进取的精神。

【觉解镜鉴】

"苟日新，日日新，又日新"出自中国儒家经典《礼记·大学》，讲的是商朝的开国君主成汤刻在澡盆上的警词，旨在激励自己自强不息，创新不已。文中三个"新"字，本义是指洗澡除去肌肤上的污垢，使身体焕然一新，引申为精神上的弃旧图新，意思是如果能革新，就要持之以恒。将洗澡引申为精神上的洗礼、品德上的修炼，在中国文化中比较普遍。关于不断进行革新的思想，在别的经典书上也有论述。《周易·系辞上》曰"日新之谓盛得，生生之谓易"；《尚书·周书·康诰》云"作新民"；《诗经·大雅·文王》中云"周虽旧邦，其命惟新"；还有，《庄子·知北游》中的"澡雪而精神"。《礼记·儒行》也称"儒有澡身而浴德"。唐代孔颖达在《礼记正义》中说："澡身而浴德者，澡身谓能澡洁其身，不染浊也；浴德谓沐浴于德，以德自清也。"这些都是强调一种革新精神。同时也说明，品德高尚的人会时时处处追求自我革新、自我完善。

习近平曾在与青年代表座谈、全国政协新年茶话会、布鲁日欧洲学院演讲、院士大会等多个场合中都引用了"苟日新，日日新，又日新"的名言。创新是一个民族进步的灵魂，是一个国家兴旺发达的不竭源泉，也是中华民族最鲜明的民族禀赋。面对复杂的改革环境、艰巨的发展任务，今天的中国比以往任何时候都更加需要创新驱动。无论是稳中求进推动转型发展，还是守护环境建设"美丽中国"；无论是完善制度提升治理能力，还是激发活力构筑文化强国；无论是在推进改革中强调把科技创新摆在国家发展全局的核心位置，还是在经济转型中提出科技发展的方向，都需要最大限度地支持创新创造，让全社会的创造活力充分释放，让各行各业的创新人才竞相涌现。

326. 乐以天下，忧以天下，然而不王者，未之有也

【原典出处】

（战国）孟子《孟子·梁惠王下》

【名句释义】

"乐以天下，忧以天下，然而不王者，未之有也"的意思是：把天下人的快乐当作自己的快乐，把天下人的忧愁当作自己的忧愁，这样做了却不能使天下归服，是从来没有过的事。

【觉解镜鉴】

《孟子·梁惠王下》中有这样一段话："齐宣王见孟子于雪宫。王曰：'贤者亦有此乐乎？'孟子对曰：'有。人不得，则非其上矣。不得而非其上者，非也；为民上而不与民同乐者，亦非也。乐民之乐者，民亦乐其乐；忧民之忧者，民亦忧其忧。乐以天下，忧以天下，然而不王者，未之有也。'"这段话是孟子民本思想的重要观点。北宋范仲淹《岳阳楼记》中传诵千古的名句"先天下之忧而忧，后天下之乐而乐"，正是从孟子的这段话中演化出来的。中国共产党自成立以来，始终坚持"一切为了人民、一切依靠人民，从群众中来、到群众中去"的群众路线，始

终坚持"立党为公、执政为民",坚持人民利益至上,坚持以人民为中心的发展思想,始终把人民群众放在心中最高位置。人民对美好生活的向往,始终是党前行的动力,也是中国特色社会主义不断发展的力量源泉。坚持以人民为中心,维护社会公平正义,调整和协调各方面的利益关系,并在经济发展的基础上不断提高人民生活水平,增进人民福祉,逐步实现全体人民共同富裕,才能统一意志、统一行动、步调一致,才能形成推进实现中国梦的强大合力。

327. 若安天下,必须先正其身,未有身正而影曲,上治而下乱者

【原典出处】

(唐)吴兢《贞观政要·君道》

【名句释义】

"若安天下,必须先正其身,未有身正而影曲,上治而下乱者"的意思是:要想使天下安定,必须先端正自身,从来没有身子端正了而影子还弯曲、上层安定而百姓还动乱的事。

【觉解镜鉴】

《君道》篇列《贞观政要》全书之首,主要讲为君之道,是全书的总纲。主要从三个方面讨论为君之道的教训:一是如何把握创业与守成的关系;二是如何正确处理君与民的关系;三是如何正确处理君与臣的关系。其中的"若安天下,必须先正其身,未有身正而影曲、上治而下乱者",主要强调的是如何正确处理领导者自身正与治国平天下的关系。吴兢阐述的这一思想与《管子·法法》中"政者,正也。正也者,所以正定万物之命也。是故圣人精德立中以生正,明正以治国",《论语》中的"政者,正也。子帅以正,孰敢不正"和"其身正,不令而行;其身不正,虽令不从"的思想是一脉相承的。这些思想,对于我们今天共产党人来说非常重要,特别是领导干部,应当率先垂范,这样下达命令才

有人听，否则，虽有法令，也难以执行。2012 年 11 月 15 日，习近平在与中外记者见面时提出："全党必须警醒起来，打铁还需自身硬。"2012 年 12 月 4 日，中共中央政治局出台关于改进作风的八项规定，承诺"抓作风建设，首先要从中央政治局做起，要求别人做到的自己先要做到，要求别人不做的自己坚决不做，以良好党风带动政风民风，真正赢得群众信任和拥护"，为全党作出了示范。2016 年 11 月 30 日，中共中央政治局召开会议，审议通过规范党和国家领导人有关待遇等文件，提出政治局率先垂范待遇适当从低。会议指出，全面从严治党必须从领导干部特别是高级干部做起，要求别人做到的首先自己做到，要求别人不做的自己坚决不做。这些都有力地带动了党风、社风、民风的好转。

328. 邦之兴，由得人也；邦之亡，由失人也

【原典出处】

（唐）白居易《策林·辨兴亡之由》

【名句释义】

"邦之兴，由得人也；邦之亡，由失人也"的意思是：国家兴盛，是由于得到了德才兼备的人才；国家灭亡，是由于人才的丧失。

【觉解镜鉴】

白居易《策林·辨兴亡之由》中的"邦之兴，由得人也；邦之亡，由失人也"这句话，明确地指出了国家兴盛是由于具有德才兼备的人才，国家灭亡是由于人才的丧失。它警示后人如果用人不正之风长期存在，必然会导致严重后果。古往今来，人才一直都是强国之本、兴邦大计，关系国家兴衰的大事。人才史总是与政治史、经济史、文化史同步兴衰。凡盛世时期，无不是重视贤能人才的时代。"贞观之治"就是很好的证明。唐太宗李世民以隋亡为鉴，紧紧地团结周围的文武大臣，知人以心，信人以贤，用人以才，待人以礼，广罗天下各种人才，这是"贞观之治"的一个鲜明特征，也是唐太宗被后人界定为贤明君主的重要标志。他坚

决反对以人际关系和血缘亲情为标尺来选拔人才，注重从新人、疏人，甚至敌对营垒中选用杰出的文官武将。他与名臣魏徵相得益彰的君臣关系就是最好的例子。办好当代中国的事情，关键在党，关键在人。2016年4月19日，习近平在网络安全和信息化工作座谈会上的讲话中强调："古往今来，人才都是富国之本、兴邦大计。我说过，要把我们的事业发展好，就要聚天下英才而用之。要干一番大事业，就要有这种眼界、这种魄力、这种气度……我们的脑子要转过弯来，既要重视资本，更要重视人才。"要实现"两个一百年"奋斗目标，就必须破除束缚人才发展的思想观念和体制机制障碍，加快建设人才强国，最大限度地激发人才创新、创造、创业活力，把各方面优秀人才集聚到党和国家的事业中来，形成具有国际竞争力的人才制度优势，保证国家长盛不衰和长治久安。

329. 谨守而中兮，与时偕行

【原典出处】

（唐）柳宗元《惩咎赋》

【名句释义】

"谨守而中兮，与时偕行"的意思是：运用大中之道，审时度势与时俱进。

【党解镜鉴】

柳宗元（773—819），字子厚，河东（今山西运城）人，唐代著名文学家、哲学家、思想家，唐宋八大家之一，与韩愈并称"韩柳"，与刘禹锡并称"刘柳"。一生留诗文作品六百余篇，有《河东先生集》存世。《惩咎赋》是柳宗元著名的抒情赋，作于808年秋，阐述了"大中之道"的基本观点及政治革新思想，分析总结了"永贞革新"的成果及失败的主客观原因，体现了柳宗元深思熟虑无情解剖自己的伟大人格。赋中总结道："推变乘时兮，与志相迎。不及则殆兮，过则失贞。谨守而中兮，与时偕行。"大意是说，运用大中之道，随时势而变。改革创新未达到"中"的标准就会出现危机，超越"中"的标准也会偏离正道，所以要谨守中道原则。柳宗元所说的"谨守而中兮，与时偕行"，实际上讲了两个哲学观点："谨守而中"指的是哲学"度"的概念；"与时偕行"指的是"与时俱进"的发展观。中国的全面深化改革正处在涉险滩、啃硬骨头的攻坚阶段，所以，要准确把握和处理全面深化改革的一系列重大关系，既要解放思想，也要实事求是；既要整体推进，也要重点突破；既要顶层设计，也要摸着石头过河；既要胆子大，也要步子稳。只有处理好这些辩证关系，才能把握好改革的度，才能实现改革、发展、稳定的有机统一。

330. 天下之事，未尝不败于专而成于共

【原典出处】

（北宋）司马光《张共字大成序》

【名句释义】

"天下之事，未尝不败于专而成于共"的意思是：天下的事情没有不是败于专擅而成于协力的。

【觉解镜鉴】

《张共字大成序》是司马光 1056 年为越州张推官所作。其中有这样一段话："天下之事，未尝不败于专而成于共。专则隘，隘则睽，睽则穷；共则博，博则通，通则成。故君子修身治心，则与人共其道；兴事立业，则与人共其功；道隆功著，则与人共其名；志得欲从，则与人共其利。是以道无不明，功无不成，名无不荣，利无不长。"这段话着重阐明了在事业发展过程中，人们同心同德、齐心协力的重要性及专擅狭隘的危害性。这段话很有见地，专擅则狭隘，狭隘则离散，离散则困窘；协力则广博，广博则通畅，通畅则能成功。心胸狭窄的人，一味坚持自己的主张，而不能吸收别人的合理意见以扩大自己的眼界；一味以功臣自居，

而不能用贤能以增加自己的力量；老担心别人超过自己，而以攻击、诋毁别人来抬高自己，这些都是要不得的。共产党人以解放全人类为己任，为人梯也好，为铺路石也好，要从党的使命、从历史实践的过程来思考这个问题。

331. 审度时宜，虑定而动，天下无不可为之事

【原典出处】

（明）张居正《答宣大巡抚吴环洲策黄酋》

【名句释义】

"审度时宜，虑定而动，天下无不可为之事"的意思是：只要审慎地度量事物的发展趋势，仔细分析研究后再作决定，那么天下就没有做不成的事情。

【觉解镜鉴】

《答宣大巡抚吴环洲策黄酋》是张居正写给宣大巡抚吴环洲的一封信。吴环洲是镇抚西北边疆的著名将领，居边十余年，出现了少有的边疆民族和睦团结的局面。他任宣府巡抚时，张居正写此信告诫他说："审度时宜，虑定而动，天下无不可为之事。"这一思想实际上就是我们现在所说的审时度势、顺势而为。自然界有自然界的规律，人类社会的发展也遵循着一定的规律，这种规律就是一种潮流、一种时势。规律只能利用，不能创造，更不能反其道而行之。古往今来，没有人能违背客观规律和时势而获得成功。但是怎样认清时势的主流而做到审时度势呢？这就需要我们充分运用经验和知识来认真分析，在行动前认清大趋势，作出准确的判断，并且制定正确的决策，争取主动优势。审时度势作出正确决断的例子在历史上不胜枚举，其中汉代的张良、三国的诸葛亮、明代的刘伯温等是典型代表。现在我们推进中国梦的实现，也要善于审时度势，准确研判中国和世界大势，做到因势而谋、应势而动、顺势而为，抓住机遇、乘势而上。北宋良将崔翰曾说过："所当乘者势也，

不可失者时也，取之易。"我们一定牢记古训，准确把握战略机遇期，有效应对各种风险和挑战，继续集中力量把自己的事情办好，不断开拓发展新境界。

332. 空谈误国，实干兴邦

【原典出处】

（明末清初）顾炎武《日知录·正始》

【名句释义】

"空谈误国，实干兴邦"的意思是：泛泛而谈会贻误国家发展，只有真正脚踏实地做事国家才能兴旺发达。

【党解镜鉴】

顾炎武（1613—1682），江苏昆山人，明末清初著名思想家、史学家、语言学家，与黄宗羲、王夫之并称明末清初三大儒。著有《日知录》《亭林诗文集》等。"清谈误国"的说法由来已久，早在"清谈"畅行的两晋之际，就有"清谈误国"的说法。顾炎武在《日知录·正始》中说了这样一段话："以至国亡于上，教沦于下，羌胡互僭，君臣屡易……魏晋人之清谈，何以亡天下……自正始以来，而大义之不明遍于天下。"他总结了自正始年以来清谈之风在历史上所产生的负面影响，明确指出作为官员"无所不取""无所不为"是造成天下大乱、国家危亡的重要原因。此后，清代著名史学家、诗人赵翼也在《廿二史札记》中对清谈的弊端多有诘难，提醒大家汲取"清谈误国"的教训。1992年1月18日，邓小平视察南方时曾说："空谈误国，实干兴邦，不要再进行所谓的争论了。"2012年11月29日，习近平参观《复兴之路》展览时也强调："实现中华民族伟大复兴是一项光荣而艰巨的事业，需要一代又一代中国人共同为之努力。空谈误国，实干兴邦。"由此可见，"空谈误国，实干兴邦"是人们从历史经验教训中总结出来的治国理政的一个重要结论，凝聚着众多智者的思想精华，是治国安邦的良策。什么样的空谈会误国？是脱离民情的莺歌燕舞，是官场一己私利的阿谀谄媚，是一大堆对上察言观色的诺诺附和。今天，中国共产党人自勉于史，在保持"空谈误国"的清醒之外，更注重"实干兴邦"。荀子曾说："道虽迩，不行不至；事虽小，不为不成。""为政贵在行。""空谈误国、实干兴邦"关系着我们每一个人，事业是干出来的，不是说出来的。要实现伟大的中国梦，需要全党全军全国人民"撸起袖子加油干"，唯有实干才能实现梦想。

（三）把握规律

333. 以人为本。本理则国固，本乱则国危

【原典出处】

（春秋）管子《管子·霸言》

【名句释义】

"以人为本。本理则国固，本乱则国危"的意思是：人民是国家的根本。这个本理顺了国家才能巩固，这个本搞乱了国家势必危亡。

【觉解镜鉴】

我国最早明确提出"以人为本"的是春秋时期齐国名相管子。他是辅佐齐桓公九合诸侯、一匡天下的杰出政治家、思想家。《管子》中的《霸言》篇，记述了他对齐桓公陈述霸王之业的一段话："夫霸王之所始也，以人为本。本理则国固，本乱则国危。"意思是，霸王的事业之所以有良好的开端，是以人民为根本的；这个本理顺了国家才能巩固，这个本搞乱了国家势必危亡。在古代其他典籍中也含有丰富的以人为本的思想。《尚书》中有"民可近，不可下，民唯邦本，本固邦宁"的主张；西汉贾谊的《新书·大政上》中有"闻之于政也，民无不为本也"；唐

太宗李世民在《民可畏论》中说，"国以民为本""民可以载舟，亦可以覆舟"，等等。以人为本的思想是颠扑不破的真理。2003年10月，党的十六届三中全会明确提出"坚持以人为本"的执政理念。以人为本，就是以实现人的全面发展为目标，从人民群众的根本利益出发谋发展、促发展，不断满足人民群众日益增长的物质文化需要，切实保障人民群众各方面的权益，让发展的成果惠及全体人民。坚持以人为本，同我们党全心全意为人民服务的根本宗旨是一脉相承的。2015年，党的十八届五中全会提出的"五大发展理念"，把共享作为发展的出发点和落脚点，指明了发展的价值取向，充分体现了社会主义的本质和中国共产党的宗旨，以共享发展理念引领我国发展，维护社会公平正义，保障发展为了人民、发展依靠人民、发展成果由人民共享，这对实现更高质量更高水平的发展提出了目标要求和行动准则，必将为实现中华民族伟大复兴的中国梦凝聚最深厚的伟力。"天下兴亡，匹夫有责。"坚持共享发展，既追求人人享有，也要求人人参与、人人尽力，人人都为国家发展、民族振兴贡献力量。

334. 四维不张，国乃灭亡

【原典出处】

（春秋）管子《管子·牧民》

【名句释义】

"四维不张，国乃灭亡"的意思是：礼义廉耻是维系国家的四项道德准则，如果不推行、不遵循，国家就会有灭亡的危险。

【党解镜鉴】

《管子·牧民》中说："何谓四维？一曰礼，二曰义，三曰廉，四曰耻。""四维不张，国乃灭亡。"管子认为，"礼、义、廉、耻"与法相比，比法更为重要，是支撑国家大厦的四根柱子，如果有一根断裂，政权就要倾斜。孔子发展了管子的礼义治国的基本思想，并把廉耻看作人之价值认定的标准。明末清初的思想家顾炎武在《日知录·廉耻》中说:"《五代史·冯道传》论曰:'礼义廉耻,国之四维,四维不张,国乃灭亡。'……礼义,治人之大法;廉耻,立人之大节。盖不廉则无所不取,不耻则无所不为。人而如此,则祸败乱亡亦无所不至。况为大臣而无所不取,无所不为,则天下其有不乱,国家其有不亡者乎?然而四者之中,耻尤为要。故夫子之论士曰:'行己有耻。'孟子曰:'人不可以无耻,无耻之耻,无耻矣。'又曰:'耻之于人大矣,为机变之巧者,无所用耻焉。'所以然者,人之不廉而至于悖礼犯义,其原皆生于无耻也。故士大夫之无耻,是谓国耻。"新中国成立初期,我们党为了防止政权变质、干部腐败,采取了一系列的措施,杀掉了像刘青山、张子善之类的腐败分子。对此毛泽东曾说过这样的话:"我们杀了几个有功之臣也是万般无奈。建议你们再重读一下《资治通鉴》,治国就是治吏,礼义廉耻,国之四维;四维不张,国将不国。如果臣下一个个都寡廉鲜耻,贪污无度,胡作非为,而国家还没有办法治理他们,那么天下一定大乱。"国无德不兴,人无德不立。做人需要品德,从政需要官德,而治国需要的是每个人都内化于心、外化于行的核心价值观。这种核心价值观承载着一个民族、一个国家的精神追求,体现着一个社会评判是非曲直的价值标准。党的十八大从国家、社会、个人三个层面提出"三个倡导"的社会主义核心价值观,勾绘出一个国家的价值内核、一个社会的共同理想、亿万国民的精神家园,为改革发展划定了价值航标,正是当代中国的"立国之维",是亿万人民的"价值公约数"。

335. 召远在修近,闭祸在除怨

【原典出处】

(春秋)管子《管子·版法》

【名句释义】

"召远在修近,闭祸在除怨"的意思是:在治国理政过程中,想要对远方的人具有感召力，就必须把身边的事处理好；想要避免灾祸的发生，就必须消除人民群众的抱怨。

【觉解镜鉴】

管子辅佐齐桓公治理齐国，执政四十余年，因时制宜，实行改革，使齐国不断富强起来，成为春秋时期第一个充当盟主的诸侯国。管子的治国思想集中体现在《管子》一书中，该书是一部经邦治国的百科全书，集中反映了齐文化务实、变革、开放、兼容的特色，内容丰富全面、体系完整、内涵深刻。《管子·版法》篇中说："法天合德，象地无亲，参于日月，佐于四时。悦在施，有众在废私，召远在修近，闭祸在除怨。修长在乎任贤，安高在乎同利。"其中的"召远在修近，闭祸在除怨"，是说作为统治者要想招来远方的人们就必须修明国政，要避免祸乱的发生就必须消除怨恨。管子的这一观点直到今天仍有重要的借鉴意义。

如何消除人民群众的抱怨牢骚，从而避免动乱的发生，确实是治国理政的一个重要课题。牢骚是人们对社会现象不公的评论和抱怨，古人云："天下有道，则庶人不议。"许多牢骚反映了社会热点、利益痛点，也表明了群众的期待。古往今来，明智的执政者都十分重视民意，善于从百姓呼声中知得失、明利弊、优决策。延安时期，毛泽东听到一些陕北农民近乎诅咒的牢骚，主动反思边区政策，发现征粮多、负担重等问题，于是"精兵简政"，开展大生产运动，减轻了群众负担，赢得了群众拥护。今天广大党员干部要坚决克服形式主义、官僚主义，以优良党风凝聚党心民心，带动政风民风。要善待批评意见，从积极的方面理解群众心情，从中看到问题，读懂民意，进而改进工作，让老百姓感受变化、看到希望，这才是消除人民群众抱怨的方法，也是实现社会和谐安定的治国之道。

336. 仓廪实则知礼节，衣食足则知荣辱

【原典出处】

（春秋）管子《管子·牧民》

【名句释义】

"仓廪实则知礼节，衣食足则知荣辱"的意思是：国家富裕了，人民就懂得文明礼貌；人民丰衣足食了就晓得什么是荣耀、什么是耻辱。体现了社会存在决定社会意识的历史唯物主义原理。

【觉解镜鉴】

管子在《管子·牧民》中说过这样一段话："国多财则远者来，地辟举则民留处，仓廪实则知礼节，衣食足则知荣辱，上服度则六亲固，四维张则君令行……四维不张，国乃灭亡。"大意是说国家财力充足，远方的人们就会自动迁来，荒地开发得好，本国的人民就能安心留住。粮食富裕，人们就知道礼节；衣食丰足，人们就懂得荣辱。君主的服用合乎法度，百姓家庭六亲就可以相安无事；四维高扬，君令就可以贯彻推行。四维不高扬，国家就会灭亡。什么是"四维"呢？管子在《管子·牧民》中说："何谓四维？一曰礼，二曰义，三曰廉，四曰耻。礼不逾节，义不自进，廉不蔽恶，耻不从枉。故不逾节则上位安，不自进则民无巧诈，不蔽恶则行自全，不从枉，则邪事不生。"这体现了社会存在决定社会意识的唯物史观原理，强调了精神文明的巨大反作用。这些至理名言对现实依然具有重要的指导作用。

唯物史观认为，社会存在决定社会意识，社会意识具有相对的独立性并且能动地反作用于社会存在。国家富裕了，人民才会讲文明礼貌；人民丰衣足食了，大家才会去关注荣辱问题。所以，我们必须正确认识和处理物质文明与精神文明的辩证关系，既要看到社会存在的决定作用，也要认识到社会意识具有相对独立性，对社会存在具有能动的反作用。因此，既要反对否认社会存在决定作用的唯心主义，又要反对否认社会意识能动性的形而上学。要物质文明和精神文明两手抓、两手都要硬。

337. 中也者，天下之大本也；和也者，天下之达道也

【原典出处】

《礼记·中庸》

【名句释义】

"中也者，天下之大本也；和也者，天下之达道也"的意思是：中（即度）是天下万事万物最大的根本，和谐是天下通达的必然规律。

【觉解镜鉴】

《中庸》本来是《礼记》中的一篇，宋代朱熹把《中庸》与《大学》两章从《礼记》中抽取出来各自独立成书，并与《论语》《孟子》并列称为"四书"，成为学校官定的教科书和科举考试的必读书。《中庸》的中心思想是儒学中的中庸之道，它的主要意思并非现代有些人所理解的"中立""平庸"，而是教育人们自觉地进行自我修养、自我监督、自我教育、自我完善，把自己培养成为至善、至仁、至诚、至道、至德、至圣理想人格的人，共创"致中和"的太平和合境界。正像东汉末年的经学大师郑玄注解《中庸》时所说的那样："中庸者，以其记中和之为用也；庸，用也。孔子之孙子思作之，以昭明圣祖之德也。"《中庸》第一章中的"中也者，天下之大本也；和也者，天下之达道也"，是说能准确地把握"中"这个哲学上的"度"是天下最大的根本，追求和谐是天下通达的规律；如果人人都达到"中""和"的境界，社会就会和谐稳定，天下也就太平无事了。这是自我教育、自我修养、自我监督、自我完善的目标，主旨是要求人们加强自觉自律，有节度，真心诚意地按照天下之根本和天下之达道的原则修养自身，造就具有造福于人类的高尚理想人格，共创"致中和"之境界，实现自我价值和体现社会价值，为造福人民实现天下真正的太平多作贡献。

338. 俭节则昌，淫佚则亡

【原典出处】

（战国）墨子《墨子·辞过》

【名句释义】

"俭节则昌，淫佚则亡"的意思是：生活节俭国家就会昌盛；嗜欲放纵国家就会衰亡。

【觉解镜鉴】

墨子（公元前468—前376），战国初期著名思想家、政治家、军事家，创立墨家学说，有《墨子》一书传世。《墨子》是阐述墨家思想的著作，在先秦诸子百家中，儒、墨两家号称"显学"，墨子在当时的声望与孔子差不多。《墨子》一书的思想非常丰富，其中政治思想、伦理思想、哲学思想、逻辑思想和军事思想都比较突出。墨子主张节俭，反对铺张浪费，这客观上反映了广大劳动人民的愿望和要求。《墨子·辞过》中"俭节则昌，淫佚则亡"的思想，高瞻远瞩地阐明了生活节俭国家就会昌盛；嗜欲放纵国家就会衰亡的辩证关系。这一思想其他古籍中也曾反复提及，如《周易·否》中说"君子以俭德辟难"；唐代白居易有"奢者狼藉俭者安，一凶一吉在眼前"的诗句；唐代李商隐在《咏史》中也曾吟出"历览前贤国与家，成由勤俭败由奢"的千古绝唱；宋代欧阳修在《新五代史·伶官传序》中说"忧劳可以兴国，逸豫可以亡身"等，这些都是在告诉人们"俭节则昌，淫佚则亡"的亘古不变真理。《墨子》中的这一思想具有十分重大深远的意义。

1949年3月，在西柏坡召开的党的七届二中全会上，毛泽东提出了"务必使同志们继续地保持谦虚、谨慎、不骄、不躁的作风，务必使同志们继续地保持艰苦奋斗的作风"的著名论断。2013年7月11日，习近平到西柏坡参观时说，毛泽东同志当年提出的"两个务必"，包含着对我国几千年历史治乱规律的深刻借鉴，包含着对我们党艰苦卓绝奋斗历程的深刻总结，包含着对胜利了的政党永葆先进性和纯洁性、对即将诞生的人民政权实现长治久安的深刻忧思，思想意义和历史意义十分深远。艰苦奋斗、勤俭节约是中华民族的传统美德，是我们党的优良作风，中央历来强调要大兴艰苦奋斗之风，厉行勤俭节约、反对铺张浪费。勤俭节约不仅仅是在物质条件匮乏时的权宜之计，而且是一个优秀民族所必须具备的道德品质和精神状态。人们必须坚决抵制享乐主义和奢靡之风，努力使厉行节约、反对浪费在全社会蔚然成风。

339. 鱼失水则死，水失鱼犹为水也

【原典出处】

（战国）尸佼《尸子·下卷》

【名句释义】

"鱼失水则死，水失鱼犹为水也"的意思是：鱼离开水一天也不能活，水中无鱼依然是水。这是"水能载舟，亦能覆舟"的另一种通俗说法，是古人对官民关系的精当而深刻的比喻。

【觉解镜鉴】

尸佼（约公元前390—前330），魏国曲沃（今山西曲沃）人，先秦诸子之一，被尊称为"尸子"，著有《尸子》一书。书中"重民"思想比较突出，为了说明重民的重要意义，他形象地将民比喻为水。他在《尸子·下卷》中说："鱼失水则死，水失鱼犹为水也。""民者，水也。""天子忘民则灭，诸侯忘民则亡。"他认为，对人民群众，假如不以水的习性进行疏导，水必然最终冲决一切障碍，这是他"忘民则亡"思想的一个形象说明。

历史唯物主义认为，人民是社会的主体，是历史的创造者。在我们党的群众路线形成过程中，毛泽东曾多次形象地运用比喻和类比的方法深入浅出地论述党群关系。他把党群关系比作种子和土地的关系，强调党要深深植根于群众；比作鱼水关系，强调党一刻也不能脱离群众；比作学生和先生的关系，强调党要虚心向群众学习；比作仆人与主人的关

系，强调要做人民的勤务员；等等。密切联系群众是我们党的最大政治优势，脱离群众是我们党执政后的最大危险，必须高度重视保持自己的政治优势，并不断提升自己的政治优势。否则，党最大的政治优势会逐步流失，流失到一定程度，党与人民群众的血肉关系、鱼水关系就可能变为油水关系、水火关系。历史一再警示，无论曾经为国家和人民作出过多么大的牺牲和贡献，任何政党一旦丧失民心，都逃脱不了被人民抛弃的命运。这是一条铁律。

340. 得天下有道，得其民，斯得天下矣

【原典出处】

（战国）孟子《孟子·离娄上》

【名句释义】

"得天下有道，得其民，斯得天下矣"的意思是：要想打下天下和坐稳江山，也就是说要想取得和巩固政权，必须得到天下最广大人民群众的支持和拥护。这是铁的规律。

【党解镜鉴】

我国古代政治家在西周及春秋初期就提到过"国以民为本"的思想。《春秋穀梁传》中提到"民者，君之本也"。《尚书·五子之歌》也提到"民为邦本，本固邦宁"。这些都是民本思想的重要体现。孟子继承、发展了这种贵民思想，并将它提升到了一个新的境界。在《孟子·尽心下》中提出"民为贵，社稷次之，君为轻"；《孟子·梁惠王下》中提出"乐民之乐者，民亦乐其乐；忧民之忧者，民亦忧其忧。乐以天下，忧以天下，然而不王者，未之有也"；《孟子·离娄上》中提出"桀纣之失天下也，失其民也；失其民者，失其心也。得天下有道，得其民，斯得天下矣；得其民有道，得其心，斯得民矣；得其心有道，所欲与之聚之，所恶勿施尔也"。这些都说明孟子对民本思想的认识已经超越了前人。古今中外，无数次政权更迭、改朝换代，都向人们揭示了这样一条历史规

律，即得民心者得天下，失民心者失天下。

中国历代的兴衰史无一逃过这一历史规律。在中国现代史上，共产党领导的人民解放军以摧枯拉朽之势，打败了不可一世的国民党八百多万军队，夺取了政权。究其原因，就是国民党走到了人民的对立面，而共产党则代表了中国最广大人民的利益和愿望，获得了最广大人民的支持和拥护。这是历史给人们的启迪和明鉴。所以，党的十八大以后中央以"踏石留印，抓铁有痕"的雷厉风行作风抓反腐，在惩贪肃纪上坚持"苍蝇"、"老虎"一起打，深得人民群众的拥护。

341. 水则载舟，水则覆舟

【原典出处】

（战国）荀子《荀子·王制》

【名句释义】

"水则载舟，水则覆舟"的意思是：统治者好比是船，老百姓好比是水，水可以载船行驶，也可以使船翻沉。

【觉解镜鉴】

"水则载舟，水则覆舟"最早是孔子所说的。荀子在《荀子·哀公》中记载了孔子与鲁哀公的一段对话：鲁哀公问孔子曰："寡人生于深宫之中，长于妇人之手，寡人未尝知哀也，未尝知忧也，未尝知劳也，未尝知惧也，未尝知危也。"……孔子曰："……且丘闻之，君者，舟也；庶人者，水也。水则载舟，水则覆舟，君以此思危，则危将焉而不至矣？"《荀子·王制》中又有这样一段话："庶人安政，然后君子安位。传曰：'君者，舟也；庶人者，水也。水则载舟，水则覆舟。'此之谓也。故君人者欲安则莫若平政爱民矣，欲荣则莫若隆礼敬士矣，欲立功名则莫若尚贤使能矣，是君人者之大节也。"唐代初期唐太宗和魏徵也多次引用这个观点。魏徵在《谏太宗十思疏》中说："怨不在大，可畏惟人；载舟覆舟，所宜深慎。"唐太宗对魏徵的这一观点十分欣赏，在与君臣讨论国家的治理问题时多次引用和发挥了这一观点。他在《论政体》一文中说："君，舟也；人，水也；水能载舟亦能覆舟。"此后许多贤明的君主和政治家都深谙"水则载舟，水则覆舟"这条千古不易的规律。我们党所遵循的马克思主义唯物史观中的群众观点与这个观点是高度契合的。

我们党来自人民、植根人民、服务人民，党的根基在人民、血脉在人民、力量在人民。失去了人民的拥护和支持，党的事业和工作就无从谈起。所以，在任何时候任何情况下，与人民同呼吸共命运的立场不能变，全心全意为人民服务的宗旨不能忘，群众是真正英雄的历史唯物主义观点不能丢。毛泽东曾指出："党群关系好比鱼水关系。如果党群关系搞不好，社会主义制度就不可能建成；社会主义制度建成了，也不可能巩固。"所以，广大党员干部必须时刻牢记"水能载舟亦能覆舟"的古训，牢记"我是谁、为了谁、依靠谁"，牢记党的群众路线，并不断发扬光大，这样才能使中国特色社会主义这艘巨轮永不翻沉，乘风破浪驶向胜利的彼岸。

342. 天行有常，不为尧存，不为桀亡

【原典出处】

（战国）荀子《荀子·天论》

【名句释义】

"天行有常，不为尧存，不为桀亡"的意思是：上天的运行有一定的规律，不会因圣君尧就存在，也不会因暴君桀就灭亡了。强调自然规律的客观性。

【党解镜鉴】

荀子是儒家、法家、道家、兵家、农家、术家等众多思想学派思想的集大成者，他的思想博大精深，特别是在操作层面上、可行性上都有其非常丰富的内涵。他在光照万古的《天论》一文中指出："天行有常，

不为尧存，不为桀亡。应之以治则吉，应之以乱则凶。强本而节用，则天不能贫。养备而动时，则天不能病。循道而不贰，则天不能祸。"强调天（自然）有自己的运行规律，揭示了天有"天职"、地有"地职"、人有"人职"，各司其职才能相得益彰的唯物辩证思想。他认为，我们的"人职"在于合理地利用大自然赐给我们的恩惠，不能去破坏大自然的环境，这样才有利于人类自身的生存。在此文中，他既讲了自然运行的规律和法则，也讲了社会运行的规律和法则，同时也谈了人们自身修养的法则，可以说是天、地、人三合一。荀子"各司其职"的思想，有助于我们在纷繁复杂的大千世界中，把握好自己的方向，不做违背自然规律的事情。现在整个地球的自然环境出现了一些反常现象，这是因为工业文明的负面效应对生态环境的破坏已经达到了非常可怕的地步。在这种情况下，学习荀子的《天论》具有深远意义及现实针对性。应当牢记"天有常道矣，地有常数矣，君子有常体矣""循道而不贰，则天不能祸""倍道而妄行，则天不能使之吉"等古训，不论做什么事情，都必须尊重自然规律，尊重社会规律，尊重人自身发展的规律，如果违背了这些规律而妄行，就一定会受到惩罚。

343. 持身不谨兮，亡国失势

【原典出处】

（西汉）司马相如《哀秦二世赋》

【名句释义】

"持身不谨兮，亡国失势"的意思是：当政者自身轻浮放荡，随意听信谗言，必定会导致政权丧失，甚至是亡国。

【觉解镜鉴】

司马相如的《哀秦二世赋》，了然精当，意蕴深长。此赋是司马相如随汉武帝长杨打猎，归途经过宜春宫秦二世胡亥墓时有感而发所作，反复强调造成秦二世不幸结局的原因是"持身不谨""信谗不寤""操行不得"等，既是批评秦二世，也是委婉地告诉汉武帝应借前车之鉴，若像秦二世一样不注意自己的行为，最终结果也会重蹈秦二世的覆辙。秦始皇死后，胡亥即秦二世继位登基，虽身穿皇袍，但听信谗言，贪图享乐，把所有权力都交给赵高一人。据专家考证，秦始皇的其他儿女，在赵高的示意下，大都被秦二世下令杀掉了，血腥残忍无以复加。1976 年在秦陵东侧发现 17 座墓葬的男女身首异处，肢体分离，头骨插着箭，下颚骨扭错，都属非正常死亡，而陪葬品却丰富而又精致，不是百姓所拥有的，故专家推断这些人均为秦始皇后代。秦二世还连连诛杀官员，对人民实行残暴统治，激起无数农民起义，仅当了三年傀儡皇帝，便被赵高的心腹阎乐逼迫自杀于望夷宫。他死后不能葬入秦陵，以百姓的身份葬于荒草迷离、人烟稀少的西安南郊，只有墓碑告诉后人此处是秦朝亡国之君胡亥的墓地。这篇《哀秦二世赋》和唐代杜牧的《阿房宫赋》一样，对于广大党员干部来说，具有重要的警示作用。特别是当政者绝不能随意听信谗言，放纵自己，贪图享乐，奢侈腐败。要坚持全面从严治党，坚决惩治腐败。党员干部要自觉严谨，作好表率，这样才能跳出"历史周期律"的怪圈，避免亡党亡国的危险。

344. 知屋漏者在宇下，知政失者在草野

【原典出处】

（东汉）王充《论衡》

【名句释义】

"知屋漏者在宇下，知政失者在草野"的意思是：是否漏雨，在屋宇下的人最清楚；路线政策对不对，发展方向偏不偏，群众最有发言权。

【觉解镜鉴】

王充（27—约97），会稽上虞（今浙江上虞）人，东汉唯物主义哲学家，无神论者。博览群书，精通百家之言，一生业儒，仕路不亨，只作过几任郡县僚属，且多坎坷沮阻，但一部《论衡》足以使他名扬天下，

还著有《讥俗》《政务》《养性》等。得以流传至今的《论衡》，是一部宣传无神论的檄文，在中国哲学史上具有划时代的意义。"衡"字本义是天平，《论衡》就是评定当时言论价值的天平。它的目的是"冀悟迷惑之心，使知虚实之分"，既驳斥了迷信思想，又对人的生老病死以及云、雾、露、霜、雨、雷电和潮汐等自然现象进行了合理地分析，作出了比较科学的解释，体现了朴素唯物主义和朴素辩证法的思想。王充的"知屋漏者在宇下，知政失者在草野"这两句话，习近平于2013年7月11日在河北调研指导党的群众路线教育实践活动时曾引用过，强调深入基层搞好调查研究的重要性。2016年4月19日，习近平在主持网络安全和信息化工作座谈会讲话中再次引用，指出："古人说：'知屋漏者在宇下，知政失者在草野。'很多网民称自己为'草根'，那网络就是现在的一个'草野'。网民来自老百姓，老百姓上了网，民意也就上了网。群众在哪儿，我们的领导干部就要到哪儿去，不然怎么联系群众呢？各级党政机关和领导干部要学会通过网络走群众路线，经常上网看看，潜潜水、聊聊天、发发声，了解群众所思所愿，收集好想法好建议，积极回应网民关切、解疑释惑。善于运用网络了解民意、开展工作，是新形势下领导干部做好工作的基本功。"走群众路线、搞调查研究是我们党所坚持的一项根本工作原则，历史也证明这一原则是取得革命、建设和改革胜利的重要保证。多下基层，多接触群众，才能更多获取基层的鲜活信息，才能了解群众所期所盼，俯听群众所恨所怨，才能切实找出部门、单位、个人存在的突出问题。所以，党员干部要多用脚步丈量民情，主动深入困难多、问题多、矛盾多的地方，为群众排忧解难。这样，才能真正得到人民群众的拥护。

345. 取法于上，仅得为中；取法于中，故为其下

【原典出处】

（唐）李世民《帝范·崇文》

【名句释义】

"取法于上，仅得为中；取法于中，故为其下"的意思是：以上等作为标准，只能收到中等的效果；以中等作为标准，只能收到下等的效果。

【觉解镜鉴】

李世民（598—649，一说599—649），祖籍陇西成纪，唐朝第二位皇帝，杰出的政治家、军事家、战略家、诗人，在唐朝建立与统一过程中立下赫赫战功。即位称帝后改元贞观，积极听取群臣意见，采取各种措施，开创了中国历史上著名的"贞观之治"。李世民在《帝范·崇文》中提出了"取法于上，仅得为中；取法于中，故为其下"的思想。这一思想并不是李世民的首创，在中国古代还有几种类似的表述。按历史年代排列有：其一，《周易》中有"取法乎上，仅得其中；取法乎中，仅得其下"之语。其二，孔子教育学生时也曾说过"取乎其上，得乎其中；取乎其中，得乎其下；取乎其下，则无所得矣"。其三，《孙子兵法》中说"求其上，得其中；求其中，得其下；求其下，必败"。其四，宋末元初时期的诗词评论家严羽在《沧浪诗话》中讲过"学其上，仅得其中；学其中，斯为下矣"。其五，书法界也流行"取法其上，得其中也；取法其中，得其下也，取法其下，不是道也"的说法。这几种版本文字上虽略有出入，但精神都是一样的，都是说一个人制定了高目标，最后仍然有可能只达到中等水平，而如果制定一个中等的目标，最后有可能只达到低等水平。它告诉人们无论做什么事，一定要志存高远，并为之努力奋斗，这样才有可能达到光辉的顶点。所以，一定要制定远大的目标才有利于激发人的斗志，如果定的目标比较低，那就没有压力，激发不出强大的动力。正如高尔基所说："一个人的追求目标越崇高，他的才能、本领就发展得越快，所产生的社会效果就越大。"拿破仑也曾说："如果一个人不知道要往何处去的话，他是不会走得很远的。"这些都是透辟精警的至理名言，值得我们永远铭记。目标是指路明灯，目标是原动力，为了美好的明天，我们一定要记住这样的话：你可以一辈子都不登山，但你心中一定要有座山。它使你总往高处爬，使你总有个奋斗的方向，使你任何一刻抬起头都能看到自己的希望。

346. 求木之长者，必固其根本

【原典出处】

（唐）魏徵《谏太宗十思疏》

【名句释义】

"求木之长者，必固其根本"的意思是：要想让树木长得高大，一定要稳固它的根基。隐喻要想使政权稳固、国家长治久安，就必须以人民为本。

【觉解镜鉴】

魏徵（580—643），隋唐时期巨鹿人，唐代政治家、思想家、史学家、文学家，曾任谏议大夫、左光禄大夫等职，以直谏敢言著称，辅佐唐太宗创建"贞观之治"大业，为唐代凌烟阁二十四功臣之一。著有《隋书》序论，《梁书》《陈书》《齐书》的总论等。他的重要言论大都收录在《魏郑公谏录》和《贞观政要》两本书里，其中最著名的两篇是《谏太宗十思疏》和《十渐不克终疏》。他在职期间，先后向唐太宗陈谏两百余事，反复以隋朝为鉴提醒唐太宗，对其政策措施以及个人修养等方面给以极为有益的深刻影响。唐太宗即位初期，因隋鉴不远，故能励精图治。随着功业日隆，生活渐加奢靡，魏徵以此为忧，多次上疏劝谏，《谏太宗十思疏》是其中非常重要的一篇。全文以"求木之长者，必固其根本；欲流之远者，必浚其泉源；思国之安者，必积其德义"为主旨，以"思"为红线，将所要论述的问题联缀成文，用比喻、排比、对仗等修辞手法，从正反两个方面阐述了国家长治久安的历史规律，警醒意味十分浓厚，成为后世公认的千古绝唱。《旧唐书》曾赞扬魏徵的奏疏"可为万代王者法"。唐太宗也非常重视这篇奏疏，说它是"言穷切至"，能使自己"披览忘倦，每达宵分"。此文直到今天仍具有重要的警示和借鉴意义。我们党的执政地位要想稳如磐石，国家要想长治久安，必须以人民为本，必须始终把人民对美好生活的向往作为我们的奋斗目标。

347. 以铜为镜，可以正衣冠；以古为镜，可以知兴替；以人为镜，可以明得失

【原典出处】

（唐）吴兢《贞观政要·任贤》

【名句释义】

"以铜为镜，可以正衣冠；以古为镜，可以知兴替；以人为镜，可以明得失"的意思是：用铜作为镜子，可以端正衣帽；用历史作为镜子，可以知道历代的兴亡更替；用人作为镜子，可以明白得和失。

【觉解镜鉴】

"以铜为镜，可以正衣冠；以古为镜，可以知兴替；以人为镜，可以明得失"出自唐代吴兢《贞观政要·任贤》。《贞观政要》《资治通鉴》和五代后晋刘昫等撰的《旧唐书·魏徵传》以及北宋欧阳修等编著的《新唐书·列传第二十二魏徵》都记载了唐太宗论"三镜"的故事。魏徵是唐太宗的左膀右臂，对于唐太宗来说，魏徵就是他的一面"镜子"，可以看清楚自己。他们的关系是君臣也是朋友。当然也有不和谐的时候，但是，魏徵总能轻而易举地把不和谐变为和谐。就连唐太宗自己都说：魏徵，朕所畏惧者也。魏徵也是"思竭其用、知无不言"，从不畏龙颜之怒，任职几十年间先后向唐太宗进谏了二百多次，每一次唐太宗都慎重地思考他所提的意见，并尽量采纳。他们君臣合璧，相得益彰，开创了大唐"贞观之治"的辉煌盛世。魏徵死后，太宗恸哭长叹，说了一段感人肺腑的话："以铜为镜，可以正衣冠；以古为镜，可以知兴替；以人为镜，可以明得失……魏徵殂逝，遂亡一镜矣？"他亲自为魏徵书写墓碑，还令公卿大臣们把魏徵遗表中的一段话写在朝笏上，作为座右铭，以魏徵为榜样，做到"知而即谏"。2013年3月1日，习近平

在中央党校建校 80 周年庆祝大会暨 2013 年春季学期开学典礼上的讲话中说："学史可以看成败、鉴得失、知兴替。"2016 年 7 月 1 日，习近平在庆祝中国共产党成立 95 周年大会上的讲话中引用了《资治通鉴》中的"明镜所以照形，古事所以知今"的名句，这些都是在告诫人们要以史为鉴，以人为镜，以提升党员干部的战略思维和战略眼光，把握天下大势，更好地推进"两个一百年"奋斗目标的实现。

348. 后人哀之而不鉴之，亦使后人而复哀后人也

【原典出处】

（唐）杜牧《阿房宫赋》

【名句释义】

"后人哀之而不鉴之，亦使后人而复哀后人也"的意思是：如果后人哀悼它却不把它作为教训来吸取，会使更后来的人哀悼这些后人。

【觉解镜鉴】

杜牧（803—852），字牧之，京兆万年（今陕西西安）人，唐代杰出诗人、散文家，诗歌内容以咏史抒怀为主，英发俊爽，多切经世之物，在晚唐成就颇高，与李商隐并称"小李杜"，有《樊川文集》存世。他的《阿房宫赋》写于唐敬宗（李湛）宝历元年（825 年）。唐敬宗 16 岁即位，昏聩失德，荒淫无度，大兴土木，闹得朝野疑惧，无不怀有危机感，于是杜牧写下这篇赋，借阿房宫的兴建与毁灭，揭露了秦朝统治者的穷奢享乐，阐述了天下兴亡的道理，借古讽今，希望唐朝的统治者不要只图自己奢侈享乐，重蹈覆辙。文章最后说："秦人不暇自哀，而后人哀之；后人哀之而不鉴之，亦使后人而复哀后人也。"在这里，杜牧揭示了"后人复哀后人"的历史定律。古代贤明的的治国理政者，都十分注重总结历史，以史为鉴。《荀子·成相》中说："前车已覆，后未知更何觉时。"西汉刘向在《说苑·善说》中说："《周书》曰：'前车覆，后车戒。'盖言其危。"《韩诗外传》中说："故殷可以鉴于夏，而周可以鉴于殷。"唐太

宗说："以古为鉴，可知兴替。"这些都说明了要以历史的前车之鉴，作为当今的后事之师。

历史是最好的老师。从历史中寻求成败教训，总结得失经验，古为今用，借古鉴今，是一种非常智慧的治国方略。2014 年 10 月 13 日，习近平在中共中央政治局第十八次集体学习时强调，要牢记历史经验、历史教训、历史警示，为国家治理能力现代化提供有益借鉴。历史在发展，人类在进步，我们总结和吸取历史教训，目的是以史为鉴，防患于未然，更有力地推进社会前进。我们一定要牢牢记取历史教训，排除各种干扰，毫不动摇地走中国特色社会主义道路，坚定不移地开展反腐败斗争，坚定道路自信、理论自信、制度自信、文化自信，矢志不渝为实现中华民族伟大复兴的中国梦而努力奋斗。

349. 祸患常积于忽微，而智勇多困于所溺

【原典出处】

（北宋）欧阳修《新五代史·伶官传序》

【名句释义】

"祸患常积于忽微，而智勇多困于所溺"的意思是：祸患常常是由一些微小的失误累积而成的，而人的智慧和勇气常常被他们所溺爱的事物困扰。

【觉解镜鉴】

封建时代称演戏的人为伶，在宫廷中授有官职的伶人叫伶官。五代时期的后唐庄宗李存勖取得政权后，荒淫腐化，嗜好音律，宠用伶人景进、史彦琼、郭门高等，让他们做官掌权，以致败政乱国，只做了三年皇帝便死于兵变。欧阳修在《新五代史》里写了一篇《伶官传》，并作序，总结后唐庄宗李存勖因宠爱乐工伶人以致身亡的历史教训。他指出，"夫祸患常积于忽微，而智勇多困于所溺"，警示后人引以为戒。这句话道出了量变引起质变的哲学原理。量变质变规律揭示了事物发展变化形

式上具有的特点，从量变开始，质变是量变的必然结果。但并不是所有的量变都能引起质变，而是量变发展到一定程度时，才会引起质变。任何事物的发展都是从量变开始的，没有一定程度的量的积累，就不可能有事物性质的变化。量变到质变有正负两个方向，我们应遵循客观规律引导事物向好的方面变化，力避事物向坏的方面变化。欧阳修是从祸患可以积少成多这个角度阐述量变质变规律的，对于人们修身、齐家、治国、平天下都有重要的方法论意义。它启示我们，要防微杜渐，发现不良的苗头要立即纠正，不能等问题成堆才着手去解决，以防小问题逐渐积累最终酿成大患。西方流传的一首"丢失一个钉子，坏了一只蹄铁；坏了一只蹄铁，折了一匹战马；折了一匹战马，伤了一位骑士；伤了一位骑士，输了一场战斗；输了一场战斗，亡了一个帝国"的民谣，是对"祸患常积于忽微"的很好诠释。马蹄上的一个钉子是否丢失，本是初始条件的十分微小的变化，但其长期效应却是一个帝国存与亡的根本差别。这就是军事和政治领域中的所谓"蝴蝶效应"。《韩非子·喻老》中的"千丈之堤，以蝼蚁之穴溃；百尺之室，以突隙之烟焚"，讲的也是这个道理。党员干部对此应该深思。

350. 不日新者必日退，未有不进而不退者

【原典出处】

（北宋）程颢、程颐《二程集》

【名句释义】

"不日新者必日退，未有不进而不退者"的意思是：如果不与时俱进、创新创造，就会不断地退步，从来也没有不进也不退的中间状态。

【觉解镜鉴】

北宋的程颢、程颐是"程朱理学"的创始人，《二程集》中的"君子之学必日新，日新者日进也。不日新者必日退，未有不进而不退者"，阐明了一定要日日有新的进步，不然就会一点点退步，从来没有不进也

不退的中间状态的哲理。这与《大学》中"苟日新，日日新，又日新"的思想是契合的。伟大的无产阶级革命家董必武《题赠〈中学生〉》一诗中的"逆水行舟用力撑，一篙松劲退千寻"名句，也是对这一思想的一种诠释。2013 年 8 月 19 日，习近平在全国宣传思想工作会议上的讲话中指出，"不日新者必日退""明者因时而变，知者随事而制"。统筹推进"五位一体"总体布局和协调推进"四个全面"战略布局，比以往任何时候都更加需要创新。创新是一个民族进步的灵魂，是一个国家兴旺发达的不竭动力，也是中华民族最深沉的民族禀赋。唯创新者进，唯创新者强，唯创新者胜。实现"两个一百年"奋斗目标和中国梦都需要有这种创新精神。

351. 世界潮流，浩浩荡荡，顺之则昌，逆之则亡

【原典出处】

孙中山　1916 年到海宁城登临"天风海涛亭"观潮题词

【名句释义】

"世界潮流，浩浩荡荡，顺之者昌，逆之者亡"的意思是：世界历史的潮流像滚滚钱塘江潮一样，排山倒海，不可阻挡。顺历史潮流而动者则昌盛，逆历史潮流而动者则必然灭亡。这是不以人的意志为转移的客观规律。

【觉解镜鉴】

1916 年 9 月 15 日，孙中山视察绍兴、普陀后，旋即抵达海宁县盐官镇观看钱塘潮。时值大潮涌至时节，面对奔腾而至的钱塘大潮，孙中山用睿智的双眼扫视着前方，感慨地留下了"当今世界潮流，浩浩荡荡，顺之则昌，逆之则亡"的名句。另外，他在一次演讲中也用了这句话，指出："我孙文此生啊！没有别的希望，就一个希望，那就是让共和不仅是一个名词，一句空话或一个形式，要让它成为我们实实在在的生活方式，让它成为我们牢不可破的信念！共和！是普天之下民众的选择，是

世界的潮流，世界潮流浩浩荡荡，顺之则昌，逆之则亡！"意旨高远，振聋发聩！后来这两句话被人们广泛引用。2013年1月28日，习近平在主持十八届中共中央政治局第三次集体学习时引用了这两句话，指出："世界潮流，浩浩荡荡，顺之则昌，逆之则亡。纵观世界历史，依靠武力对外侵略扩张最终都是要失败的。这就是历史规律。世界繁荣稳定是中国的机遇，中国发展也是世界的机遇。和平发展道路能不能走得通，很大程度上要看我们能不能把世界的机遇转变为中国的机遇，把中国的机遇转变为世界的机遇，在中国与世界各国良性互动、互利共赢中开拓前进。"当前，顺应天下大势和世界潮流，我们要坚持从我国实际出发，坚定不移地走自己的路，同时我们要树立世界眼光，更好把国内发展与对外开放统一起来，把中国发展与世界发展联系起来，把中国人民利益同各国人民共同利益结合起来，不断扩大同各国的互利合作，以更加积极的姿态参与国际事务，共同应对挑战，努力为世界发展作贡献。

352. 我们已经找到新路，我们能跳出这周期律

【原典出处】

黄炎培《延安归来》

【名句释义】

"我们已经找到新路，我们能跳出这周期律"，这是1945年7月毛泽东在延安窑洞与黄炎培讨论如何跳出历史周期律的窑洞对话中提出的一个著名论断。历史周期律是指世界上任何一个国家、任何一个历史阶段的国家政权都会经历兴衰治乱，呈现出循环往复的周期性现象。黄炎培担心中国共产党执政后能不能跳出这种周期律的支配力呢？毛泽东自信地回答已找到跳出这种周期律支配力的新路，这就是马克思主义所主张的真正的民主——人人起来负责，让全体人民来监督政府。

【党解镜鉴】

黄炎培（1878—1965），江苏川沙（今上海浦东新区）人，现代政治家、教育家、实业家，是毛泽东的老师徐特立的老师。1945年7月1日，黄炎培和章伯钧等六位国民党参政员，为国共两党商谈国是，应毛泽东的邀请飞赴延安考察。返回重庆后，闭门谢客数日，黄炎培口述，其夫人姚维钧执笔，写成《延安归来》一书，记述了至今被人们时常提起的"黄氏周期律"的黄炎培与毛泽东延安窑洞对话：1945年7月4日下午，毛泽东在他住的窑洞里与黄炎培长谈，毛泽东问黄炎培来延安考察有何感想，黄炎培回答："我生六十多年，耳闻的不说，所亲眼看到的，真所谓'其兴也浡焉'，'其亡也忽焉'，一人，一家，一团体，一地方，乃至一国，不少单位都没有能跳出这周期律的支配力。大凡初时聚精会神，没有一事不用心，没有一人不卖力，也许那时艰难困苦，只有从万死中觅取一生。既而环境渐渐好转了，精神也就渐渐放下了。有的因为历时长久，自然地惰性发作，由少数演为多数，到风气养成，虽有大力，无法扭转，并且无法补救。也有为了区域一步步扩大了，它的扩大，有的出于自然发展，有的为功业欲所驱使，强求发展，到干部人才渐见竭蹶，艰于应付的时候，环境倒越加复杂起来了。控制力不免趋于薄弱了。一部历史，'政怠宦成'的也有，'人亡政息'的也有，'求荣取辱'的也有，总之没有能跳出这周期律。中共诸君从过去到现在，我略略了解的了。就是希望找出一条新路，来跳出这周期律的支配。"毛泽东非常自信地回答："我们已经找到新路，我们能跳出这周期律。这条新路，就是民主。只有让人民来监督政府，政府才不敢松懈。只有人人起来负责，才不会人亡政息。"

这段对话在当时引起了强烈的反响，被称为远远超越"隆中对"的"延安窑洞对"。时至今日，在奔向现代化的华夏大地上，那掷地有声的历史话音依然久久回荡，鞭策和警示着后人。多少年来，我们党为跳出这一周期律作出了不懈地努力，在理论和实践上进行了可贵的探索。现在重温这段经典对话，从古今中外的历史长卷中吸取深刻教训，真正落实全面从严治党的战略措施，真正让人民群众来监督党和政府，这样才能把跳出历史周期律的"能"变成永恒的现实，才能使国家更加强盛、人民更加幸福。

353. 务必使同志们继续地保持谦虚、谨慎、不骄、不躁的作风，务必使同志们继续地保持艰苦奋斗的作风

【原典出处】

毛泽东《在中国共产党第七届中央委员会第二次全体会议上的报告》

【名句释义】

"务必使同志们继续地保持谦虚、谨慎、不骄、不躁的作风，务必使同志们继续地保持艰苦奋斗的作风"的意思是：告诫中国共产党成为执政党后，要永不骄傲，永不懈怠，团结带领人民跳出政权兴亡更迭的历史周期律，永葆国家的长治久安。

【党解镜鉴】

党的七届二中全会于 1949 年 3 月 5 日至 13 日在河北省平山县西柏坡举行，这是中国共产党为建立新中国奠基的一次具有深远历史意义的会议。在中国共产党即将成为执政党的历史性时刻，怎样保证党在新的历史条件下永不变色，是摆在党中央领导集体和全党面前的重大课题。毛泽东在向全会作的报告中强调要加强党的思想建设，防止资产阶级思想侵蚀党的队伍，颇有预见性地提出了防止"糖衣炮弹"进攻的重大问题，指出："可能有这样一些共产党人，他们是不曾被拿枪的敌人征服过的，他们在这些敌人面前不愧英雄的称号；但是经不起人们用糖衣裹着的炮弹的攻击，他们在糖弹面前要打败仗，我们必须预防这种情况……务必使同志们继续地保持谦虚、谨慎、不骄、不躁的作风，务必使同志们继续地保持艰苦奋斗的作风。"这一重要思想包含着对我们党光辉历程的认真总结，对我国几千年历史治乱兴亡规律的深刻认知，也包含着如何使我们党永葆先进性和纯洁性的忧思，其思想和历史意义是十分深

远的。改革开放以来，我们党曾有几任总书记就职之后都到西柏坡重温"两个务必"。这意味着"两个务必"思想太重要了，它关系到我们党和国家的生死存亡，没有这个思想，要想把党建设好、国家立得住是很困难的。今天我们实现中华民族伟大复兴的中国梦的宏伟目标还有很长的路要走，这就需要全国人民同心同德付出长期的艰苦努力。因此，要经常重温"两个务必"，这既是一种鞭策和警示，更是一种危机感和使命感、责任感。只有始终保持谦虚谨慎、不骄不躁、艰苦奋斗的作风，才能保证中国梦宏伟目标的顺利实现。

354. 我们决不当李自成，我们都希望考个好成绩

【原典出处】

毛泽东　1949 年离开西柏坡前往北平出发前与周恩来的对话

【名句释义】

"我们决不当李自成，我们都希望考个好成绩"的意思是：中国共产党要以史为鉴，不能重犯李自成胜利时骄傲的错误，不能让历史的悲剧重演。

【党解镜鉴】

1949 年 3 月 23 日上午，毛泽东率领中共中央机关和人民解放军总部离开西柏坡前往北平。临行前他兴奋地对周恩来说："进京'赶考'去……我们决不当李自成，我们都希望考个好成绩！"毛泽东的深意是以史为镜，可以知兴替。早在延安整风期间，毛泽东就指示将郭沫若论李自成的史学论著《甲申三百年祭》作为整风学习的重要文件。他在延安高级干部会议上说："近日我们印了郭沫若论李自成的文章，就是要叫同志们引以为鉴戒，不要重犯胜利时骄傲的错误。"在党的七届二中全会上，他再次向全党敲响警钟，提出了"两个务必"，并把进京执政当作是"进京赶考"，也是在告诉大家进京会有两个结果：一个是"金榜题名"；一个是"名落孙山"。"金榜题名"是说赶考及格，中国共产党

的执政获得了全国人民的支持和拥护；"名落孙山"是说进京赶考的结果人民没有给我们判及格，会和李自成一样即使执政了还会被人民赶下台。这充分展现了我们党的执政理念、执政业绩就是试卷，而考官永远是全国广大的人民群众。共产党人如何永葆先进性和纯洁性，继续团结带领人民战胜前进道路上的各种风险和挑战，仍然是我们党需要不断深入探索和必须解决的重大历史课题。